Dylan Thomas
Ausgewählte Werke
in Einzelausgaben
Herausgegeben von
Klaus Martens

Dylan Thomas
Windabgeworfenes Licht

Gedichte

Englisch / Deutsch

Aus dem Englischen von
Reinhard Paul Becker
Ewald Brahms
Jutta Ernst
Erich Fried
Detlev Gohrbandt
Wolfgang Görtschacher
Reinhard Harbaum
Andreas Lorenczuk
Klaus Martens
Curt Meyer-Clason
Josef Pesch
Margit Peterfy

Carl Hanser Verlag

ISBN 3-446-15080-3

Satz: Barbara Amann, Aichstetten
Druck und Bindung: Kösel, Kempten
Printed in Germany

Vorwort

Obwohl diese Ausgabe mit Gedichten von Dylan Thomas nach der Zahl aufgenommener englischsprachiger und ins Deutsche übersetzter Gedichte über bisher erschienene Sammlungen deutlich hinausgeht, ist sie keine Gesamtausgabe. Sie will es nicht sein, weil es sich um eine Leseausgabe handelt, die zwar durch die Zahl und die Anordnung der angebotenen Texte dichterische Entwicklungen und Zusammenhänge bei Thomas zum ersten Mal für den deutschen Leser sichtbar und nachvollziehbar machen möchte, aber auf dokumentarische Vollständigkeit verzichtet. Sie kann es nicht sein, weil die Art und Auswahl der übersetzten Gedichte in einem ersten wichtigen Schritt zunächst durch die Vorlieben der beteiligten Übersetzerpersönlichkeiten für »ihre« Texte bestimmt wurde. Jede(r) der um Mitarbeit gebetenen Übersetzer(innen) wählte eine Anzahl von Gedichten Thomas' aus, die er (sie) für übersetzbar hielt, wobei Überschneidungen mit bereits übersetzten Gedichten möglich waren. Der Herausgeber traf aus dem so entstandenen Angebot eine Auswahl, was etwa bei mehreren, auf unterschiedliche Weise gelungenen Übersetzungen eines Gedichts – einschließlich seiner eigenen – nicht immer leicht fiel. Ein zentrales Auswahlkriterium war die Frage der literarischen Produktivität der Einzelaspekte des jeweils gewählten übersetzerischen Verfahrens im Hinblick auf die unterschiedlichen Grenzen und Möglichkeiten von Ausgangstext und Zielsprache. In einem zweiten Schritt wurde der so gewonnene Kernbestand gezielt um eine Reihe weiterer Gedichte aus allen Bereichen des dichterischen Werks sowie aus allen Schaffensphasen von Dylan Thomas ergänzt und – oftmals neu – übersetzt.

Auf diese Weise gelingt es, eine zweisprachige Ausgabe vorzustellen, von der zumindest folgendes gesagt werden kann: Sie enthält zum ersten Mal im deutschen Sprachraum (1) zahlreiche bislang unübersetzte Jugendgedichte, (2) zentrale Gedichte, die von Thomas aus unterschiedlichen Gründen nicht in die *Collected Poems 1934–1952* aufgenommen worden waren, sowie (3) umgekehrt Gedichte aus dieser kanonischen Sammlung, die bisher keinen deutschen Übersetzer gefunden hatten. Insgesamt erlaubt es unsere Ausgabe, Dylan Thomas – in Ausgangstexten und Übersetzungen – über einen Zeitraum von fünfzig Jahren hinweg abwechslungsreich und vielstimmig sprechen zu lassen.

Übereinstimmend mit dem Verfahren in allen Bänden dieser Edition ist der Gedichtausgabe ein Anhang mit *Anmerkungen und Nachweisen* beigegeben worden. Diese Angaben sind im allgemeinen knapp gehalten, auch mit Querverweisen wurde eher sparsam umgegangen. Dies wird möglich, weil die Übersetzungen naturgemäß ihrerseits Lesarten, Interpretationen, punktuell gewiß auch unvermeidliche Reduktionen oder Weiterschreibungen anbieten, die durchaus als Kommentare gelesen werden können, grundsätzlich jedoch zur produktiven Auseinandersetzung mit sich *und* den Ausgangstexten einladen möchten. Ein *Nachwort* im Anhang gibt weitergehende Hinweise und Kommentare zu Autor und Werk.

Klaus Martens

Gedichte

Prologue

This day winding down now
At God speeded summer's end
In the torrent salmon sun,
In my seashaken house
On a breakneck of rocks
Tangled with chirrup and fruit,
Froth, flute, fin and quill
At a wood's dancing hoof,
By scummed, starfish sands
With their fishwife cross
Gulls, pipers, cockles, and sails,
Out there, crow black, men
Tackled with clouds, who kneel
To the sunset nets,
Geese nearly in heaven, boys
Stabbing, and herons, and shells
That speak seven seas,
Eternal waters away
From the cities of nine
Days' night whose towers will catch
In the religious wind
Like stalks of tall, dry straw,
At poor peace I sing
To you strangers (though song
Is a burning and crested act,
The fire of birds in
The world's turning wood,
For my sawn, splay sounds),
Out of these seathumbed leaves
That will fly and fall
Like leaves of trees and as soon
Crumble and undie
Into the dogdayed night.
Seaward the salmon, sucked sun slips,

Prolog

Dieser Tag läuft ab nun
Am Gott-voran-befohlenen Sommerende
In heißstürzender Lachssonne
In meinem see-erschütterten Haus
Auf einem felsigen Halsbrecher
Umstrickt von Tschilpen und Flöten,
Früchten, Finnen, Federn und Schaum
Unterm tanzenden Huf des Blätterdachs,
An der Flutlinie beschäumten Seesternsands
Mit den Fischweiberkreuzen
Bei Möwen, Strandläufern, Muscheln und Fels,
Die Männer im Wolkenbehang
Auf Knien, krähschwarz, in der Außenwelt
Vor Netzen niedergeholter Sonne,
Jesus, beinah wie Gänse am Himmel,
Und Reiher, schlitzende Jungen,
Und Muscheln, die in sieben Meerschaum
Zungen lauten, von den Städten der neun
Tägigen Nacht in ewiger Wasserflucht
Ferne, ihre Türme strecken
Sich zum gottesdienstlichen Wind
Wie trockenes Stroh, hoch und staksig,
In armseligem Frieden sing ich
Für euch, Fremde (doch Gesang
Ist eine brennend bekränzte Tat
Und ein Vogelfeuer im
Kreisenden Wald der Welt
Meinen Lauten, gekrängt und gesägt),
Auf diesen der See abgegriffenen Blättern,
Sie fliegen und fallen nieder
Wie Baumesblätter und
Zerstäuben also unsterbend und dämmern
In die hundstagende Nacht.
Landauswärts der Lachs, Sonne im Sog rutscht,

And the dumb swans drub blue
My dabbed bay's dusk, as I hack
This rumpus of shapes
For you to know
How I, a spinning man,
Glory also this star, bird
Roared, sea born, man torn, blood blest.
Hark: I trumpet the place,
From fish to jumping hill! Look:
I build my bellowing ark
To the best of my love
As the flood begins,
Out of the fountainhead
Of fear, rage red, manalive,
Molten and mountainous to stream
Over the wound asleep
Sheep white hollow farms

To Wales in my arms.
Hoo, there, in castle keep,
You king singsong owls, who moonbeam
The flickering runs and dive
The dingle furred deer dead!
Huloo, on plumbed bryns,
O my ruffled ring dove
In the hooting, nearly dark
With Welsh and reverent rook,
Coo rooing the woods' praise,
Who moons her blue notes from her nest
Down to the curlew herd!
Ho, hullaballoing clan
Agape, with woe
In your beaks, on the gabbing capes!
Heigh, on horseback hill, jack
Whisking hare! who
Hears, there, this fox light, my flood ship's
Clangour as I hew and smite

Und die tumben Schwäne patschen blau
Das Dämmern meiner betupften Bucht,
Da ich Gestaltenspektakel klappre,
Damit du darum weißt,
Wie ich, ein spinnend kreisender Mann,
Auch diesen Stern verherrliche, Vogel
Gebrüllt, seegeboren, menschenzerrissen, gesegnet in Blut.
Horch: Ich ausposaune den Ort
Von Fisch zu springendem Hügel! Sieh:
Ich bau meine lärmende Arche
So gut wie ich liebe,
Da die Flut beginnt
Aus dem Quellmund
Von Angst, Rotwut, Mannaleben
Geschmolzen und bergig zu strömen
Über den Schlaf der Wunde
Schafweißer Talfarmen

Nach Wales in meinen Armen.
Hu, ihr da, fürstliche Runde,
Klingende Singsangeulen, eure Mondstrahlen tönen
Fährtentod im flackernden Schattenstreben!
Hallo, über senkgelotetem Grund,
O meine Ringeltaube plusternd im Wind
Und im beinah Dunkel an schuhuhenden Ästen,
Bei waliser- und ehrwürdiger Saatkrähen Krah,
Rucke-di-gu-st den Wälderpreis wie nie,
Mondklagst vom Nest den Blaunotenakkord
Hinunter zum Brachvogelflug!
Heda, Sippschaft, euer Gejodel,
Lauthalslärmender Gesang
Mit Weh und sperrangelweit
In den Schnäbeln auf kakelndem Kap!
Hei, auf ragendem Rosseshügel sucht
Hans, scharfschnapsiger Hase, Gretel! Laut,
Wer hört's beim füchsischen Licht, mein Flut
Schiff dröhnt und kracht

(A clash of anvils for my
Hubbub and fiddle, this tune
On a tongued puffball)
But animals thick as thieves
On God's rough tumbling grounds
(Hail to His beasthood).
Beasts who sleep good and thin,
Hist, in hogsback woods! The haystacked
Hollow farms in a throng
Of waters cluck and cling,
And barnroofs cockcrow war!
O kingdom of neighbours, finned
Felled and quilled, flash to my patch
Work ark and the moonshine
Drinking Noah of the bay,
With pelt, and scale, and fleece:
Only the drowned deep bells
Of sheep and churches noise
Poor peace as the sun sets
And dark shoals every holy field.
We will ride out alone, and then,
Under the stars of Wales,
Cry, Multitudes of arks! Across
The water lidded lands,
Manned with their loves they'll move,
Like wooden islands, hill to hill.
Huloo, my prowed dove with a flute!
Ahoy, old, sea-legged fox,
Tom tit and Dai mouse!
My ark sings in the sun
At God speeded summer's end
And the flood flowers now.

Bei meinem behauenden Hämmern
(Ein Anprall von Ambossen meinem Tumult und
Possengespiel auf der umzüngelten Pusteblume meiner Lieder),
Doch herz-und-seelige Tiere, Vettern
(Preis Seiner Bestialität),
Auf Gottes holprig-stolprigem Feld,
Sie schlafen gut und dünn,
Sst, im Schweinsbuckelwald! Die Mahd
Draller Talfarmen in einem Andrang
Von Wassern, die glucken und klingen,
Und Strohdächer krähen Krieg!
O Reich der Nachbarn, befinnt,
Bepelzt, bezweigt, auf meinen Flecken,
Meine Flickwerkarche, zum Noah der Bucht
In der Mondschein
Destille, mit Pelz und Schuppe und Flaum:
Nur die Glocken, in Tiefe ertrunken,
Von Schafen und Kirchen bimmeln
Armseligen Frieden beim Niederholen der Sonne,
Und das Dunkel veruntieft jedes heilige Feld.
Wir wollen allein ausreiten und dann,
Unter den Sternen von Wales,
Rufen: Unzahl von Archen! Kreuzen
Über wassergelidertes Land,
Mit Lieben bemannt, werden sie
Hügel zu Hügel, waldiger Inselsaum.
Holla, meine stolz-schiffsschnäblige Taubenflöte!
Ahoi, seebeiniger Fuchs der Brecher,
Brünstiger Kater und Dämaus!
Meine Arche singt in der Sonne
Am Gott-voran-befohlenen Sommerende,
Und die Flut erblüht nun.

Forest picture

Calm and strange is this evening hour in the forest,
Carven domes of green are the trees by the pathway,
Infinite shadowy isles lie silent before me,
Summer is heavy with age, and leans upon Autumn.

All the land is ripe. There is no motion
Down the long bays of blue that those cloudy headlands
Sleep above in the glow of a fading sunset;
All things rest in the will of purpose triumphant.

Outlines melting into a vague immensity
Fade, the green gloom grows darker, and deeper the dusk:
Hark! a voice and laughter – the living and loving
Down these fantastic avenues pass like shadows.

To a slender wind

Chrysolith thy step,
And on a jewelled pool
Faint arrowy moonstone on a tear-culled cadence.
Like fragmentary rain
Shaken silkily from star-scaled boughs.

Each note of thy dusky song
Is a petal that has delicate breath
And is azure;
And is more beautiful than the drift of leaves.

Waldbild

Still und fremd ist diese Abendstunde im Wald,
Geschnitzte Kuppeln aus Grün die Bäume am Weg,
Endlose Schatteninseln liegen schweigend vor mir,
Der Sommer ist altersschwer und neigt sich zum Herbst.

Das ganze Land ist reif. Keine Bewegung
Die langen Buchten voll Blau, darüber die
Wolkenklippen
Schlafen in der Glut einer schwindenden Sonne;
Alles ruht in absichtsvollem Willen triumphierend.

Konturen zerschmelzen vag ins Grenzenlose,
Schwinden, das grüne Dunkel wird finstrer und düsterer die
Dämmerung:
Da! Eine Stimme und Lachen – Lebende und Liebende
Schweben entlang diesen phantastischen Alleen wie Schatten.

Einem schlanken Wind

Chrysolith Euer Schritt,
Und auf edlem Teich
Pfeilförmig matt das Gestein auf tränenerwählter Kadenz,
Wie Regenfragmente,
Seidig bewegt von sternbeschuppten Zweigen.

Jeder Ton Eures dunklen Gesangs
Ist ein Blütenblatt von zartem Hauch
Und ist azur;
Und ist schöner als ein Blättertreiben.

The elm

They are all goddesses;
Nodding like flowers,
They are further and more delicate
Than the years that dwindle;
They are deeper in darkness
Than the hours.

Celestial,
Slenderly lethal things,
Beautifully little like clouds:
Leaf driftwood that has blown.

The oak

Fierce colours fled about the branches,
Enveloping the ragged leaves unseen and strewn.

Hazardous reflections dipped in evening
Hover, making the forest fluctuantly vague.

Something austere hides, something uncertain
Beneath the deep bark calls and makes quiet music.

Die Ulme

Sie sind alle Göttinnen;
Nicken wie Veilchen,
Sie sind ferner und gefälliger
Als die Jahre, die weichen;
Sie sind satter im Dunkel
Als die Stunden.

Himmlische,
Schmächtige Todesdinge,
Unbeschreiblich klein wie Wolken:
Blatt-Treibholz, ausgeblüht.

Die Eiche

Glühende Farben flohen über die Zweige,
Die buchtigen Blätter hier und da heimlich umhüllend.

Zufällige Spiegelungen, in Abend getaucht,
Schweifen umher, lassen den Wald vag verschwimmen.

Etwas verbirgt sich, nüchtern und unbestimmt,
Unter der dicken Borke ruft's, macht leis Musik.

The pine

Virgate and sprung of the dusk,
The pine is the tree of the breeze,
And the winds that stream through the ribboned light
And the motley winds from the seas.

You shall not despair

You shall not despair
Because I have forsaken you
Or cast your love aside;
There is a greater love than mine
Which can comfort you
And touch you with softer hands.
I am no longer
Friendly and beautiful to you;
Your body cannot gladden me,
Nor the splendour of your dark hair,
But I do not humiliate you;
You shall be taken sweetly again
And soothed with slow tears;
You shall be loved enough.

Die Kiefer

Triebreich, der Dämmerung entsprungen
Ist die Kiefer, von der Brise gebogen
Und dem Wind, der strömt durchs gebänderte Licht,
Und dem bunten Wind von den Wogen.

Du darfst nicht verzweifeln

Du darfst nicht verzweifeln
Weil ich Dich verstoßen
Oder Deine Liebe ließ;
Größre Liebe gibts als meine,
Die Dich trösten wird
Und zärtlicher berühren.
Nicht länger bin ich
Dir vertraut und schön;
Dein Körper kann mich nicht beglücken
Und nicht Dein prachtvoll dunkles Haar,
Doch demütige ich Dich nicht;
Man wird Dich wieder zärtlich halten
Mit sanften Tränen trösten Dich;
Dann wirst Du genug geliebt.

It's light that makes the intervals

It's light that makes the intervals
Between the pyramids so large,
And shows them fair against the dark,
Light that compels
The yellow bird to show his colour.
Light, not so to me;
Let me change to blue,
Or throw a violet shadow when I will.
To-day, if all my senses act,
I'll make your shape my own,
Grow into your delicate skin,
Feel your woman's breasts rise up like flowers
And pulse to open
Your wide smile for me.
Challenge my metamorphosis,
And I will break your pacing light.
Mock me,
And see your colour snap,
Glass to my hands endowed with double strength.
But if you break I suffer,
There'll be my bone to go:
Oh, let me destroy for once,
Rend the bright flesh away,
And twine the limbs around my hands.
I never break but feel the sudden pain,
The ache return.
I'll have to break in thought again,
Crush your sharp light,
And chip, in silence and in tears,
Your rock of sound.

Es ist das Licht

Es ist das Licht, das zwischen Pyramiden
Die Räume so groß macht,
Und sie so hell vors Dunkel stellt,
Licht, das den Vogel zwingt,
Sein Gelb zu zeigen.
Licht, zwing mich nie;
Laß mich zu Blau changieren
Oder Veilchenschatten werfen, wann ich will.
Heute, wenn alle meine Sinne spielen,
Mach ich mir eigen deine Form,
Wachse in deine zarte Haut,
Spüre wie Blumen deine Frauenbrüste,
Und öffne mir dein weites Lächeln
Mit einem Pulsschlag.
Ficht meine Metamorphose an,
Dann breche ich dein distinktives Licht.
Verspotte mich,
Und deine Farbe, Glas
In meinen doppelstarken Händen, birst.
Doch brichst du, leide ich,
Schon gibt mein Knochen nach:
O laß mich doch zerstören,
Reißen aus das helle Fleisch,
Die Glieder um die Hände winden.
Nie breche ich, ohne den Schmerz
In jäher Wiederkehr zu spüren.
So muß ich in Gedanken wieder
Dein spitzes Licht zermalmen,
Mit meinem Meißel tränenstumm
Behauen deinen Felsenklang.

Let me escape

Let me escape,
Be free, (wind for my tree and water for my flower),
Live self for self,
And drown the gods in me,
Or crush their viper heads beneath my foot.
No space, no space, you say,
But you'll not keep me in
Although your cage is strong.
My strength shall sap your own;
I'll cut through your dark cloud
To see the sun myself,
Pale and decayed, an ugly growth.

Laß mich entrinnen

Laß mich entrinnen,
Frei sein, (Wind für meinen Baum und Wasser für meine Blume),
Für mich selbst leben
Und die Götter ertränken in mir,
Oder ihre Vipernköpfe zertreten unter meinem Fuß.
Kein Platz, kein Platz sagst du,
Aber du hältst mich nicht drinnen,
Obwohl dein Käfig stark ist.
Meine Kraft wird deine absaugen;
Ich stoße durch deine dunkle Wolke,
Um selbst die Sonne zu sehen,
Bleich und zerfallen, ein häßlicher Wuchs.

I know this vicious minute's hour

I know this vicious minute's hour;
It is a sour motion in the blood,
That, like a tree, has roots in you,
And buds in you.
Each silver moment chimes
        in steps of sound,
And I, caught in mid-air perhaps,
Hear and am still the little bird.
You have offended, periodic heart;
You I shall drown unreasonably,
Leave you in me to be found
Darker than ever,
Too full with blood to let my love flow in.
Stop is unreal;
I want reality to hold
        within my palm,
Not, as a symbol, stone
        speaking or no,
But it, reality, whose voice I know
To be the circle not the stair of sound.
Go is my wish;
Then shall I go,
But in the light of going
Minutes are mine
I could devote to other things.
Stop has no minutes,
        but I go or die.

Ich weiß von dieser bösen Minute Stunde

Ich weiß von dieser bösen Minute Stunde;
Sie ist ein saures Bewegtsein im Blut,
Hat, wie ein Baum, Wurzeln in dir
Und Knospen in dir.
Ein jeder Silberaugenblick
        schlägt in Tonschritten an,
Und ich, vielleicht im Flug getroffen,
Höre ihn und bin der kleine Vogel noch.
Du gabst Anstoß, periodisches Herz;
Dich will ich ertränken, unvernünftig
Dich verlassen, daß man dich finde,
Dunkler als je,
Zu blutgefüllt, um meine Liebe einzulassen.
Halt ist unwirklich;
Ich will Wirklichkeit halten
        in offener Hand,
Nicht als Symbol, sprechender
        Stein oder nein,
Nur sie, Wirklichkeit von mir gewußter Stimme,
Sie soll Tonkreis nicht Leiter sein.
Gehen ist mein Wunsch;
Dann will ich gehen,
Doch im Licht des Gehens
Sind Minuten mein,
Die ich anderen Dingen widmen könnte.
Halt ist minutenlos,
        ich aber geh oder sterbe.

Cool, oh no cool

Cool, oh no cool,
Sharp, oh no sharp,
The hillock of the thoughts you think
With that half-moulded mind I said was yours,
But cooler when I take it back,
And sharper if I break asunder
The icicle of each deliberate fancy.
For when I bought you for a thought, (you cost no more)
How could I smooth that skin
Knowing a dream could darken it,
And, the string pulled, some mental doll
Ravage and break,
How kiss, when doll could say
Master, her mouth is sawdust
And her tongue, look, ash,
        Part from her,
        Part from her,
Sweet, automatic me knows best.
But you shall not go from me, creation;
Oh no, my mind is your panopticon;
You shall not go unless I will it
And my thoughts flow so uneasily
There is no measured sea for them,
No place in which, wave perched on wave,
Such energy may gain
The sense it is to have.
You wish to stay my prisoner
Closed in your cell of secret thoughts,
And I, your captor, have my love to keep
From which you may not fly.

Kühl, o nein kühl

Kühl, o nein kühl,
Scharf, o nein scharf,
Gedankenhügel, von dir erdacht
Mit dem halbgestalteten Geist, der deiner sei,
Doch kühler, wenn ich widerrufe,
Und schärfer, wenn ich ihn zerbreche,
Den Eiszapfen jedes bewußten Bildes.
Denn als ich dich kaufte für einen Gedanken (kein hoher Preis),
Wie konnte ich die Hülle glätten,
Wo doch ein Traum sie trüben könnte,
Und, der Faden gestrafft, des Geistes Puppe
Zerstören und brechen,
Wie küssen, als Puppe Meister
Sagte, ihr Mund aus Füllsel
Und die Zunge, schau, Asche,
        Fort von ihr,
        Fort von ihr,
Süß, automatisch seh ich's ein.
Doch du sollst nicht von mir gehen, Erdachtes;
O nein, mein Geist ist dein Panoptikum;
Du sollst erst gehen, wenn ich es will,
Die Gedanken fließen so unruhig,
Für sie gibt's kein begrenztes Meer,
Keinen Platz, an dem, Welle auf Welle gehockt,
Die Energie den Sinn,
Der ihr gemäß, erreicht.
Du willst mein Häftling bleiben,
Geheime Ideen deine Zelle,
Und ich, dein Fänger, hab' meine Liebe als Schloß,
Davor darfst du nicht fliehen.

Cabaret

I, poor romantic, held her heel
Upon the island of my palm,
And saw towards her tiny face
Going her glistening calves that minute.
There was a purpose in her pointed foot;
Her thighs and underclothes were sweet,
And drew my spiral breath
To circumambulate for decency
Their golden and their other colour.
The band was playing on the balcony.
One lady's hand was lifted,
But she did not cry, 'I see;
I see the man is mad with love.'
Her fan burst in a million lights
As that her heel was lifted,
Gone from my palm to leave it marked
With quite a kind of heart.
She is on dancing toes again,
Sparkling a twelve-legged body
And many arms to raise
Over her heel and me.
I, poor romantic, contemplate
The insect on this painted tree.
Which is the metal wing
And which the real?

Kabarett

Ich, armer Schwärmer, hielt ihre Ferse
Auf meiner inselgleichen Hand
Und sah zu ihrem kleinen Kopf,
Glänzende Waden rührten sich da.
Es lag ein Sinn in ihrem spitzen Fuß;
Dessous und Schenkel waren süß,
Und mein spiraliger Atem
Umkreiste daher anstandsvoll zugleich
Ihr Gold und ihre andere Farbe.
Musik vernahm man vom Balkon.
Die Hand einer Dame hob sich,
Aber sie rief nicht: »Ach so;
Vor Liebe ist der Mann verrückt.«
Ihr Fächer barst in ein Lichtermeer,
Wodurch ihre Ferse abhob,
Fort von der Hand, zurück bleibt nur,
Dem Herzen gleich, die Spur.
Sie zeigt erneut den Spitzentanz,
Läßt ihre zwölf Beine glitzern
Und manchen Arm, zu strecken
Über die Ferse und mich.
Ich, armer Schwärmer, denke nach:
Das Kerbtier auf dem Baum, gemalt,
Ist jener Flügel aus Metall
Und dieser echt?

Rain cuts the place we tread

Rain cuts the place we tread,
A sparkling fountain for us
With no fountain boy but me
To balance on my palms
The water from a street of clouds.
We sail a boat upon the path,
Paddle with leaves
Down an ecstatic line of light,
Watching, not too aware
To make our senses take too much,
The unrolled waves
So starred with gravel,
The living vessels of the garden
Drifting in easy time;
And, as we watch, the rainbow's foot
Stamps on the ground,
A legendary horse with hoof and feather,
Impatient to be off.
He goes across the sky,
But, when he's out of sight,
The mark his flying tail has left
Branches a million shades,
A gay parabola
Above a boat of leaves and weeds.
We try to steer;
The stream's fantastically hard,
Too stiff to churn with leaves,
A sedge of broken stalks and shells.
This is a drain of iron plants,
For when we touch a flower with our oar
We strike but do not stir it.
Our boat is made to rise
By waves which grow again
Their own melodious height,

Der Regen schneidet, wo wir gehn

Der Regen schneidet, wo wir gehn,
Uns eine funkelnde Fontäne,
Hat keinen Brunnenbuben außer mir,
Der auf den Händen Wasser
Einer Wolkengasse balancieren kann.
Wir segeln auf dem Weg ein Boot,
Paddeln mit Blättern
Einen Zeilenrausch von Licht hinab
Und schauen, ganz bedacht,
Damit die Sinne nicht zuviel zu tragen haben,
Die aufgerollten Wellen an,
So kiesbestirnt,
Die lebenden Gefäße des Gartens,
Gemächlich treibend.
Und wie wir zusehn, stampft
Der Regenbogen auf,
Ein legendäres Roß mit Huf und Feder,
Voll Ungeduld zum Aufbruch.
Er überquert den Himmel,
Doch, kaum enteilt,
Verzweigt sich seines Schweifes Spur
Zu millionenfacher Pracht,
Zu einer lustigen Parabel
Über dem Boot aus Blatt und Gras.
Wir mühen uns am Steuer;
Unglaublich hart der Strom,
Zu steif, um ihn mit Blättern durchzustampfen,
Ein Ried aus Halm und Muschelbruch.
Dies ist ein Siel aus Eisenpflanzen,
Denn wenn wir eine Blume mit dem Ruder fassen,
Ist sie getroffen aber nicht gerührt.
Die Wellen steigen wieder,
Heben unser Boot,
Um ihres vollen Klanges Höhe an,

Into the rainbow's shy embrace.
We shiver uncomplainingly,
And taste upon our lips, this minute,
The emerald kiss,
And breath on breath of indigo.

The spire cranes

The spire cranes. Its statue is an aviary.
From the stone nest it does not let the feathery
Carved birds blunt their striking throats on the salt gravel,
Pierce the spilt sky with diving wing in weed and heel
An inch in froth. Chimes cheat the prison spire, pelter
In time like outlaw rains on that priest, water,
Time for the swimmers' hands, music for silver lock
And mouth. Both note and plume plunge from the spire's hook.
Those craning birds are choice for you, songs that jump back
To the built voice, or fly with winter to the bells,
But do not travel down dumb wind like prodigals.

Bis uns der Regenbogen scheu umarmt.
Wir frieren klaglos,
Schmecken auf den Lippen, jetzt,
Den Smaragdkuß,
Und Hauch auf Hauch von Indigo.

Die Turmkrane

Der Turm halst. Seine Statue ist ein Vogelbauer.
Vom Nest aus Steinen läßt er nicht die fedrigen
Gehauenen Vögel die hinreißenden Kehlen auf Salzkiesel
stumpfen,
Den Himmelsguß im Dreh mit Schwingensturz durchstechen,
Zolltief in Schaum. Glocken betrügen den Gefängnisturm,
verperlen
Im Takt, Regenbann aufs Wasser, den Priester,
Zeit den Schwimmerhänden, der Silbersträhne Musik
Und Mund. Beide, Note und Feder, fallen vom Turmeshaken.
Diese halsenden Vögel sind sonders für dich, Lieder im
Rücksprung
Zur gebauten Stimme oder fliegen winterbegleitend zu den
Glocken,
Aber sie driften nicht taub verloren windab.

Time enough to rot

Time enough to rot;
Toss overhead
Your golden ball of blood;
Breathe against air,
Puffing the light's flame to and fro,
Not drawing in your suction's kiss.
Your mouth's fine dust
Will find such love against the grain,
And break through dark;
It's acrid in the streets;
A paper witch upon her sulphured broom
Flies from the gutter.
The still go hard,
The moving fructify;
The walker's apple's black as sin;
The waters of his mind draw in.
        Then swim your head,
        For you've a sea to lie.

Zeit genug zu rotten

Zeit genug zu rotten;
Wirf hoch hinauf
Deinen goldenen Ball aus Blut;
Atme gegen die Luft,
Puste die Lichterflamme hin und her,
Zieh ihn nicht ein, den Saugekuß.
Der Staub im Mund
Wird trotz des Korns die Liebe finden,
Das Dunkel durchbrechen;
Voll Beißendem die Straßen;
Die Zeitungshexe auf ihrem Schwefelbesen
Fliegt aus der Gosse.
Die Reglosen leiden,
Die Frucht treibt den Munteren;
Des Wanderers Apfel schwarz wie die Sünden;
Die Wasser seines Geistes münden.
        Den Kopf laß treiben,
        Denn da liegt ein Meer zum Lügen.

Conceive these images in air

Conceive these images in air,
Wrap them in flame, they're mine;
Set against granite,
Let the two dull stones be grey,
Or, formed of sand,
Trickle away through thought,
In water or in metal,
Flowing and melting under lime.
Cut them in rock,
So, not to be defaced,
They harden and take shape again
As signs I've not brought down
To any lighter state
By love-tip or my hand's red heat.

The neophyte, baptized in smiles

The neophyte, baptized in smiles,
Is laughing boy beneath his oath,
Breathing no poison from the oval mouth,
Or evil from the cankered heart.
Where love is there's a crust of joy
To hide what drags its belly from the egg,
And, on the ground, gyrates as easily
As though the sun were spinning up through it.
Boy sucks no sweetness from the willing mouth,
Nothing but poison from the breath,
And, in the grief of certainty,
Knows his love rots.
Outdo your prude's genetic faculty

In Luft empfange diese Bilder

In Luft empfange diese Bilder,
Hüll sie in Feuer, sie gehören mir;
Gegen Granit gestellt,
Seien die matten Steine beide grau,
Oder, aus Sand geformt,
Sollen sie versickern durch Ideen,
In Wasser oder in Metall,
Fließen und schmelzen unter Kalk.
Hau sie in Stein,
Damit sie, statt geschändet werden,
Härten, wieder Form annehmen,
Als Zeichen, die ich nicht
Zur Strecke brachte, leicht,
Durch Liebesspitze oder meine glühende Hand.

Der Täufling, in Lächeln eingetaucht

Der Täufling, in Lächeln eingetaucht,
Ist lachender Junge unterm Schwur,
Atmet kein Gift durchs Mundoval
Noch Böses aus dem Herzgeschwür.
Wo Liebe ist, ist Freudenkruste,
Verbirgt, was bäuchlings schwer dem Ei entkriecht
Und, auf dem Grund, so leicht sich windet,
Als ob die Sonne sich in ihm emporwand.
Der Junge saugt nicht Süße vom bereiten Mund,
Außer Gift rein nichts aus diesem Atem,
Und weiß doch voll Gewißheitspein,
Seine Liebe verrottet.
Die Erbanlagen deiner Prüderie, sie übertriff,

That grew for good
Out of the bitter conscience and the nerves,
Not from the senses' dualizing tip
Of water, flame, or air.
Wetten your tongue and lip,
Moisten your care to carelessness,
For she who sprinkled on your brow
Soft shining symbols of her peace with you,
Was old when you were young,
Old in illusions turned to acritudes,
And thoughts, be they so kind,
Touched, by a finger's nail, to dust.

To be encompassed by the brilliant earth

To be encompassed by the brilliant earth
Breathing on all sides pungently
Into her vegetation's lapping mouths
Must feel like such encroachment
As edges off your nerves to mine,
The hemming contact that's so trammelled
By love or look,
In death or out of death,
Glancing from the yellow nut,
Eyeing from the wax's tower,
Or, white as milk, out of the seeping dark,
The drooping as you close me in
A world of webs
I touch and break,
I touch and break.

Endgültig erwuchs sie wohl
Aus bitterem Gewissen und den Nerven,
Nicht aus der Sinne Zweiheit schaffendem Antippen
Von Wasser, Flamme oder Luft.
Nässe deine Zunge und die Lippen,
Sorglosigkeit zur Sorge feuchte,
Denn sie, die deine Stirn netzte
Mit dem Glanzeszeichen eures Friedens,
War schon alt in deiner Jugend,
Alt vor Illusionen, die zur Ätzung wurden,
Und vor Gedanken, wie auch immer freundlich,
Zu Staub stößt sie ein Fingernagel.

Von dieser hellen Erd umschlossen

Von dieser hellen Erd umschlossen,
Auf allen Seiten stechend atmen
In lechzende Mäuler ihrer Pflanzen,
Würd fühlen ich wie jenes Drängen,
Das Schärfen deiner Nerven stumpft an meinen,
Die säumende Berührung so beschwert
Durch Liebe oder Blick,
Im Tod oder aus dem Tode,
Spähend aus der gelben Nuß,
Äugend aus dem Wachs-Turm,
Oder, weiß wie Milch, aus sickerndem Dunkel,
Erschlaffen da du mich einschließt in
Eine Welt der Gewebe, die
Ich berühre und zerbreche,
Ich berühre und zerbreche.

Although through my bewildered way

Although through my bewildered way
Of crying off this unshaped evil,
Death to the magical when all is done,
Age come to you – you're bright and useless,
Soon to my care, my love,
But soon to die
In time, like all, through my unreason
In a gay moment's falsity –
There is no need of hope for hope,
You'll bring the place to me
Where all is well,
Noble among a crowd of lights.
Then shall your senses, out of joy,
Tingle on mine;
You're the perverse to lie across,
Out of the heart for me,
Sick, pale, and plain,
So that the process calls for laughs,
The silly binding
Snapped in a rain of pieces falling
On head and running foot,
For, if I could, I'd fly away,
For, if I could, I'd fly away
Before the last light is blown
Into the void again of this bewilderment and that insanity

Obwohl durch meine wirre Art

Obwohl durch meine wirre Art,
Dies formlos Böse fortzuschreien,
Tod dem Wunderbaren, wenn alles ist vollbracht,
Alter kommt zu dir – du bist hell und nutzlos,
Bald mir anvertraut, meine Liebe,
Stirbst du doch bald
Bei Zeiten, wie alles, durch meinen Ungeist
In Falschheit eines frohen Augenblicks –
Hoffnung braucht keine Hoffnung,
Wirst du den Ort mir bringen,
Wo alles gut ist,
Erhaben in der Lichterflut.
Voll Freude werden deine Sinne
So an meinen sich entzünden;
Als Perverse, liegst du kreuz und quer,
Aus ganzem Herzen für mich,
Krank, bleich und schlicht,
Daß es nach Lachen schreit,
Das selige Zusammen
Zerbrach im Stückeregen, der fällt
Auf Kopf und laufenden Fuß,
Denn, könnt ich's, flög ich davon,
Denn, könnt ich's, flög ich davon,
Bevor das letzte Licht erlischt
Zurück in die Leere dieser Verwirrung und jenes Wahnsinns

High on a hill

High on a hill,
Straddle and soak,
Out of the way of the eyes of men,
Out of the way,
Straddle her wrinkled knees
Until the day's broken –
Christ, let me write from the heart,
War on the heart –
Puff till the adder is,
Breathe till the snake is home,
Inch on the old thigh
Till the bird has burst his shell,
And the carnal stem that stood
Blowing with the blood's ebb,
Is fallen down
To the ground.

Hoch oben auf einem Hügel

Hoch oben auf einem Hügel
Spreizen sich und saugen sich voll,
Unerreichbar für das menschliche Auge,
Unerreichbar,
Spreizen sich ihre faltigen Knie
Bis die Nacht hereinbricht –
Herr, laß mich schreiben aus dem Herz,
Im Kampf gegen das Herz –
Puffe bis es der Otter gleicht,
Atme bis die Schlange daheim ist,
Schlängle empor am alten Schenkel,
Bis der Vogel seine Schale gesprengt hat,
Und der fleischliche Stiel, der emporragte
Und spritzte bei des Blutes Ebbe,
Herabgesunken ist
Auf den Boden.

Since, on a quiet night

Since, on a quiet night, I heard them talk
Who have no voices but the winds'
Of all the mystery there is in life
And all the mastery there is in death,
I have not lain an hour asleep
But troubled by their curious speech
Stealing so softly into the ears.
One says: There was a woman with no friend,
And, standing over the sea, she'd cry
Her loneliness across the empty waves
Time after time.
And every voice:
Oblivion is as loverless;
Oblivion is as loverless.
And then again: There was a child
Upon the earth who knew no joy,
For there was no light in his eyes,
And there was no light in his soul.
Oblivion is as blind,
Oblivion is as blind,
I hear them say out of the darkness
Who have no talk but that of death.

Seit eines stillen Nachts

Seit eines stillen Nachts ich Menschen reden hörte,
Die keine Stimme haben als den Wind,
Von all des Lebens Heimlichkeit
Und all des Todes Herrlichkeit,
Hab ich nicht eine Stunde fest geschlafen
Aus Sorge um ihre sonderbare Rede,
Die sich mir leise stahl ans Ohr.
Der eine spricht: Ein Weib, das hatte keine Freunde,
Stand hoch am Meer und rief
Über die leeren Wellen ihre Einsamkeit,
Wieder und wieder.
Und alle Stimmen:
Vergessenheit ist ebenso geliebtenlos;
Vergessenheit ist ebenso geliebtenlos.
Und wiederum: Es war ein Kind
Auf Erden, kannte Freude nicht,
Denn seine Augen waren ohne Licht,
Und seine Seele war ohne Licht.
Vergessenheit ist ebenso blind,
Vergessenheit ist ebenso blind,
Höre ich sie im Dunkeln sagen,
Die keine Rede haben als vom Tod.

They are the only dead who did not love

They are the only dead who did not love,
Lipless and tongueless in the sour earth
Staring at others, poor unlovers.
They are the only living thing who did love,
So are we full with strength,
Ready to rise, easy to sleep.
Who has completeness that can cut
A comic hour to an end through want of woman
And the warmth she gives,
And yet be human,
Feel the same soft blood flow thoroughly,
Have food and drink, unloving?
None, and his deadly welcome
At the hour's end
Shall prove unworthy for his doing,
Which was good at word,
But came from out the mouth unknowing
Of such great goodness as is ours.
There is no dead but is not loved
Awhile, a little,
Out of the fullness of another's heart
Having so much to spare.
That, then, is fortunate,
But, by your habit unreturned,
And by your habit unreturnable.
So is there missed a certain godliness
That's not without its woe,
And not without divinity,
For it can quicken or it can kill.
Look, there's the dead who did not love,
And there's the living who did love,
Around our little selves
Touching our separate love with badinage

Sie sind die einzgen Toten, die nicht liebten

Sie sind die einzgen Toten, die nicht liebten,
Liegen im sauren Boden lippenlos und stumm,
Und starren andre an, arme Unliebende.
Sie sind das einzig Lebende, das liebte,
Drum sind wir voller Kraft,
Stehn willig auf und schlafen gerne ein.
Wer hat Vollständigkeit, der scharf
Ein lustigs Stündchen schließen kann, weil Weib
Und ihre Wärme fehlen,
Und will doch Mensch sein,
Fühlen, wie das gleiche weiche Blut fließt,
Essen, trinken, ohne je zu lieben?
Keiner, und sein tödliches Willkomm
Wird nach der Stunde
Nicht mit seinem Tun sich messen können,
Das gut bei Wort war,
Aber den Mund verließ und ahnte nicht,
Daß es so großes Glück wie unsres gibt.
Ein jeder Toter wird geliebt,
Ein Weilchen und ein Wenig,
Aus der Fülle eines andren Herzens,
Das so viel übrig hat.
Darin, also, liegt Glück,
Doch aus Gewohnheit unerwidert,
Und aus Gewohnheit unerwiderbar.
So wird eine gewisse Frömmigkeit verfehlt,
Die nicht bar Schmerzen ist,
Und nicht bar Göttlichkeit,
Denn sie kann Leben spenden oder töten.
Schau, dort sind Tote, die nicht liebten,
Und dort sind Lebende, die liebten;
Wir mittendrin lieben für uns
Und dulden ihren sanften Spott

When you have ground such beauty down to dust

When you have ground such beauty down to dust
As flies before the breath
And, at the touch, trembles with lover's fever,
Or sundered it to look the closer,
Magnified and made immense
At one side's loss,
Turn inside out, and see at glance
Wisdom is folly, love is not,
Sense can but maim it, wisdom mar it,
Folly purify and make it true.
For folly was
When wisdom lay not in the soul
But in the body of the trees and stones,
Was when sense found a way to them
Growing on hills or shining under water.
Come wise in foolishness,
Go silly and be Christ's good brother,
He whose lovers were both wise and sensible
When folly stirred, warm in the foolish heart.

There's plenty in the world

There's plenty in the world that doth not die,
And much that lives to perish,
That rises and then falls, buds but to wither;
The season's sun, though he should know his setting
Up to the second of the dark coming,
Death sights and sees with great misgiving
A rib of cancer on the fluid sky.

Wenn du so Schönes zu Staub zertreten hast

Wenn du so Schönes zu Staub zertreten hast,
Wie's vor dem Atem fliegt
Und, beim Berühren, liebeserregt erbebt,
Gespalten, um noch mehr zu sehen,
Durch die Lupe ganz immens
Auf Kosten einer Hälfte,
Dann stülp es um und stelle fest:
Weisheit ist töricht, Liebe nicht,
Denken entstellt es, Weisheit schadet,
Torheit läutert es und macht es wahr.
Denn Torheit herrschte,
Als Weisheit nicht Teil der Seele war,
Sondern der Bäume und der Steine Leib,
Als die Einsicht zu jenen fand,
Die Hügel bewachsen, unter Wasser scheinen.
Sei klug durch Torheit,
Werd töricht und sei Christi Bruder,
Er, dessen Freunde zugleich klug und weise,
Als Torheit aufkam, warm in dem törichten Herzen.

Viel gibt's auf der Welt

Viel gibt's auf der Welt das nimmer stirbt
Und viel das zu verderben lebt,
Das steigt, dann fällt, nur knospt, um zu verdorren;
Der Jahreszeit Sonne, ob sie doch genau ihr Sinken
Auf die Sekunde der schwarzen, zweiten Wiederkunft kennt,
Sichtet den Tod und sieht mit großem Schauder
Eines Krebses Rippe im Himmelsfließen.

But we, shut in the houses of the brain,
Brood on each hothouse plant
Spewing its sapless leaves around,
And watch the hand of time unceasingly
Ticking the world away,
Shut in the madhouse call for cool air to breathe.
There's plenty that doth die;
Time cannot heal nor resurrect;
And yet, mad with young blood or stained with age,
We still are loth to part with what remains,
Feeling the wind about our heads that does not cool,
And on our lips the dry mouth of the rain.

Written for a personal epitaph

Feeding the worm
Who do I blame
Because laid down
At last by time,
Here under the earth with girl and thief,
Who do I blame?
Mother I blame
Whose loving crime
Moulded my form
Within her womb,
Who gave me life and then the grave,
Mother I blame.
Here is her labour's end,
Dead limb and mind,
All love and sweat
Gone now to rot.
I am man's reply to every question,
His aim and destination.

Doch wir, eingeschlossen in den Häusern des Hirns,
Bebrüten jedes Treibhauspflänzchen,
Speien seine saftlosen Blätter um uns
Und sehen endlos die Zeiger der Zeit
Tickend die Welt auszählen,
Beschlossen im Irrenhausruf nach kühler Atemluft.
Viel Sterbliches gibt's;
Die Zeit heilt nicht noch läßt sie auferstehen;
Und doch, jugendverrückt oder altersgefleckt,
Wir lassen ungern zurück was bleibt,
Fühlen um unsere Köpfe den unkühlen Wind
Und auf den Lippen den trockenen Mund des Regens.

Zeilen für meine Grabinschrift

Dem Wurm zum Fraß,
Wem geb ich Schuld,
Weil mich die Zeit
Hat endlich gelegt
Hier unter die Erde mit Mädchen und Dieb,
Wem geb ich Schuld?
Mutter hat Schuld,
Ihr Liebesvergehen
Hat mich geformt
In ihrem Leib,
Der das Leben mir gab und das Grab,
Mutter hat Schuld.
Hier endet ihr Wehen,
Tot Glieder und Geist,
Alle Liebe und Schweiß
Sind nun zerfallen.
Ich bin des Menschen Antwort auf jede Frage,
Sein Ziel und seine Bestimmung.

Never to reach the oblivious dark

Never to reach the oblivious dark
And not to know
Any man's troubles nor your own –
Negatives impress negation,
Empty of light and find the darkness lit –
Never is nightmare,
Never flows out from the wound of sleep
Staining the broken brain
With knowledge that no use and nothing worth
Still's vain to argue after death;
No use to run your head against the wall
To find a sweet blankness in the blood and shell,
This pus runs deep.
There's poison in your red wine, drinker,
Which spreads down to the dregs
Leaving a corrupted vein of colour,
Sawdust beneath the skirts;
On every hand the evil's positive
For dead or live,
Froth or a moment's movement
All hold the sum, nothing to nothing,
Even the words are nothing
While the sun's turned to salt,
Can be but vanity, such an old cry,
Nothing never, nothing older
Though we're consumed by loves and doubts.
I love and doubt, it's vain, it's vain,
Loving and doubting like one who is to die
Planning what's good, though it's but winter,
When spring is come,
The jonquil and the trumpet.

Nie das vergeßliche Dunkel erreichen

Nie das vergeßliche Dunkel erreichen
Und nicht wissen
Von deinen noch keines anderen Sorgen –
Negativ der Abdruck von Negationen,
Lichtleer finden sie die Dunkelheit hell –
Niemals ist Nachtmahr,
Niemals fließt aus der Wunde des Schlafes
Und farbfleckt das gebrochene Hirn
Mit nutz- und wertlosem Wissen, immer
Noch eitel im Streit nach dem Tod;
Nutzlos mit dem Kopf gegen die Wand zu laufen,
Süße Leere im Blut und der Hirnschale zu finden,
Dieser Ausfluß geht tief.
In deinem Rotwein ist Gift, Trinkender,
Es breitet sich aus zum Bodensatz,
Hinterläßt eine verdorbene Farbader,
Sägemehl unter den Röcken;
Auf jeder Seite ist das Böse positiv
Für Lebende und Tote,
Schaum oder der Augenblick einer Bewegung
Enthalten die Summe, nichts zu nichts,
Selbst die Wörter sind nichts,
Während die Sonne zu Salz erstarrt,
Können nur Eitelkeit sein, solch altes Sehnen,
Nichts niemals, nichts älter,
Ob uns auch Liebe und Zweifel verzehren.
Ich liebe und zweifle, 's ist eitel, 's ist eitel,
Liebe und zweifle wie einer, der sterben muß
Und auf Gutes plant, ob es nur Winter ist,
Wenn der Frühling da ist,
Das Schneeglöckchen und die Trompete.

Children of darkness got no wings

Children of darkness got no wings,
This we know we got no wings,
Stay, dramatic figures, tethered down
By weight of cloth and fact,
Crystal or funeral, got no hope
For us that knows misventure
Only as wrong; but shan't the genius fail,
Gliding, rope-dancing, is his fancy,
Better nor us can't gainsay walking,
Who'll break our necks upon the pavement
Easier than he upon the ice.
For we are ordinary men,
Sleep, wake, and sleep, eat, love, and laugh,
With wide, dry mouths and eyes,
Poor, petty vermin,
Stink of cigarettes and armpits,
Cut our figures, and retreat at night
Into a double or a single bed,
The same thoughts in our head.
We are ordinary men,
Bred in the dark behind the skirting-board,
Crying with hungry voices in our nest.

Children of darkness got no wings,
This we know, we got no wings,
Stay, in a circle chalked upon the floor,
Waiting all vainly this we know.

Kinder des Dunkels sind flügellos

Kinder des Dunkels sind flügellos,
Soviel wissen wir, flügellos,
Bleibt, Schaufiguren, angepflockt,
Von Tuch beschwert und Tatsachen,
Geschliffen Glas oder Grab, kein Hoffnungslos
Für uns, die Fehltritt nur als Falsch
Gewußt; doch sollt' unser Genius reichen,
Gleiten, Seiltanz mag er mögen,
Besser als wir zu gehen pflegen,
Die wir den Hals auf dem Pflaster brechen,
Leichter als er auf dem Eis.
Denn wir sind einfache Leute,
Schlafen, wachen, und schlafen, essen, lieben und lachen,
Mit weiten trocknen Mündern und Augen,
Armseliges Ungeziefer
Im Zigaretten- und Achselgestank,
Machen Figur und Schau und ziehen zur Nacht
Ins Doppel- oder ins Einzelbett,
Im Kopf dieselben Gedanken.
Wir sind einfache Leute,
Hinter der Scheuerleiste im Dunkel gezeugt,
Und schreien im Nest mit hungriger Stimme.

Kinder des Dunkels sind flügellos,
Soviel wissen wir, flügellos,
Bleiben, im Kreidekreis auf dem Boden,
Und warten vergebens, das wissen wir.

Too long, skeleton

Too long, skeleton, death's risen
Out of the soil and seed into the drive,
Chalk cooled by leaves in the hot season,
Too long, skeleton, death's all alive
From nape to toe, a sanatorium piece
Sly as an adder, rid of fleas.
Take now content, no longer posturing
As raped and reaped, the final emblem.
Thy place is filled, bones bid for auction,
The prism of the eye now void by suction,
New man best whose blood runs thick,
Rather than charnel-house as symbol
Of the moment and the dead hour.

Nearly summer

Nearly summer, and the devil
Still comes visiting his poor relations,
If not in person sends his unending evil
By messengers, the flight of birds
Spelling across the sky his devil's news,
The seasons' cries full of his intimations.
He has the whole field now, the gods departed
Who cannot count the seeds he sows,
The law allows
His wild carouses, and his lips
Poised at the ready ear
To whisper, when he wants, the senses' war
Or lay the senses' rumour.
The welcome devil comes as guest,

Zu lang, Knochenmann

Zu lang, Knochenmann, Tod ist erstanden
Aus der Erde und Saat auf den Wegen,
Blätter kühlen den Kalk im Sommer,
Zu lang, Knochenmann, der Tod ist voll Leben
Vom Scheitel zur Sohle, erholt, auf der Höhe,
Schlau wie die Natter und ohne Flöhe.
Sei nun zufrieden, hör auf zu stolzieren
Als geraubt und geschnitten, letztes Sinnbild.
Dein Platz ist besetzt, die Knochen zum Kauf,
Dein Augenprisma ist ausgesaugt,
Der neue Mann mit dickflüssigem Blut
Gewinnt, nicht das Beinhaussymbol
Des Augenblicks und der toten Stunde.

Beinah Sommer

Beinah Sommer, und immer noch
Besucht der Teufel seine armen Nächsten,
Schickt, wenn nicht selbst, dann durch Boten
Sein endlos Böses, der Vogelflug
Lettert am Himmel Teufelskunde,
Rufe der Jahreszeiten, seiner Ahnungen voll.
Er hat das Feld nun für sich, die Götter entschwunden,
Sie können seine Saat nicht zählen,
Das Gesetz erlaubt
Sein wildes Toben, und seine Lippen
Spitzen sich dem willigen Ohr,
Um, so er will, der Sinne Streit zu flüstern
Oder ihr Ahnen beizulegen.
Der willkommene Teufel kommt als Gast,

Steals what is best – the body's splendour –
Rapes, leaves for lost (the amorist!),
Counts on his fist
All he has reaped in wonder.

The welcome devil comes invited,
Suspicious but that soon passes.
They cry to be taken, and the devil breaks
All that ist not already broken,
Leaves it among the cigarette ends and the glasses.

Youth calls to age

You too have seen the sun a bird of fire
Stepping on clouds across the golden sky,
Have known man's envy and his weak desire,
Have loved and lost.
You, who are old, have loved and lost as I
All that is beautiful but born to die,
Have traced your patterns in the hastening frost.
And you have walked upon the hills at night,
And bared your head beneath the living sky,
When it was noon have walked into the light,
Knowing such joy as I.
Though there are years between us, they are naught;
Youth calls to age across the tired years:
'What have you found,' he cries, 'what have you sought?'
'What you have found,' age answers through his tears,
'What you have sought.'

Stiehlt was du hast, das beste – deine Körperpracht –
Raubt, läßt als verloren (der Liebhaber!),
An seiner Faust zählt er ab,
Was er staunend geerntet hat.

Der willkommene Teufel kommt geladen,
Argwohn geht bald vorüber.
Sie betteln, daß er sie nehme, und der Teufel bricht
Alles, was noch nicht zerbrochen ist,
Läßt es bei den Kippen und Gläsern.

Jugend ruft das Alter

Auch Du sahst den Sonnenfeuervogel
Auf Wolken über goldene Himmel schreiten,
Kennst Menschenschwächen, Menschenneid,
Hast geliebt und verloren.
Du, der Du alt bist, hast geliebt und verloren wie ich
Alles was schön ist, doch dem Tod geboren,
Bist gefolgt Deiner Fährte im eilenden Frost.
Hast erwandert die Hügel bei Nacht,
Hast Deinen Kopf entblößt dem lebendigen Himmel,
Bist, als der Mittag kam, ins Licht gegangen,
Verspürtest Freude wie ich.
Obwohl uns Jahre scheiden, sind sie nichts;
Jugend ruft das Alter, durch müde Jahre:
»Was hast Du gefunden«, ruft sie, »Wonach gesucht?«
»Was Du gefunden«, erwidert das Alter in Tränen,
»Wonach Du gesucht.«

Being but men

Being but men, we walked into the trees
Afraid, letting our syllables be soft
For fear of waking the rooks,
For fear of coming
Noiselessly into a world of wings and cries.

If we were children we might climb,
Catch the rooks sleeping, and break no twig,
And, after the soft ascent,
Thrust out our heads above the branches
To wonder at the unfailing stars.

Out of confusion, as the way is,
And the wonder that man knows,
Out of the chaos would come bliss.

That, then, is loveliness, we said,
Children in wonder watching the stars,
Is the aim and the end.

Being but men, we walked into the trees.

Da wir nur Menschen sind

Da wir nur Menschen sind, schritten wir in den Wald,
Furchtsam, und achteten auf leise Silben,
Aus Angst, die Raben aufzuwecken,
Aus Angst, geräuschlos
Einzugehn in eine Welt aus Flügeln und Gekreisch.

Wären wir Kinder, stiegen wir hinauf
Und fingen, ohne einen Zweig zu brechen, die Raben im Schlaf,
Und nach dem leisen Aufstieg
Streckten wir unsre Köpfe oben aus den Ästen,
Um die unweigerlichen Sterne zu bestaunen.

Aus der Verwirrung, wie's so geht,
Und aus dem menschvertrauten Staunen,
Aus diesem Chaos wüchse Glück.

Das also, sagten wir, ist Schönheit,
Kinder, die staunend auf die Sterne schaun,
Ist Ziel und Zweck.

Da wir nur Menschen sind, schritten wir in den Wald.

Upon your held-out hand

Upon your held-out hand
Count the endless days until they end,
Feel, as the pulse grows tired,
The angels' wings beating about your head
Unsounding, they beat so soft.
Why count so sadly?
Learn to be merry with the merriest,
Or (change the key!) give vent to utterances
As meaningless as the bells (oh change the life!),
The sideboard fruit, the ferns, the picture houses
And the pack of cards.

When I was seven I counted four and forty trees
That stood before my window,
Which may or may not be relevant
And symbolise the maddening factors
That madden both watchers and actors.
I've said my piece: count or go mad.
The new asylum on the hill
Leers down the valley like a fool
Waiting and watching for your fingers to fail
To keep count of the stiles
The thousand sheep
Leap over to my criss-cross rhythms.
I've said my piece.

Auf deiner ausgestreckten Hand

Auf deiner ausgestreckten Hand
Zähl die endlosen Tage zuende,
Fühl, da der Puls ermüdet,
Engelsflügel schlagen um deinen Kopf
Ohne Klang, sie schlagen so sanft.
Warum so traurig zählen?
Lerne froh mit den Frohsten zu sein
Oder (ändere die Tonart!) ventiliere Äußerungen
Bedeutungslos wie Glocken (o ändere das Leben!),
Auf der Anrichte die Früchte, die Farne, die Bilderhäuser
Und das Kartenspiel.

Mit sieben zählte ich vierundvierzig Bäume
Draußen vor meinem Fenster,
Was relevant sein mag oder nicht,
Und die peinigenden Faktoren symbolisieren,
Die Beobachter und Handelnde irritieren.
Ich hab alles gesagt: zähl oder werde verrückt.
Die neue Anstalt auf dem Hügel
Blinzelt wie ein Idiot ins Tal,
Schaut und wartet aufs Versagen der Finger,
Mit denen du die Steigen zählst,
Die tausend Schafe
Springen zu meinen kreuz und queren Rhythmen hinüber.
Ich hab alles gesagt.

Lift up your face

Lift up your face, light
Breaking, stare at the sky
Consoling for night by day
That chases the ghosts of the trees
And the ghosts of the brain,
Making fresh what was stale,
In the unsleeping mummery
Of men and creatures horribly
Staring at stone walls.
Lift up your head, let
Comfort come through the devil's clouds,
The nightmare's mist
Suspended from the devil's precipice,
Let comfort come slowly, lift
Up your hand to stroke the light,
Its honeyed cheek, soft-talking mouth,
Lift up the blinds over the blind eyes.

Out of unsleeping cogitations,
When the skeleton of war
Is with the corpse of peace,
(Notes not in sympathy, discord, unease),
The only visitor,
Must come content.
Therefore lift up, see, stroke the light.
Content shall come after a twisted night
If only with sunlight.

Heb dein Gesicht

Heb dein Gesicht, das Licht
Brechend, starr in den Himmel
Er spendet Trost für die Nacht am Tag
Der die Baumgespenster jagt
Und auch die Hirngespinste,
Er erneuert was schal wirkte
Im ewig wachen Mummenschanz
Der Menschen und Kreaturen, die auf Wände
Aus Stein mit schrecklichem Blick starren.
Heb deinen Kopf, laß
Trost herabsinken durch des Teufels Wolken,
Des Alptraums Schleier
Aufgehängt an des Teufels Abgrund,
Laß Trost langsam kommen, heb
Deine Hand und streich über das Licht,
Seine honigsüße Wange, seinen lieblich sprechenden Mund,
Heb die Blenden empor von den blinden Augen.

Aus ewig wachen Gedanken,
Wenn das Skelett des Krieges
Gleicht dem Leichnam des Friedens,
(Anmerkungen ohne Mitleid, Zwietracht, Unruhe),
Der einzige Besucher,
Muß Zufriedenheit erwachsen.
Daher hebe empor, betrachte, streichle das Licht.
Zufriedenheit wird erwachsen nach einer verdrehten Nacht
Und sei's erst mit dem Sonnenlicht.

The midnight road

The midnight road, though young men tread unknowing,
Harbouring some thought of heaven, or haven hoping,
Yields peace and plenty at the end. Or is it peace,
This busy jarring on the nerves yet no outbreak?
And this is plenty, then, cloves and sweet oils, the bees' honey,
Enough kind food, enough kind speaking,
A film of people moving,
Their hands outstretched, to give and give?
And now behind the screen are vixen voices,
The midnight figures of a sulphurous brood
Stepping in nightmare on a nightmare's edges.
Above them poise the swollen clouds
That wait for breaking and that never break,
The living sky, the faces of the stars.

Der Mitternachtsweg

Der Mitternachtsweg, obwohl junge Männer unwissend
schreiten,
Gedanken an Himmel bergend, oder den Hafen erhoffend,
Gibt Frieden und Fülle am Ende. Ist das Frieden,
Dies eifrige Zerren an den Nerven, ohne Ausbruch?
Und dies Fülle, Nelken und süßes Öl, der Honig der Bienen,
Genug nettes Essen, genug nette Worte,
Ein Film von Menschen, laufend,
Die Hände gestreckt, zu geben und geben?
Und hinter dem Schirm nun keifende Stimmen,
Die Mitternachtswesen einer schwefligen Brut
Betreten im Alptraum die Alptraumränder.
Geschwollene Wolken verharren über ihnen,
Dem Brechen harrend, das niemals kommt,
Der lebende Himmel, Gesichter der Sterne.

With windmills turning wrong directions

With windmills turning wrong directions,
And signposts pointing up and down
Towards destruction and redemption,
No doubt the wind on which the rooks
Tumble, not flying, is false,
Plays scurvy tricks with values and intentions,
Guides and blows wickedly, for larks
Find hard to dart against a cloud,
To London's turned, and thirsty loads
Of men with flannel shirts
And girls with flowered hats
Intent on visiting the famous spots,
Ride in their charabancs on roads
That lead away to dirty towns
Dirtier with garages and cheap tea signs.

Faith in divinity would solve most things,
For then the wrong wind certainly
Would be the devil's wind, and the high trinity
Be guiltless of the windy wrongs.

But ways have changed, and most ways lead
To different places than were said
By those who planned the obvious routes
And now, mistaking the direction,
On miles of horizontal milestones,
Perplexed beyond perplexion,
Catch their poor guts.

The wind has changed, blown inside out
The coverings of dark and light,
Made meaning meaningless. The wrong wind stirs,

Den Windmühlen nach, die falsche Wege weisen

Den Windmühlen nach, die falsche Wege weisen,
Und Wegezeichen, die auf- und abdeuten
Der Verwüstung und Sühne zu,
Ist zweifellos der Wind, auf dem die Saatkrähen
Straucheln – nicht schweben – lügnerisch,
Und treibt niederträchtig Spiel mit Werten und Bedeutungen,
Lenkt und bläst ruchlos den Lerchen, die
Mühe haben einer Wolke entgegenzuschnellen,
Wendet sich gen London mit durstiger Fracht
Der Männer in Flanellhemden
Und Mädchen mit geblümten Hüten,
Die fest entschlossen, berühmte Orte zu besuchen,
In ihren Kremsern Straßen folgen,
Die sie fortführen zu zotigen Städten,
Schäbig mit Tankstellen und billigen Teeschildern.

Glaube in die Göttlichkeit könnte viele Dinge lösen,
Denn dann könnte gewiß der falsche Wind
Des Teufels Wind sein und die heilige Dreieinigkeit
Schuldlos an der Wetterwendigkeit.

Doch wandelten sich die Wege und führen meist
Zu anderen Orten als geplant
Von jenen, die gefällige Routen entwarfen,
Und die nun in der Richtung fehlend,
Meilenweit an horizontalen Marksteinen
In Fassungslosigkeit schwankend
Ihre schwachen Gedärme halten.

Der Wind hat gedreht, hat zerblasen
Die Hüllen von Dunkel und Licht,
Hat annulliert den Sinn. Der falsche Wind rüttelt,

Puffed, old with venom, from a crusted mouth.
The changed wind blows, and there's a choice of signs
To Heaven's turned, and pious loads
Of neophytes take altered roads.

The gossipers

The gossipers have lowered their voices,
Willing words to make the rumours certain,
Suspicious hands tug at the neighbouring vices,
Unthinking actions given causes
Stir their old bones behind cupboard and curtain.

Putting two and two together,
Informed by rumour and the register,
The virgins smelt out, three streets up,
A girl whose single bed held two
To make ends meet,
Found managers and widows wanting
In morals and full marriage bunting,
And other virgins in official fathers.

For all the inconvenience they make,
The trouble, devildom, and heartbreak,
The withered women win them bedfellows.
Nightly upon their wrinkled breasts
Press the old lies and the old ghosts.

Aufgeblasen, alt und boshaft aus einem Krustenmaul.
Der gewandelte Wind weht und dort ist eine Wahl der Zeichen,
Die sich gen Himmel wenden, und die gottesfürchtige Fracht
Der Neubekehrten begeht die gewandelten Straßen.

Die Lästermäuler

Die Lästermäuler sprechen leiser,
Verdrehen Worte, bis Gerüchte Wahrheit werden,
Zerren voll Argwohn an den Nachbarlastern;
Für Unbedachtes Gründe finden
Macht hinter Schrank und Vorhang alte Knochen munter.

Sie machen sich auf alles ihren Reim,
Was Pfarregister und Gerüchte sagen,
Wittern die Jungfraun, drei Straßen weiter,
Das Mädchen, das im Einzelbett zu zweien schläft,
Damit es was zu beißen hat,
Beklagen bei der Witwe, beim Direktor,
Das falsche Hochzeitskleid, die Unmoral,
In offiziellen Vätern andre Jungfraun.

Zum Lohn für all das Ungemach,
Für Ärger, Herzleid, Satanei,
Ernten die Hutzelweiber Bettgenossen,
Nachts drücken sie auf ihre Runzelbrüste
Die alten Lügen und die alten Geister.

Before the gas fades

Before the gas fades with a harsh last bubble,
And the hunt in the hatstand discovers no coppers,
Before the last fag and the shirt sleeves and slippers,
The century's trap will have snapped round your middle,
Before the allotment is weeded and sown,
And the oakum is picked, and the spring trees have
 grown green,
And the state falls to bits,
And is fed to the cats,
Before civilization rises or rots,
(It's a matter of guts,
Graft, poison, and bluff,
Sobstuff, mock reason,
The chameleon coats of the big bugs and shots,)
The jaws will have shut, and life be switched out.
Before the arrival of angel or devil,
Before evil or good, light or dark,
Before white or black, the right or left sock,
Before good or bad luck.

Man's manmade sparetime lasts the four seasons,
Is empty in springtime, and no other time lessens
The bitter, the wicked, the longlying leisure,
Sleep punctured by waking, dreams
Broken by choking,
The hunger of living, the oven and gun
That turned on and lifted in anger
Make the hunger for living
When the purse is empty
And the belly is empty,
The harder to bear and the stronger.
The century's trap will have closed for good
About you, flesh will perish, and blood
Run down the wold's gutters,

Bevor das Gas verlischt

Bevor das Gas mit letztem scharfem Zischen verlischt
Und Stöbern am Haken nicht einen Groschen bringt,
Vor der letzten Kippe, Hemdsärmeln und
        Hausschuhen,
Wird die Zeitenfalle um deine Mitte zuschnappen,
Bevor der Schrebergarten gejätet und besät,
Und das Werg gezupft, und die Frühlingsbäume ergrünt,
Und der Staat in Stücke bricht,
Und den Katzen zum Fraße vorgeworfen wird,
Bevor Kultur erblüht und verrottet,
(Alles eine Frage von Mumm,
Maloche, Lug und Trug,
Flennerei, verdrehter Vernunft,
Der Wendemäntel von dickem Geld und hohen Tieren,)
Sind die Kiefer zugeschnappt, haben Leben abgestellt.
Vor Ankunft von Engel oder Teufel,
Vor Böse oder Gut, Licht oder Dunkel,
Vor Weiß oder Schwarz, der rechten oder linken Socke,
Vor Glück oder Unglück.

Des Menschen menschgemachte Muße hält vier Jahreszeiten,
Ist leer im Frühling, und nichts mehr schmälert
Die bittere, die böse, die langliegende Langeweile,
Schlaf durchbohrt von Wachen, Träume
Gebrochen von Würgen,
Vom Lebenshunger, Gasherd und Gewehr,
Die, aufgedreht und angelegt im Zorn,
Den Hunger zu leben,
Wenn der Beutel leer ist
Und der Bauch leer ist,
Noch unerträglich stärker machen.
Die Zeitenfalle wird für immer zuschnappen,
Um dich, Fleisch stirbt ab, und Blut
Läuft die Gossen der Welt hinunter,

Before the world steadies, stops rocking, is steady,
Or rocks, swings and rocks, before the world totters.

Caught in the trap's machinery, lights out,
With sightless eyes and hearts that do not beat,
You will not see the steadying or falling,
Under the heavy layers of the night
Not black or white or left or right.

Was there a time

Was there a time when dancers with their fiddles
In children's circuses could stay their troubles?
There was a time they could cry over books,
But time has set its maggot on their track.
Under the arc of the sky they are unsafe.
What's never known is safest in this life.
Under the skysigns they who have no arms
Have cleanest hands, and, as the heartless ghost
Alone's unhurt, so the blind man sees best.

Bevor die Welt sich beruhigt, nicht mehr wankt, ruhig ist,
Oder wankt, schwankt und wankt, bevor die Welt torkelt.

Gefangen in der Fallentechnik, Lichter aus,
Mit leeren Augen, und Herzen, die nicht schlagen,
Siehst du Ruhe oder Fallen nicht
Und unter schweren Schichten der Nacht
Weder schwarz oder weiß noch links oder rechts.

Gab's eine Zeit

Gab's eine Zeit, als Tänzer mit der Fidel
Im Zirkus Kindernöte stillen konnten?
Es gab die Zeit, als Bücher sie zu Tränen rührten,
Doch hat der Zeitwurm sich auf ihre Spur gesetzt.
Unter dem Himmelsbogen sind sie ohne Schutz.
Was du nicht weißt, bringt dir im Leben keine Not.
Unter den Himmelszeichen hält, wer keine Arme hat,
Die Finger sauber, und wie herzlose Geister
Nie Schmerzen kennen, sieht der Blinde das meiste.

Out of a war of wits

Out of a war of wits, when folly of words
Was the world's to me, and syllables
Fell hard as whips on an old wound,
My brain came crying into the fresh light,
Called for confessor but there was none
To purge after the wits' fight,
And I was struck dumb by the sun.
Praise that my body be whole, I've limbs,
Not stumps after the hour of battle,
For the body's brittle and the skin's white.
Praise that only the wits are hurt after the wits' fight.
Overwhelmed by the sun, with a torn brain
I stand beneath the clouds' confessional,
But the hot beams rob me of speech,
After the perils of friends' talk
Reach asking arms up to the milky sky,
After a volley of questions and replies
Lift wit-hurt head for sun to sympathize,
And the sun heals, closing sore eyes.
It is good that the sun shine,
And, after it has sunk, the sane moon,
For out of a house of matchboard and stone
Where men would argue till the stars be green,
It is good to step onto the earth, alone,
And be struck dumb, if only for a time.

Aus einem Kampf der Köpfe

Aus einem Kampf der Köpfe, da Wörtertorheit
Mir die törichte Welt war, und Silben
Wie Katzenhiebe auf eine alte Wunde fielen,
Trat weinend mein Hirn ins frische Licht hinaus,
Rief den abwesenden Beichtiger, damit er mich
Läutere nach dem Kampf der Köpfe,
Und die Sonne verschlug mir die Sprache.
Hab Dank für meinen heilen Körper, hab Glieder,
Nicht Stümpfe nach der Stunde des Kampfes,
Denn der Körper ist spröde und die Haut weiß.
Hab Dank, nur die Köpfe schmerzen nach ihrem Kampf.
Von der Sonne überwältigt, mit zermartertem Hirn
Steh ich unter dem Wolkenbeichtstuhl,
Doch die heißen Strahlen rauben mir die Sprache,
Nach den Gefahren der Freundesreden,
Streck fragend ich Arme zum milchigen Himmel,
Nach einer Salve von Fragen und Antworten,
Heb den kopfverletzten Kopf ins Sonnenerbarmen,
Und die Sonne heilt, schließt wunde Augen.
Gut ist's, daß die Sonne scheine,
Und, nach ihrem Untergang, der klare Mond,
Denn aus einem Haus aus Pappe und Stein,
Wo Menschen streiten, bis die Sterne grünen,
Ist's gut, hinaus auf die Erde zu treten, allein,
Mit Stummheit geschlagen zu sein, wenn auch nur kurz.

I have longed to move away

I have longed to move away
From the hissing of the spent lie
And the old terrors' continual cry
Growing more terrible as the day
Goes over the hill into the deep sea;
I have longed to move away
From the repetition of salutes,
From there are ghosts in the air
And ghostly echoes on paper,
And the thunder of calls and notes.

I have longed to move away but am afraid;
Some life, yet unspent, might explode
Out of the old lie burning on the ground,
And, crackling into the air, leave me half-blind.
Neither by night's ancient fear,
The parting of hat from hair,
Pursed lips at the receiver,
Shall I fall to death's feather.
By these I would not care to die,
Half convention and half lie.

Ich wollte fort seit langer Zeit

Ich wollte fort seit langer Zeit
Vom Zischen alter Lüge
Und der Schrecken ständigem Schrei,
Immer schrecklicher, wenn der Tag
Über den Hügel zieht ins tiefe Meer;
Ich wollte fort seit langer Zeit
Vom ständigen Wiederholen der Salute,
Vom da sind Geister in der Luft
Und Geisterechos auf Papier,
Dem Donner der Rufe und Notizen.

Ich wollte fort seit langer Zeit, doch diese Angst;
Ein Leben, unverbraucht, könnte bersten
Aus der alten Lüge, die am Boden schwelt,
Und, in den Himmel knisternd, mich fast blenden.
Nicht durch uralte Furcht der Nacht,
Durch Trennen von Hut und Haar,
Geschürzte Lippen am Hörer,
Werde ich dem Tod verfallen.
Jenen würde ich mich nicht fügen,
Teils Konvention, teils Lügen.

Poet: 1935

See, on gravel paths under the harpstrung trees
He steps so near the water that a swan's wing
Might play upon his lank locks with its wind,
The lake's voice and the rolling of mock waves
Make discord with the voice within his ribs
That thunders as heart thunders, slows as heart slows.
Is not his heart imprisoned by the summer
Snaring the whistles of the birds
And fastening in its cage the flowers' colour?
No, he's a stranger, outside the season's humour,
Moves, among men caught by the sun,
With heart unlocked upon the gigantic earth.
He alone is free, and, free, moans to the sky.
He, too, could touch the season's lips and smile,
Under the hanging branches hear the winds' harps.
But he is left. Summer to him
Is the unbosoming of the sun.

So shall he step till summer loosens its hold
On the canvas sky, and all hot colours melt
Into the browns of autumn and the sharp whites of winter,
And so complain, in a vain voice, to the stars.

Even among his own kin is he lost,
Is love a shadow on the wall,
Among all living men is a sad ghost.
He is not man's nor woman's man,
Leper among a clean people
Walks with the hills for company,
And has the mad trees' talk by heart.

An image of decay disturbs the crocus
Opening its iris mouth upon the sill

Poet: 1935

Sieh, auf Kieseln unter Bäumen wie Harfen besaitet
Tritt er ans Wasser so nah, daß ein Schwanenflügel
Mit seinem Hauch sein fließendes Haar bespielen könnte,
Die Stimme des Sees und das Kräuseln unechter Wellen
Sind der Stimme unter den Rippen nicht gleichgestimmt,
Die dröhnt wie's Herz dröhnt, träg ist, wie's Herz getragen wird.
Liegt sein Herz nicht im Sommer verschlossen,
Der dem Pfeifen der Vögel Schlingen legt
Und seinen Käfig mit Farben der Blumen befestigt?
Nein, fremd ist er hier, außer der Jahreszeit Stimmung,
Geht auf der Riesenerde mit aufgeschlossenem Herzen
Unter sonnengefangenen Menschen.
Er allein ist frei, und frei klagt er dem Himmel.
Auch er könnte Sommerlippen berühren und lächeln,
Unter hängenden Zweigen die Windharfen hören.
Doch er blieb zurück. Sommer ist ihm
Die Herzausschüttung der Sonne.

So wird er schreiten, bis dem Sommer die Himmelsleinwand
Entgleitet, und all die heißen Farben verschmelzen
Zu Herbstbrauntönen und übermäßigem Winterweiß
Und wird mit eitler Stimme vergeblich den Sternen klagen.

Selbst bei den Seinen ist er verloren,
Bleibt Liebe ein Schatten an der Wand,
Bei allen Lebenden nur traurig, ungeboren,
Keinem Mann, keiner Frau ein Mann,
Aussätziger unter Reinen,
Geht von Bergen begleitet
Und trägt in sich wirrer Bäume Rede.

Ein Bild der Fäulnis stört den Krokus,
Beim Öffnen seines Irismauls am Fenster,

Where fifty flowers breed in a fruit box,
And washing water spilt upon their necks
Cools any ardour they may have
And he destroys, though flowers are his loves,
If love he can being no woman's man.
An image born out of the uproarious spring
Hastens the time of the geranium to breathe;
Life, till the change of mood, forks
From the unwatered leaves and the stiff stalks,
The old flowers' legs too taut to dance,
But he makes them dance, cut capers
Choreographed on paper.
The image changes, and the flowers drop
Into their prison with a slack sound,
Fresh images surround the tremendous moon,
Or catch all death that's in the air.

O lonely among many, the gods' man,
Knowing exceeding grief and the gods' sorrow
That, like a razor, skims, cuts, and turns,
Aches till the metal meets the marrow,
You, too, know the exceeding joy
And the triumphant crow of laughter.
Out of a bird's wing writing on a cloud
You capture more than man or woman guesses;
Rarer delight shoots in the blood
At the deft movements of the irises
Growing in public places than man knows.

See, on gravel paths under the harpstrung trees,
Feeling the summer wind, hearing the swans,
Leaning from windows over a length of lawns,
On tumbling hills admiring the sea,
I am alone, alone complain to the stars.
Who are his friends? The wind is his friend,
The glow-worm lights his darkness, and
The snail tells of coming rain.

Wo im Obstkorb fünfzig Blumen sich vermehren
Und Waschwasserguß über ihre Hälse
Ihr Verlangen, so sie's haben, alsbald kühlt,
Und er zerstört, ob doch die Blumen seine Liebsten sind,
Sofern er, keiner Frau der Mann, lieben kann.
Ein Bild, die Ausgeburt des Frühlingsaufruhrs,
Beschleunigt der Geranie Atemzeit;
Das Leben, bis zum Stimmungswechsel, weicht
Von den ungewässerten Blättern und starren Stielen,
Zum Tanz zu steif, die alten Blumenbeine,
Zum Tanz, zum Fratzenschneiden hat er animiert,
Auf Papier sie choreographiert.
Das Bild wechselt, und die Blumen fallen
Mit laschem Ton in ihr Gefängnis,
Frische Bilder umrunden den enormen Mond
Oder holen allen Tod sich aus der Luft.

O unter vielen ein Einsamer, der Göttermensch,
Das Übermaß der Trauer kennt er und der Götter Leid,
Es streicht, schneidet, dreht sich klingengleich
Und schmerzt, bis das Metall aufs Mark trifft,
Das Übermaß der Freude kennst auch du
Und des Lachens Krähen im Triumph.
Aus einer Vogelschwinge Wolkenschrift
Erringst du mehr als Mann und Frau vermuten;
Seltener Genuß schießt ein ins Blut
Beim kennerischem Wiegen der Irisse
Auf öffentlichen Plätzen als bekannt.

Sieh, auf Kieseln unter Bäumen wie Harfen besaitet,
Im Gefühl des Sommerwinds, die Schwäne im Ohr,
In Fensterschau über Rasenlängen hinweg,
Auf Hügelrollen im Bestaunen der See
Bin ich allein, klage allein den Sternen.
Wer sind seine Freunde? Der Wind ist sein Freund,
Das Glühwürmchen erhellt sein Dunkel, und
Die Schnecke verrät den kommenden Regen.

Light, I know, treads the ten million stars

Light, I know, treads the ten million stars,
And blooms in the Hesperides. Light stirs
Out of the heavenly sea onto the moon's shores.
Such light shall not illuminate my fears
And catch a turnip ghost in every cranny.
I have been frightened of the dark for years.
When the sun falls and the moon stares,
My heart hurls from my side and tears
Drip from my open eyes as honey
Drips from the humming darkness of the hive.
I am a timid child when light is dead.
Unless I learn the night I shall go mad.
It is night's terrors I must learn to love,
Or pray for day to some attentive god
Who on his cloud hears all my wishes,
Hears and refuses.
Light walks the sky, leaving no print,
And there is always day, the shining of some sun,
In those high globes I cannot count,
And some shine for a second and are gone,
Leaving no print.
But lunar night will not glow in my blackness,
Make bright its corners where a skeleton
Sits back and smiles, a tiny corpse
Turns to the roof a hideous grimace,
Or mice play with an ivory tooth.
Stars' light and sun's light will not shine
As clearly as the light of my own brain,
Will only dim life, and light death.
I must learn night's light or go mad.

Ich weiß, das Licht durchmißt zehn Millionen Sterne

Ich weiß, das Licht durchmißt zehn Millionen Sterne,
Und steht in Blüte in den Hesperiden. Das Licht schürt
Aus der himmlischen See hinauf zu den Stränden des Mondes.
Solch ein Licht wird nicht meine Schrecknisse illuminieren
Noch fangen den Rübengeist in jedem Unterschlupf.
Vor dem Dunkel habe ich mich gefürchtet Jahr um Jahr.
Wenn die Sonne fällt und der Mond erstarrt,
Wirbelt das Herz aus meiner Seite und Tränen
Tropfen aus meinen unbedeckten Augen wie Honig
Tropft aus der summenden Finsternis des Bienenstocks.
Ein furchtsames Kind bin ich, wenn das Licht verblaßt.
Erfahre ich nicht die Nacht, werde ich der Narrheit verfallen.
Es sind die Schrecken der Nacht, die ich lieben muß,
Oder das Gebet um den Tag zu einem aufmerksamen Gott,
Der auf seiner Wolke all meine Wünsche erhört,
Erhört und zurückweist.
Das Licht wandert am Himmel, hinterläßt keine Spur,
Und dort ist immer Tag, ungezählt in jenen hohen Globen,
Der Strahl von Sonnen,
Die sekundenlang scheinen, dann vergehen,
Keine Spur hinterlassen.
Doch wird die Mondnacht nicht erglühen in meiner Schwärze,
Nicht erhellen ihre Ecken, wo sich ein Skelett
Lächelnd zurücklehnt, ein winziger Körper
Dem Dach eine versteckte Grimasse dreht,
Und Mäuse mit Elfenbein spielen.
Der Sterne Licht und der Sonne Licht werden nicht funkeln
So hell wie das Licht meines eigenen Gehirns,
Werden allein das Leben trüben und den Tod erhellen.
Das Licht der Nacht muß ich erfahren oder der Narrheit
verfallen.

And death shall have no dominion

And death shall have no dominion.
Dead men naked they shall be one
With the man in the wind and the west moon;
When their bones are picked clean and the clean bones gone,
They shall have stars at elbow and foot;
Though they go mad they shall be sane,
Though they sink through the sea they shall rise again;
Though lovers be lost love shall not;
And death shall have no dominion.

And death shall have no dominion.
Under the windings of the sea
They lying long shall not die windily;
Twisting on racks when sinews give way,
Strapped to a wheel, yet they shall not break;
Faith in their hands shall snap in two,
And the unicorn evils run them through;
Split all ends up they shan't crack;
And death shall have no dominion.

And death shall have no dominion.
No more may gulls cry at their ears
Or waves break loud on the seashores;
Where blew a flower may a flower no more
Lift its head to the blows of the rain;
Though they be mad and dead as nails,
Heads of the characters hammer through daisies;
Break in the sun till the sun breaks down,
And death shall have no dominion.

Und dem Tod soll kein Reich mehr bleiben

Und dem Tod soll kein Reich mehr bleiben.
Die nackten Toten die sollen eins
Mit dem Mann im Wind und im Westmond sein;
Blankbeinig und bar des blanken Gebeins
Ruht ihr Arm und ihr Fuß auf Sternenlicht.
Wenn sie irr werden solln sie die Wahrheit sehn,
Wenn sie sinken ins Meer solln sie auferstehn.
Wenn die Liebenden fallen – die Liebe fällt nicht;
Und dem Tod soll kein Reich mehr bleiben.

Und dem Tod soll kein Reich mehr bleiben.
Die da liegen in Wassergewinden im Meer
Sollen nicht sterben windig und leer;
Nicht brechen die die ans Rad man flicht,
Die sich winden in Foltern, deren Sehnen man zerrt:
Ob der Glaube auch splittert in ihrer Hand
Und ob sie das Einhorn des Bösen durchrennt,
Aller Enden zerspellt, sie zerreißen nicht;
Und dem Tod soll kein Reich mehr bleiben.

Und dem Tod soll kein Reich mehr bleiben.
Keine Möwe mehr darf ins Ohr ihnen schrein
Keine Woge laut an der Küste versprühn;
Wo Blumen blühten darf sich keine mehr regen
Und heben den Kopf zu des Regens Schlägen;
Doch ob sie auch toll sind und tot wie Stein,
Ihr Kopf wird der blühende Steinbrech sein,
Der bricht auf in der Sonne bis die Sonne zerbricht,
Und dem Tod soll kein Reich mehr bleiben.

Out of the pit

Within his head revolved a little world
Where wheels, confusing music, confused doubts,
Rolled down all images into the pits
Where half dead vanities were sleeping curled
Like cats, and lusts lay half hot in the cold.

Within his head the engines made their hell,
The veins at either temple whipped him mad,
And, mad, he called his curses upon God,
Spied moon-mad beasts carousing on the hill,
Mad birds in trees, and mad fish in a pool.
Across the sun was spread a crazy smile.
The moon leered down the valley like a fool.

Now did the softest sound of foot or voice
Echo a hundred times, the flight of birds
Drum harshly on the air, the lightning swords
Tear with a great sound through the skies,
And there was thunder in an opening rose.

All reason broke, and horror walked the roads.
A smile let loose a devil, a bell struck.
He could hear women breathing in the dark,
See women's faces under living snoods,
With serpents' mouths and scalecophidian voids
Where eyes should be, and nostrils full of toads.

Taxis and lilies to tinned music stepped
A measure on the lawn where cupids blew
Water from nose and arse, a Sanger's show
Paraded up the aisles and in the crypt
Of churches made from abstract and concrete.
Pole-sitting girls descended for a meal,
Stopped non-stop dancing to let hot feet cool,

Aus der Grube

In seinem Kopf kreiste eine kleine Welt,
Wo Räder, wirrende Musik und Zweifelswirren
Sämtliche Bilder in die Gruben fuhren,
Wo halb-gestorbene Eitelkeiten schliefen, eingerollt
Wie Katzen, und halberheiße Lüste lagen kalt.

In seinem Kopf bauten Maschinen ihre Hölle,
Die Adern beider Schläfen peitschten ihn zum Wahn,
Und wahnsinnig geworden fluchte er auf ihn,
Auf Gott. Am Berg sah er der mondverwirrten Tiere Spiele,
Verrückte Vögel in den Bäumen, irre Fisch im Teich.
Über die Sonne dehnte sich ein irres Lächeln.
Der Mond griente ins Tal, geil, blöd und bleich.

Jetzt hallte hundertmal der noch so leise Laut
Von Schritt, von Stimme, der Vogelflug
Als grelles Trommeln durch den Himmel zog;
Die Blitzesschwerter rissen tosend durch die Luft,
Und eine Rose öffnet sich im Donnerschlag.

Alle Vernunft verfiel, die Angst ging auf den Straßen.
Ein Lächeln setzte einen Teufel frei, die Glocken schlugen.
Er hörte in der Finsternis, wie Frauen Atem sogen,
Erkannte Frauen unter lebenden Haarbändern,
Mit Schlangenmündern, schuppig tumben Höhlen,
Wo Augen fehlten, Nasenlöcher voller Kröten.

Taxis und Lilien zu Dosenmusik schritten
Ein Tänzchen auf dem Rasen, wo Amoretten
Aus Arsch und Nase Wasser spieen, in Kirchenschiff
Und Krypta aus Abstrakt-Konkretem zeigten
Die feschen Sanger-Mädels ihren Paradeschliff.
Mädchen stiegen von Stangen für ein Mahl,
Um nach dem Dauertanz die Füße abzukühlen,

Or all-in wrestling for torn limbs to heal,
The moon leered down the valley like a fool.

Where, what's my God among this crazy rattling
Of knives on forks, he cried, of nerve on nerve,
Man's rib on woman's, straight line on a curve,
And hand to buttock, man to engine, battling,
Bruising, where's God's my Shepherd, God is Love?
No loving shepherd in this upside life.

So crying, he was dragged into the sewer,
Voles at his armpits, down the sad canal
Where floated a dead dog who made him ill,
Plunged in black waters, under hail and fire,
Knee-deep in vomit. I saw him there,
And thus I saw him searching for his soul.

And swimming down the gutters he looks up
At cotton worlds revolving on a hip,
Riding on girders of the air, looks down
On garages and clinics in the town.

Where, what's my God among this taxi stepping,
This lily crawling round the local pubs?
It was November there were whizzbangs hopping,
But now there are the butt-ends of spent squibs.

So crying, he was pushed into the Jordan.
He, too, has known the agony in the Garden,
And felt a skewer enter at his side.
He, too, has seen the world as bottom rotten,
Kicked, with a clatter, ash-bins marked verboten,
And heard the teeth of weasels drawing blood.

And thus I saw him. He was poised like this,
One hand at head, the other at a loss,
Between the street-lamps and the ill-lit sky,
And thus, between the seasons, heard him cry:

Nach Freistilringen Wunden auszuheilen,
Blöd, bleich und geil griente der Mond ins Tal.

Wo ist, was ist mein Gott in diesem irren Klappern
Von Messer auf Gabel, rief er, Nerv auf Nerven,
Von Männer- auf Frauenrippe, Gerade auf Kurven,
Wo Hand mit Hintern kämpft, Mann mit Maschine,
Wo bleibt Gott ist mein Hirte, Gott ist Liebe?
Kein liebender Hirte in diesem queren Leben.

Er rief's: in die Kloake zerrt man ihn,
Durch schwarzes Wasser, traurige Kanäle,
Vor einem toten Hund kam ihm der Ekel,
Knietief im Auswurf stand er, Feuer brach und Hagel,
In seinen Achseln wühlten Mäuse; dort sah ich ihn,
Dort suchte er nach seiner Seele.

Und in der Gosse schwimmend schaut er auf
Zu Baumwollwelten, die um eine Hüfte drehn,
Er schaut hinab, als er Luftbalken reitet,
Sieht Stadtspitäler und Tankstellen stehn.

Wo ist, was ist mein Gott bei solchem Taxireiten,
Bei lilienfeigem um die Kneipen Schleichen?
November war's, Knallfrösche sprangen,
Jetzt bleiben Stummel abgebrannter Kracher.

Er rief's: man stieß ihn in den Jordan.
Auch er erfuhr die Agonie im Garten,
Und spürte einen Spieß in seiner Seite.
Auch er sah, daß die Welt verdorben war im Grund,
Trat scheppernd gegen Abfalltonnen und Verbote
Und hörte Wieselzähne beißen bis aufs Blut.

So sah ich ihn. So stand er da, erstarrt,
Die eine Hand am Haupt, die andere ratlos,
Zwischen Laternen und dem trüb-erhellten Himmel,
So hörte ich zwischen Zeiten wie er rief:

Where, what's my God? I have been mad, am mad,
Have searched for shells and signs on the sea shore,
Stuck straw and seven stars upon my hair,
And leant on stiles and on the golden bar,
I have ridden on gutter dung and cloud.
Under a hideous sea where coral men
Feed in the armpits of drowned girls, I've swum
And sunk; waved flags to every fife and drum;
Said all the usual things over and again;
Lain with parched things; loved dogs and women;
I have desired the circle of the sun.
Tested by fire, double thumb to nose,
I've mocked the moving of the universe.

Where, what? There was commotion in the skies,
But no god rose. I have seen bad and worse,
Gibed the coitus of the stars. No god
Comes from my evil or my good. Mad, mad,
Feeling the pinpricks of the blood, I've said
The novel things. But it has been no good.

Crying such words, he left the crying crowds,
Unshackled the weights of words from tired limbs,
And took to feeding birds with broken crumbs
Of old divinities, split bits of names.
Very alone, he ploughed the only way.
And thus I saw him in a square of fields,
Knocking off turnip tops, with trees for friends,
And thus, some time later, I heard him say:

Out of the buildings of the day I've stepped
To hermits' huts, and talked to ancient men.
Out of the noise into quiet I ran.
My God's a shepherd, God's the love I hoped.
The moon peers down the valley like a saint.
Taxis and lilies, noise and no noise,
Pair off, make harmonies, a harmonious chord,

Wo ist, was ist mein Gott? Ich war verrückt, bin irr,
Habe am Strand nach Muscheln und nach Zeichen gesucht,
Stroh in mein Haar gesteckt und sieben Sterne,
Mich ausgeruht an Gattern und am goldnen Tor,
Und ritt auf Wolken und auf Gossenmist.
Ich schwamm und sank unter dem widerlichen Meer,
Wo Männer aus Korall in Achseln von ertrunknen Mädchen
Fressen; schwenkte mein Fähnchen zu jeder Pfeif und Trommel;
Hab all das Übliche gesagt und wiederholt;
Lag mit Vertrocknetem; liebte Frauen und Hunde;
Habe den Sonnenkreis begehrt.
Feuererprobt machte ich die Nase lang,
Goß Hohngelächter auf den Weltengang.

Wo, was? Es war Aufruhr im Himmel,
Doch kam kein Gott. Ich kenne Besseres und Schlimmres,
Höhnte der Beischlaf der Gestirne. Kein Gott
Entsteht aus meinem Bösem, meinem Gut. Im Wahn,
Im Wahn, blutstichgestachelt, nachgeplappert
Hab ich das modisch Neue. Es hat nichts gebracht.

Rief solche Worte und verließ die rufende Menge,
Befreite müde Glieder von der Worte Last,
Nahm sich der Vögel an, warf ihnen Brocken
Von alten Göttern, Bruchstücke von Namen zu.
Sehr einsam pflügte er den einen Weg.
So sah ich ihn mitten auf Feldern,
Bäume als Freunde, wie er Rüben köpft,
Und so hört ich ihn wenig später sprechen:

Ich bin geschritten aus den Taggebäuden
Zu Eremitenhütten, sprach mit alten Männern.
Vom Lärmen rannt ich in die Stille.
Mein Gott ist ein Hirte, Gott ist die erhoffte Liebe.
Der Mond stiert wie ein Heiliger aufs Tal.
Taxis und Lilien, Lärm und kein Lärm,
Gehen zu zwein, als Harmonie, harmonischer Akkord,

For he has found his soul in loneliness,
Now he is one with many, one with all,
Fire and Jordan and the sad canal.
Now he has heard and read the happy word.
Still, in his hut, he broods among his birds.
I see him in the crowds, not shut
From you or me or wind or rat
Or this or that.

Denn der fand seine Seele in der Einsamkeit,
Der jetzt mit vielen eins ist, eins mit allen,
Feuer und Jordan und dem traurigen Kanal.
Er hat das Glückswort jetzt gehört, gelesen.
Er brütet still in seiner Hütte bei den Vögeln.
Ich seh ihn in der Menge, nicht getrennt
Von dir und mir und Wind und Ratte,
Oder sonst was.

We lying by seasand

We lying by seasand, watching yellow
And the grave sea, mock who deride
Who follow the red rivers, hollow
Alcove of words out of cicada shade,
For in this yellow grave of sand and sea
A calling for colour calls with the wind
That's grave and gay as grave and sea
Sleeping on either hand.
The lunar silences, the silent tide
Lapping the still canals, the dry tide-master
Ribbed between desert and water storm,
Should cure our ills of the water
With a one-coloured calm;
The heavenly music over the sand
Sounds with the grains as they hurry
Hiding the golden mountains and mansions
Of the grave, gay, seaside land.
Bound by a sovereign strip, we lie,
Watch yellow, wish for wind to blow away
The strata of the shore and drown red rock;
But wishes breed not, neither
Can we fend off rock arrival,
Lie watching yellow until the golden weather
Breaks, O my heart's blood, like a heart and hill.

Wir liegen bei Seesand

Wir liegen bei Seesand, schauen Gelb
Und die ernste See, verhöhnen die Spötter,
Die den roten Strömen folgen, wölben
Nische der Worte aus Zikadenschatten,
Denn im gelben Grab von Sand und See
Ruft nach Farbe ein Ruf mit dem Wind
Der ernst ist und froh wie Grab und See
Schlafend rechter und linker Hand.
Die Mondenstille, die stille Flut
Die leckt die stillen Kanäle, der trockne Gezeiten-Meister,
Gerippt zwischen Wüste und Wassersturm,
Sollt unsre Übel vom Wasser heilen
Mit einfarbiger Flaute;
Die Himmelsmusik über dem Sand
Klingt mit den Körnern, die eilen,
Verbergen die goldenen Hügel und Häuser
Des ernsten, frohen Küstenlandes.
Fest in einem Hoheitsstreifen liegen wir,
Schauen Gelb, wünschen der Wind bliese hinweg
Die Schichten der Küste und ertränke den roten Fels;
Doch Wünschen gebiert nicht, noch
Können wir wehren der Ankunft des Felsens,
Liegen, Gelb schauend, bis das goldene Wetter
Umschlägt, o Blut meines Herzens, wie Herz und Berg
bricht.

No man believes

No man believes who, when a star falls shot,
Cries not aloud blind as a bat,
Cries not in terror when a bird is drawn
Into the quicksand feathers down,
Who does not make a wound in faith
When any light goes out, and life is death.

No man believes who cries not, God is not,
Who feels not coldness in the heart,
In the breasted summer longs not for spring,
No breasted girl, no man who, young
And green, sneers not at the old sky.
No man believes who does not wonder why.

Believe and be saved. No man believes
Who curses not what makes and saves,
No man upon this cyst of earth
Believes who does not lance his faith,
No man, no man, no man.

And this is true, no man can live
Who does not bury God in a deep grave
And then raise up the skeleton again,
No man who does not break and make,
Who in the bones finds not new faith,
Lends not flesh to ribs and neck,
Who does not break and make his final faith.

Kein Mensch glaubt

Kein Mensch glaubt, der, wenn ein Stern getroffen abstürzt,
Nicht laut aufheult tränenerstickt,
Nicht vor Entsetzen aufheult, wenn ein Vogel
Im Treibsand versinkt, das Gefieder herabhängt,
Der nicht verwundet ist im Glauben,
Wenn jedes Licht erlischt und Leben zum Tod wird.

Kein Mensch glaubt, der kein ›Gott ist nicht!‹ brüllt,
Der keine Kälte fühlt im Herz,
Im Sommerbusen nicht ersehnt den Lenz,
Kein busiges Mädchen, kein Mann der, jung
Und grün, nicht den alten Himmel verhöhnt.
Kein Mensch glaubt, der nicht fragt nach dem Warum.

Glaube und sei gerettet. Kein Mensch glaubt,
Der nicht verflucht, was erschafft und rettet,
Kein Mensch auf dieser erdigen Geschwulst
Glaubt, der nicht seinen Glauben zur Ader läßt,
Kein Mensch, kein Mensch, kein Mensch.

Und das ist wahr: kein Mensch lebt,
Der nicht Gott in einem tiefen Grab verscharrt
Und dann wieder auferstehen läßt das Skelett,
Kein Mensch, der nicht zerbricht und schafft,
Der in den Gebeinen keinen neuen Glauben findet,
Kein Fleisch den Rippen und dem Hals verleiht,
Der nicht zerbricht und seine letzte Ruhe findet.

Why east wind chills

Why east wind chills and south wind cools
Shall not be known till windwell dries
And west's no longer drowned
In winds that bring the fruit and rind
Of many a hundred falls;
Why silk is soft and the stone wounds
The child shall question all his days,
Why night-time rain and the breast's blood
Both quench his thirst he'll have a black reply.

When cometh Jack Frost? the children ask.
Shall they clasp a comet in their fists?
Not till, from high and low, their dust
Sprinkles in children's eyes a long-last sleep
And dusk is crowded with the children's ghosts,
Shall a white answer echo from the rooftops.

All things are known: the stars' advice
Calls some content to travel with the winds,
Though what the stars ask as they round
Time upon time the towers of the skies
Is heard but little till the stars go out.
I hear content, and 'Be content'
Ring like a handbell through the corridors,
And 'Know no answer', and I know
No answer to the children's cry
Of echo's answer and the man of frost
And ghostly comets over the raised fists.

Warum der Ostwind frösteln läßt

Warum der Ostwind frösteln läßt, der Südwind kühlt,
Wird keiner wissen bis der Windesborn versiegt
Und Westen länger nicht ertränkt
In Winden wird, die Frucht und Rinde bringen
Von vielen hundert Herbsten.
Warum die Seide weich ist und der Stein verletzt
Fragt sich das Kind solang es lebt,
Warum der Regen nächtens wie das Blut der Brust
Den Durst ihm löscht, darauf bekommt es schwarze Antwort.

Die Kinder fragen: Wann kommt der Gevatter Frost?
Werden sie einen Schweifstern fassen in der Faust?
Nicht bis von überall ihr Staub
In Kinderaugen ausstreut langen letzten Schlaf
Und voller Kindergeister ist die Dämmerung,
Wird eine weiße Antwort von den Dächern hallen.

Die Dinge alle sind bekannt, der Sterne Ratschlag
Ruft manche die zufrieden mit dem Wind zu ziehen,
Doch was die Sterne fragen, die durch lange Zeiten
Sich um die Himmelstürme drehen
Hört man vorm Sternerlöschen kaum.
Ich hör zufrieden, und ein »Sei zufrieden«
Durchschallt handglockengleich die Korridore
Und »Wisse nicht die Antwort« und ich weiß
Die Antwort nicht auf was die Kinder schreien
Von Echos Antwort und vom Mann des Frosts,
Von Schweifsterngeistern über den erhobnen Fäusten.

Praise to the architects

Praise to the architects;
Dramatic shadows in a tin box;
Nonstop; stoppress; vinegar from wisecracks;
Praise to the architects;
Radio's a building in the air;
The poster is today's text,
The message comes from negro mystics,
An old chatterbox, barenaveled at Nice,
Who steps on the gas;
Praise to the architects;
A pome's a building on a page;
Keatings is good for lice,
A pinch of Auden is the lion's feast;
Praise to the architects;
Empty, To Let, are signs on this new house;
To leave it empty's lion's or louse's choice;
Lion or louse? Take your own advice;
Praise to the architects.

Den Architekten Preis

Den Architekten Preis;
Dramatische Schatten in der Blechbüchse;
Nonstop; stoppt die Presse; essigsaure Stichelei;
Den Architekten Preis;
Radio ein Bauwerk in der Luft;
Das Poster ist der Text des Tages,
Von Negermystikern die Nachricht,
Ein alter Quasselkopf, nabelfrei in Nizza,
Er drückt auf die Tube;
Den Architekten Preis;
Ein Gedicht ein Bauwerk auf dem Blatt;
Keatings ist gut gegen Läuse,
Die Prise Auden ist des Löwen Fest;
Den Architekten Preis;
Frei, Zu Vermieten, steht an dem neuen Haus;
Das Recht von Löwe oder Laus, es nicht zu vermieten;
Löwe oder Laus? Je nach Belieben;
Den Architekten Preis.

Here in this spring

Here in this spring, stars float along the void;
Here in this ornamental winter
Down pelts the naked weather;
This summer buries a spring bird.

Symbols are selected from the years'
Slow rounding of four seasons' coasts,
In autumn teach three seasons' fires
And four birds' notes.

I should tell summer from the trees, the worms
Tell, if at all, the winter's storms
Or the funeral of the sun;
I should learn spring by the cuckooing,
And the slug should teach me destruction.

A worm tells summer better than the clock,
The slug's a living calendar of days;
What shall it tell me if a timeless insect
Says the world wears away?

In diesem Frühling hier

In diesem Frühling hier schwimmen Sterne am Nichts entlang;
In diesem Ziergartenwinter
Prasselt nieder das nackte Wetter;
Dieser Sommer legt einen Frühlingsvogel ins Grab.

Symbole werden gewählt aus des Jahres
Langsamer Rundfahrt um seiner vier Zeiten Ufer;
Im Herbst lehr dreier Jahreszeiten Feuer
Und vier Vogelrufe.

Ich sollt Sommer kennen an den Bäumen, die Würmer
Kennen, wenn etwas, des Winters Stürme
Oder der Sonne Begräbnis;
Ich sollt Frühling lernen wenn ich den Kuckuck höre,
Und die Wegschnecke sollt mich Zerstörung lehren.

Ein Wurm kennt Sommer besser als die Uhr,
Die Wegschnecke ist ein lebender Tageskalender;
Was solls mir sagen wenn ein zeitloses Insekt
Sagt die Welt geht zu Ende?

We have the fairy tales by heart

We have the fairy tales by heart,
No longer tremble at a bishop's hat,
And the thunder's first note;
We have these little things off pat,
Avoid church as a rat;
We scorn the juggernaut,
And the great wheels' rut;
Half of the old gang's shot,
Thank God, but the enemy stays put.

We know our Mother Goose and Eden,
No longer fear the walker in the garden,
And the fibs for children;
The old spells are undone.
But still ghosts madden,
A cupboard skeleton
Raises the hairs of lad and maiden.

If dead men walked they, too, would holler
At sight of death, the last two fisted killer
Stained a blood colour;
A panic's pallor
Would turn the dead yellow.

We have by heart the children's stories,
Have blown sky high the nursery of fairies;
Still a world of furies
Burns in many mirrors.

Death and evil are twin spectres.
What shall destruction count if these are fixtures?
Why blot the pictures

Wir kennen alle Märchen Wort für Wort

Wir kennen alle Märchen Wort für Wort,
Zittern nicht mehr vorm Bischofshut,
Zeigen beim Donnerschlag noch Mut,
Wir halten solche Sächelchen parat,
Meiden das Kreuz wie eine Ratt;
Wir spotten über den Rächergott,
Verachten der trägen Gäule Trott;
Zur Hälfte ist die alte Bande tot,
Gottlob, auch wenn der Feind nicht weicht.

Die Abzählreime kennen wir, und Eden,
Fürchten nicht mehr den Heimlichen im Garten,
Noch kinderohrgerechte Lügen;
Die alten Zauber sind gebrochen,
Auch wenn uns Geister quälen
Und Kindern sich die Haare stellen
Vor Kellerleichen.

Wenn Tote wandeln könnten, ihnen grauste
Vorm Tode selbst, der seine Mörderfäuste
Reckte in rotem Blutgelüste;
Die Leichenfahle gelb verblaßte,
Wenn Angst sie faßte.

Wir machen mit Märchenplappern Halt,
Haben den Feengarten in die Luft geknallt;
Doch eine Furienwelt
Brennt noch in manchem Spiegelbild.

Der Tod, das Böse – Zwillingsgeister;
Was gilt Vernichtung, bleiben sie doch Meister?
Wozu das Geifern

Of elves and satyrs
If these two gnomes remain unmoved by strictures?

We have the stories backwards,
Torn out magic from the hearts of cowards
By nape and gizzards;
There are two laggards,
Death and evil, too slow in heeding words.

Tear by the roots these twin growths in your gut;
Shall we learn fairy tales off pat,
Not benefit from that?
Burn out the lasting rot,
Fear death as little as the thunder's shot,
The holy hat.

Über Elfen und Satyrn,
Wenn die zwei Gnome jedem Tadel trotzen?

Wir kennen die Kindermärchen rückwärts,
Haben Zauber aus Feiglingsherzen
An Nacken und Bauch herausgezerrt;
Der Tod, das Böse – zwei Nichtsnutze,
Stopfen die Ohren vor Drohgeschwätz.

Reiß dir die Zwillingsbeulen mit der Wurzel aus dem Wanst;
Sollen wir Märchen rezitieren grad
Ohne Profit?
Brenne die Dauerfäulnis in der Glut,
Fürchte so wenig wie den Donnerschlag den Tod,
Den heiligen Hut.

Ears in the turrets hear

Ears in the turrets hear
Hands grumble on the door,
Eyes in the gables see
The fingers at the locks.
Shall I unbolt or stay
Alone till the day I die
Unseen by stranger-eyes
In this white house?
Hands, hold you poison or grapes?

Beyond this island bound
By a thin sea of flesh
And a bone coast,
The land lies out of sound
And the hills out of mind.
No birds or flying fish
Disturbs this island's rest.

Ears in this island hear
The wind pass like a fire,
Eyes in this island see
Ships anchor off the bay.
Shall I run to the ships
With the wind in my hair,
Or stay till the day I die
And welcome no sailor?
Ships, hold you poison or grapes?

Hands grumble on the door,
Ships anchor off the bay,
Rain beats the sand and slates.

Ohren in den Türmen hören

Ohren in den Türmen hören
Hände grollen an der Tür,
Augen in Giebeln sehen
Die Finger an dem Schloß.
Soll ich's entriegeln oder allein
Bleiben bis ich sterbe,
Unbemerkt von fremden Augen
In diesem weißen Haus?
Hand, enthältst du Gift oder Trauben?

Jenseits der Insel, umringt
Von einem schmalen Meer aus Fleisch,
Eine Knochenküste,
Liegt das Land ungehört
Und die Hügel unbedacht.
Nicht Vogel noch fliegender Fisch
Stört der Insel Ruhe.

Ohren auf der Insel hören
Den Wind eilen wie ein Feuer,
Augen auf der Insel sehen
Schiffe ankern vor der Bucht.
Soll ich zu den Schiffen laufen
Mit Wind in den Haaren,
Oder bleiben bis ich sterbe
Und keinen Seemann begrüßen?
Schiff, hältst du Gift oder Trauben?

Hände grollen an der Tür,
Schiffe ankern vor der Bucht,
Regen platzt auf Sand und Schiefer.

Shall I let in the stranger,
Shall I welcome the sailor,
Or stay till the day I die?

Hands of the stranger and holds of the ships,
Hold you poison or grapes?

Shall gods be said to thump the clouds

Shall gods be said to thump the clouds
When clouds are cursed by thunder,
Be said to weep when weather howls?
Shall rainbows be their tunics' colour?

When it is rain where are the gods?
Shall it be said they sprinkle water
From garden cans, or free the floods?

Shall it be said that, venuswise,
An old god's dugs are pressed and pricked,
The wet night scolds me like a nurse?

It shall be said that gods are stone.
Shall a dropped stone drum on the ground,
Flung gravel chime? Let the stones speak
With tongues that talk all tongues.

Soll ich dem Fremden öffnen,
Soll ich den Seemann begrüßen,
Oder bleiben bis ich sterbe?

Hand des Fremden und Rumpf des Schiffes,
Enthältst du Gift oder Trauben?

Solls heißen Götter schlagen auf Wolken

Solls heißen Götter schlagen auf Wolken
Wenn Wolken geplagt sind vom Donner?
Solls heißen sie weinen wenn Wetter heulen?
Solln Regenbogen die Farben sein ihrer Gewänder?

Wenns regnet, wo sollen die Götter sein?
Solls heißen daß sie mit Gießkannen Wasser
Sprengen, oder die Fluten befrein?

Solls heißen es wird wie bei Venus gemacht,
Eines alten Gotts Zitze wird gedrückt und gestochen,
Einer Amme gleich schimpft mich die nasse Nacht?

Es soll heißen Götter sind Stein.
Soll ein fallengelassener Stein trommeln am Boden?
Geworfener Schotter läuten? Laßt Steine sprechen
Mit Zungen die in allen Zungen reden.

The hand that signed the paper

The hand that signed the paper felled a city;
Five sovereign fingers taxed the breath,
Doubled the globe of dead and halved a country;
These five kings did a king to death.

The mighty hand leads to a sloping shoulder,
The finger joints are cramped with chalk;
A goose's quill has put an end to murder
That put an end to talk.

The hand that signed the treaty bred a fever,
And famine grew, and locusts came;
Great is the hand that holds dominion over
Man by a scribbled name.

The five kings count the dead but do not soften
The crusted wound nor stroke the brow;
A hand rules pity as a hand rules heaven;
Hands have not tears to flow.

Die Hand die unterschrieb

Die Hand die unterschrieb hat eine Stadt ruiniert;
Fünf herrschende Finger brachten dem Atem Not,
Haben die Toten des Erdballs verdoppelt, ein Land halbiert;
Diese fünf Könige gaben einem König den Tod.

Zu einer fallenden Schulter führt die mächtige Hand,
Ihre Fingergelenke sind krampfig von Gicht;
Ein Gänsekiel machte dem Mord ein End',
Der hatte dem Gespräch ein End' gemacht.

Die Hand die unterschrieb brütete Fieber,
Und Hunger wuchs, Heuschrecken kamen;
Groß ist die Hand die Herrschaft ausübt über
Menschen durch einen Krähenfuß von Namen.

Die fünf Könige zählen die Toten, doch ohne die Stirne
Zu streicheln oder die krustige Wunde zu schließen;
Eine Hand regiert Mitleid wie eine Hand die Sterne;
Hände können keine Tränen vergießen.

We see rise the secret wind

We see rise the secret wind behind the brain,
The sphinx of light sit on the eyes,
The code of stars translate in heaven.
A secret night descends between
The skull, the cells, the cabinned ears
Holding for ever the dead moon.

A shout went up to heaven like a rocket,
Woe from the rabble of the blind
Adorners of the city's forehead,
Gilders of streets, the rabble hand
Saluting the busy brotherhood
Of rod and wheel that wake the dead.

A city godhead, turbine moved, steel sculptured,
Glitters in the electric streets;
A city saviour, in the orchard
Of lamp-posts and high-volted fruits,
Speaks a steel gospel to the wretched
Wheel-winders and fixers of bolts.

We hear rise the secret wind behind the brain,
The secret voice cry in our ears,
The city gospel shout to heaven.
Over the electric godhead grows
One God, more mighty than the sun.
The cities have not robbed our eyes.

Wir sehen, wie der geheime Wind

Wir sehen, wie der geheime Wind hinterm Verstand
Anhebt, die Lichtsphinx auf den Augen hockt,
Die Sternenchiffre im Himmel übersetzt.
Eine geheime Nacht fällt zwischen
Schädel, Zellen, Käfigohren
Und ewig hält den toten Mond.

Ein Schrei raketengleich zum Himmel saust,
Klage des blinden Pöbels;
Er hat die Stirn der Stadt verziert,
Straßen vergoldet; seine Pöbelfaust
Grüßte die fleißige Bruderschaft
Von Stock und Rad, die Tote wecken.

Ein Gott der Stadt, Stahldenkmal,
Glitzert turbinenstark in den Elektrostraßen;
Ein Stadterlöser spricht im Hain
Aus Lampenpfosten und Starkstromfrüchten
Den Elenden, die Räder und Schrauben drehn,
Ein Evangelium aus Stahl.

Wir hören, wie der geheime Wind anhebt
Hinterm Verstand, geheime Stimmen uns rufen,
Das Evangelium der Stadt zum Himmel schrein.
Über der elektrischen Gottheit wächst
Ein Gott, mächtiger als die Sonne.
Die Städte haben unsre Augen nicht beraubt.

Not forever shall the Lord of the red hail

Not forever shall the Lord of the red hail
Hold in his velvet hand the can of blood;
He shall be wise and let his brimstone spill,
Free from their burning nests the arrows' brood.
And sweet shall fall contagion from his side,
And loud his anger stamp upon the hill.

As fire falls, two hemispheres divide,
Shall drown the boys of battle in their swill,
The stock and steel that bayonet from the mud,
The fields yet undivided behind the skull.
Both mind and matter at the scalding word
Shall fall away, and leave one singing shell.

A hole in space shall keep the shape of thought,
The lines of earth, the curving of the heart,
And from this darkness spin the golden soul.
Intangible my world shall come to naught,
The solid world shall wither in the heat,
How soon, how soon, O lord of the red hail!

Nicht ewig wird der Herr des roten Hagels

Nicht ewig wird der Herr des roten Hagels
In Samthand halten diesen Tiegel Blut;
Weise nun, läßt Schwefel er entfließen,
Befreit aus Flammennest der Pfeile Brut.
Und süß wird Seuche seiner Seit' entströmen,
Und laut wird stampfen auf dem Hügel seine Wut.

Wenn Feuer fällt, wo Hemisphären bersten,
Ersäufet Schlachtenjunker Schweinefraß,
Bohrt Stamm und Stahl sich durch den Schlamm
Noch ungeborstner Felder hinter Schädeln.
Geist wie Materie verbrüht von Atemworten
Zerfallen, nur eine Hülse singend steht.

Ein Loch im Raum bewahrt Gedankenform,
Der Erde Spalt und Herzensbiegung,
Zu goldner Seele dieses Dunkel webt.
Unfaßbar meine Welt zunichte wird,
Die feste Welt welkt glutversengt,
Wie bald, wie bald, o Herr des roten Hagels!

The sun burns the morning

The sun burns the morning, a bush in the brain;
Moon walks the river and raises the dead;
Here in my wilderness wanders the blood;
And the sweat on the brow makes a sign,
And the wailing heart's nailed to the side.

Here is a universe bred in the bone,
Here is a saviour who sings like a bird,
Here the night shelters and here the stars shine,
Here a mild baby speaks his first word
In the stable under the skin.

Under the ribs sail the moon and the sun;
A cross is tatooed on the breast of the child,
And sewn on his skull a scarlet thorn;
A mother in labour pays twice her pain,
Once for the Virgin's child, once for her own.

Die Sonne verbrennt den Morgen

Die Sonne verbrennt den Morgen, ein Busch im Hirn;
Mond geht am Fluß und weckt die Toten;
Hier in meiner Wildnis wandert das Blut;
Und der Schweiß auf der Stirn formt ein Zeichen,
Und das jammernde Herz ist an die Seite genagelt.

Hier ist ein All gezeugt im Knochen,
Hier ist ein Retter, der singt wie ein Vogel,
Hier schützt die Nacht und die Sterne scheinen,
Hier spricht ein sanftes Baby sein erstes Wort
In dem Stall unter dem Fell.

Unter den Streben wandern Sonne und Mond;
Ein Kreuz ist dem Kind auf die Brust tätowiert,
Auf den Schädel ein Scharlachdorn genäht;
Die Mutter in Wehen zahlt doppelt die Qual,
Für das Kind der Jungfrau, für das eigene.

My hero bares his nerves

My hero bares his nerves along my wrist
That rules from wrist to shoulder,
Unpacks the head that, like a sleepy ghost,
Leans on my mortal ruler,
The proud spine spurning turn and twist.

And these poor nerves so wired to the skull
Ache on the lovelorn paper
I hug to love with my unruly scrawl
That utters all love hunger
And tells the page the empty ill.

My hero bares my side and sees his heart
Tread, like a naked Venus,
The beach of flesh, and wind her bloodred plait;
Stripping my loin of promise,
He promises a secret heat.

He holds the wire from this box of nerves
Praising the mortal error
Of birth and death, the two sad knaves of thieves,
And the hunger's emperor;
He pulls the chain, the cistern moves.

Mein Held legt seine Nerven bloß

Mein Held legt seine Nerven bloß an meinem Handgelenk,
Das herrscht vom Handgelenk zur Schulter,
Packt aus das Haupt, das wie ein Geist schlafschwer
Sich lehnt auf meinen sterblichen Beherrscher,
Das stolze Rückgrat, es verachtet Griff und Drehen.

Und diese armen Nerven so verdrahtet mit dem Schädel
Schmerzen auf dem Papier, dem liebeskranken,
Das ich an Liebe drück mit meinem unlenksamen Krakel,
Der Liebe Hunger alles ausspricht,
Dem Blatt Papier erzählt vom leeren Übel.

Mein Held legt meine Flanke bloß und sieht sein Herz,
Das nackt den Strand aus Fleisch wie Venus
Betritt und flicht und windet blutigrotes Haar;
Abstreifend meinen Lenden alle Hoffnung
Läßt er mich hoffen auf eine geheime Hitze.

Er hält den Draht von dieser Nervenkiste,
Preisend das tödliche Sich-Irren
Von Geburt und Tod, dem traurigen Diebsgesindel,
Den Hungerkaiser preist er;
Er zieht die Kette an, der Spülkasten bewegt sich.

The force that through the green fuse drives the flower

The force that through the green fuse drives the flower
Drives my green age; that blasts the roots of trees
Is my destroyer.
And I am dumb to tell the crooked rose
My youth is bent by the same wintry fever.

The force that drives the water through the rocks
Drives my red blood; that dries the mouthing streams
Turns mine to wax.
And I am dumb to mouth unto my veins
How at the mountain spring the same mouth sucks.

The hand that whirls the water in the pool
Stirs the quicksand; that ropes the blowing wind
Hauls my shroud sail.
And I am dumb to tell the hanging man
How of my clay is made the hangman's lime.

The lips of time leech to the fountain head;
Love drips and gathers, but the fallen blood
Shall calm her sores.
And I am dumb to tell a weather's wind
How time has ticked a heaven round the stars.

And I am dumb to tell the lover's tomb
How at my sheet goes the same crooked worm.

Die Kraft die durch die grüne Kapsel Blumen treibt

Die Kraft die durch die grüne Kapsel Blumen treibt
Treibt meine grünen Jahre; sie sprengt der Bäume Wurzeln,
Ist mein Zerstörer.
Und stumm kann ich nicht der queren Rose sagen,
Wie dasselbe Winterfieber meine Jugend beugt.

Die Kraft die durch die Steine Wasser treibt
Treibt mein rotes Blut; sie dörrt den Mündungsschwall,
Zu Wachs den meinen.
Und stumm kann ich nicht meinen Venen deuten,
Wie denselben Mund die Bergesquelle säugt.

Die Hand die's Wasser wellen läßt im Pfuhl
Strudelt Treibsand; sie schnürt den Wirbelwind,
Holt ein mein Lebenssegeltuch.
Und stumm kann ich nicht dem Gehenkten sagen,
Wie aus meinem Lehm der Henker Kalk gewinnt.

Der Zeiten Egel saugen fest am Quellmund;
Liebe tropft zur Lache, doch das gefloßne Blut
Wird ihre Schwären stillen.
Und stumm kann ich nicht den Wetterwinden sagen,
Wie um die Sterne Zeit den Himmel tickt.

Und stumm kann ich nicht dem Liebesgrabmal sagen,
Wie derselbe quere Wurm sich an mein Laken macht.

From love's first fever to her plague

From love's first fever to her plague, from the soft second
And to the hollow minute of the womb,
From the unfolding to the scissored caul,
The time for breast and the green apron age
When no mouth stirred about the hanging famine,
All world was one, one windy nothing,
My world was christened in a stream of milk.
And earth and sky were as one airy hill,
The sun and moon shed one white light.

From the first print of the unshodden foot, the lifting
Hand, the breaking of the hair,
From the first secret of the heart, the warning ghost,
And to the first dumb wonder at the flesh,
The sun was red, the moon was grey,
The earth and sky were as two mountains meeting.

The body prospered, teeth in the marrowed gums,
The growing bones, the rumour of manseed
Within the hallowed gland, blood blessed the heart,
And the four winds, that had long blown as one,
Shone in my ears the light of sound,
Called in my eyes the sound of light.
And yellow was the multiplying sand,
Each golden grain spat life into its fellow,
Green was the singing house.

The plum my mother picked matured slowly,
The boy she dropped from darkness at her side
Into the sided lap of light grew strong,
Was muscled, matted, wise to the crying thigh
And to the voice that, like a voice of hunger,
Itched in the noise of wind and sun.

Vom ersten Liebesfeuer zu ihrer Plage

Vom ersten Liebesfeuer zu ihrer Plage, von der sanften
Zur hohlen Minute des Schoßes, [Sekunde
Vom Entfalten zum zerschnittenen Häutchen,
Die Zeit für die Brust und das grüne Schürzenalter
Als kein Mund sich bei der baumelnden Dürre regte,
War alle Welt eins, ein windiges Nichts,
Meine Welt wurde getauft in einem Strom aus Milch.
Und Erde und Himmel waren wie ein luftiger Hügel,
Sonne und Mond verstreuten ein einzig weißes Licht.

Vom ersten Abdruck des unbeschuhten Fußes, der sich
Hand, dem Aufbäumen des Haars, [hebenden
Vom ersten Geheimnis des Herzens, dem drohenden Gespenst,
Bis zur ersten dumpfen Verwunderung über das Fleisch
War die Sonne rot, war der Mond grau,
Waren Erde und Himmel wie zwei zusammenstoßende Berge.

Der Körper gedieh, Zähne im kräftigen Gaumen,
Die wachsenden Knochen, das Raunen des Männersamens
In der geweihten Drüse, Blut segnete das Herz,
Und vier Winde, die lange als einer geweht hatten,
Verstrahlten in meine Ohren das Licht des Lauts,
Riefen in meine Augen den Laut des Lichts.
Und gelb war der ausufernde Sand,
Jedes goldene Weizenkorn spuckte Leben in seine Gefährten,
Grün war das singende Heim.

Die Pflaume die meine Mutter pflückte reifte langsam,
Der Junge den sie aus dem Dunkel ihrer Hüfte
In den Seitenschoß aus Licht entließ, wuchs kräftig heran,
Bekam Muskeln, Kraushaar, wurde gewitzt für den weinenden
Und die Stimme die wie eine Hungerstimme [Schenkel
Juckte im Lärm von Wind und Sonne.

And from the first declension of the flesh
I learnt man's tongue, to twist the shapes of thoughts
Into the stony idiom of the brain,
To shade and knit anew the patch of words
Left by the dead who, in their moonless acre,
Need no word's warmth.
The root of tongues ends in a spentout cancer,
That but a name, where maggots have their X.

I learnt the verbs of will, and had my secret;
The code of night tapped on my tongue;
What had been one was many sounding minded.

One womb, one mind, spewed out the matter,
One breast gave suck the fever's issue;
From the divorcing sky I learnt the double,
The two-framed globe that spun into a score;
A million minds gave suck to such a bud
As forks my eye;
Youth did condense; the tears of spring
Dissolved in summer and the hundred seasons;
One sun, one manna, warmed and fed.

Und vom ersten Verfall des Fleisches
Lernte ich des Menschen Zunge, um die Formen der Gedanken
In die steinerne Mundart des Gehirns zu verdrehen,
Das Flickwerk der Wörter neu abzutönen und zu verknüpfen,
Hinterlassen von den Toten die auf ihrem mondlosen Ackerstück
Nicht der Wärme des Wortes bedürfen.
Die Wurzel von Sprachen endet in einem ausgelaugten Krebs,
Nichts als ein Name, in dem Maden ihr X haben.

Ich lernte die Zeitwörter des Willens und hütete mein Geheimnis;
Die Kennziffer der Nacht tippte auf meine Zunge;
Was eines gewesen, wurde vieltönend gesinnt.

Ein Schoß, ein Geist erbrach den Stoff,
Eine Brust ließ des Fiebers Ausfluß saugen;
Vom geteilten Himmel lernte ich den Doppelgänger,
Den doppelgerahmten Erdball der durchs Ziel schoß;
Eine Million Geister ließen eine Blüte saugen
Wie sie mein Auge verzweigt;
Jugend härtete sich ab; die Frühlingstränen
Schwanden im Sommer und den hundert Jahreszeiten;
Eine Sonne, ein Manna wärmte und nährte.

The almanac of time

The almanac of time hangs in the brain;
The seasons numbered by the inward sun,
The winter years, move in the pit of man;
His graph is measured as the page of pain
Shifts to the redwombed pen.

The calendar of age hangs in the heart,
A lover's thought tears down the dated sheet,
The inch of time's protracted to a foot
By youth and age, the mortal state and thought
Ageing both day and night.

The word of time lies on the chaptered bone,
The seed of time is sheltered in the loin:
The grains of life must seethe beneath the sun,
The syllables be said and said again:
Time shall belong to man.

Der Almanach der Zeit

Der Almanach der Zeit hängt im Gehirn;
Die Jahreszeiten sind gezählt von der inwendigen Sonne,
Die Winterjahre treiben im Abgrund des Menschen;
Sein Diagramm ist gemessen als die Seite des Schmerzes
Umspringt zum rotschößigen Stift.

Der Kalender des Alters hängt im Herzen,
Eines Liebenden Gedanken ziehen herab das datierte Blatt,
Der Zoll der Zeit ist von Jugend und Alter
Zu einem Fuß gedehnt, das sterbliche Sein und Denken
Altern den Tag und die Nacht.

Das Wort der Zeit liegt auf dem Kapitel des Knochens,
Die Saat der Zeit fand Unterschlupf in der Blume:
Die Samenkörner des Lebens müssen sieden neben der Sonne,
Die Silben, sie werden wieder und wieder gemurmelt:
Die Zeit wird den Menschen gehören.

All that I owe the fellows of the grave

All that I owe the fellows of the grave
And all the dead bequeath from pale estates
Lies in the fortuned bone, the flask of blood,
Like senna stirs along the ravaged roots.
O all I owe is all the flesh inherits,
My fathers' loves that pull upon my nerves,
My sisters' tears that sing upon my head,
My brothers' blood that salts my open wounds.

Heir to the scalding veins that hold love's drop,
My fallen filled, that had the hint of death,
Heir to the telling senses that alone
Acquaint the flesh with a remembered itch,
I round this heritage as rounds the sun
His winy sky, and, as the candle's moon,
Cast light upon my weather. I am heir
To women who have twisted their last smile,
To children who were suckled on a plague,
To young adorers dying on a kiss.
All such disease I doctor in my blood,
And all such love's a shrub sown in the breath.

Then look, my eyes, upon this bonebound fortune
And browse upon the postures of the dead;
All night and day I eye the ragged globe
Through periscopes rightsighted from the grave;
All night and day I wander in these same
Wax clothes that wax upon the ageing ribs;
All night my fortune slumbers in its sheet.
Then look, my heart, upon the scarlet trove,
And look, my grain, upon the falling wheat;
All night my fortune slumbers in its sheet.

Alles, was ich schulde den Grabesgefährten

Alles, was ich schulde den Grabesgefährten
Und Tote vermachen an bleichem Besitz
Liegt im beglückten Knochen, der Flasche Blut,
Wie Senna rührt's zerstörte Wurzeln an.
O alles, was ich schulde, das erbt das Fleisch,
Meiner Väter Lieben, die an den Nerven zerren,
Meiner Schwestern Tränen, die meinen Kopf besingen,
Meiner Brüder Blut, das offne Wunden salzt.

Erbe siedender Adern, die Liebestropfen halten,
Mein volles Fallen, das den Todeswink enthielt,
Erbe verräterischer Sinne, die allein
Dem Fleisch erinnerten Juckreiz melden,
Ich umkreise dies Erbe wie die Sonne
Die trunkene Luft umkreist, wie der Kerzenmond
Erhellt mein Wetter. Ich bin Erbe
Der Frauen, die ihr letztes Lächeln zerrten,
Der Kinder, die mit Seuchen man gestillt,
Der jungen Verehrer, die sterben für einen Kuß.
All diese Leiden verarzte ich in meinem Blut,
Und all diese Liebe ist ein Busch dem Atem eingesät.

Dann schaut, meine Augen, auf dies knochenumringte Glück
Und weidet euch an Totenposen;
Ich beäug die Welt in Lumpen Tag und Nacht
Durch Periskope deutlich aus dem Grab;
Tag und Nacht durchwandle ich in ebendiesen
Wachskleidern, die auf alternden Rippen wachsen;
Die Nacht hindurch nun schläft mein Glück im Tuch.
Dann schau, mein Herz, auf diesen Scharlachfund,
Und schau, mein Korn, die fallende Saat;
Die Nacht hindurch nun schläft mein Glück im Tuch.

Light breaks where no sun shines

Light breaks where no sun shines;
Where no sea runs, the waters of the heart
Push in their tides;
And, broken ghosts with glow-worms in their heads,
The things of light
File through the flesh where no flesh decks the bones.

A candle in the thighs
Warms youth and seed and burns the seeds of age;
Where no seed stirs,
The fruit of man unwrinkles in the stars,
Bright as a fig;
Where no wax is, the candle shows its hairs.

Dawn breaks behind the eyes;
From poles of skull and toe the windy blood
Slides like a sea;
Nor fenced, nor staked, the gushers of the sky
Spout to the rod
Divining in a smile the oil of tears.

Night in the sockets rounds,
Like some pitch moon, the limit of the globes;
Day lights the bone;
Where no cold is, the skinning gales unpin
The winter's robes;
The film of spring is hanging from the lids.

Light breaks on secret lots,
On tips of thought where thoughts smell in the rain;
When logics die,
The secret of the soil grows through the eye,
And blood jumps in the sun;
Above the waste allotments the dawn halts.

Licht bricht, wo keine Sonne scheint

Licht bricht, wo keine Sonne scheint;
Wo kein Meer wogt, drängt das Herzwasser
Seine Gezeiten herein;
Gebrochene Gespenster, in ihren Köpfen Glühwürmchen,
Die Lichtteile feilen
Durch das Fleisch, wo kein Fleisch die Knochen bedeckt.

Eine Kerze zwischen den Schenkeln
Erwärmt Jugend und Samen und verbrennt die Saat der Reife;
Wo keine Saat treibt,
Entfaltet sich des Menschen Frucht in den Sternen,
Glatt wie ein Feigenblatt;
Wo kein Wachs ist, zeigt die Kerze ihr Haar.

Der Tag bricht herein hinter den Augen;
Von Schädel und Zehe das wallende Blut
Gleitet wie ein Meer;
Ungesichert und schrankenlos, des Himmels Quellen
Spritzen an der Rute empor
Die erahnt mit einem Lächeln die öligen Tränen.

Die Nacht in den Augenhöhlen rundet,
Wie ein pechschwarzer Mond, die Konturen der Kugeln;
Der Tag erleuchtet den Knochen;
Wo keine Kälte ist, wird des Winters Talar
Aufgelöst von enthäutenden Stürmen;
Des Frühlings Schleier hängt von den Lidern.

Licht bricht sich auf geheimen Losen,
Auf Gedankenspitzen wo Gedanken im Regen riechen;
Wenn Logik stirbt,
Tritt das Geheimnis der Erde durch das Auge,
Und Blut pulsiert in der Sonne;
Über den Abfallhalden steht der Tag still.

A letter to my aunt discussing the correct approach to modern poetry

To you, my aunt, who would explore
The literary Chankley Bore,
The paths are hard, for you are not
A literary Hottentot
But just a kind and cultured dame
Who knows not Eliot (to her shame).
Fie on you, aunt, that you should see
No genius in David G.,
No elemental form and sound
In T. S. E. and Ezra Pound.
Fie on you, aunt! I'll show you how
To elevate your middle brow,
And how to scale and see the sights
From modernist Parnassian heights.

First buy a hat, no Paris model
But one the Swiss wear when they yodel,
A bowler thing with one or two
Feathers to conceal the view;
And then in sandals walk the street
(All modern painters use their feet
For painting, on their canvas strips,
Their wives or mothers minus hips).

Perhaps it would be best if you
Created something very new,
A dirty novel done in Erse
Or written backwards in Welsh verse,
Or paintings on the backs of vests,
Or Sanskrit psalms on lepers' chests.
But if this proved imposs-i-ble
Perhaps it would be just as well,
For you could then write what you please,
And modern verse is done with ease.

Ein Brief an meine Tante
über den rechten Zugang zu moderner Lyrik

Dir, liebe Tante, fällt nicht leicht,
Der Weg ins Literatenreich
Der Weg ist schwer, du bist, weiß Gott,
Kein literarischer Hottentott,
Bist lieb und gut und kultiviert,
Kennst Eliot nicht (was dich geniert),
Was hör ich, aber Tante, geh!
Kein Genius in David G.?
Kein Elementeklang noch Grund
In T. S. E. und Ezra Pfund?
Schäm dich, Lieb, ich zeig dir jetzt,
Wie man sein Niveau raufsetzt,
Wie man aufsteigt und erfaßt
Den Blick vom heutigen Parnaß.

Ein neuer Hut wird dich ummodeln,
Schweizer tragen ihn beim Jodeln,
Auch ein Federhut wär schick,
Denn er verhüllte dir den Blick;
Für's Pflaster, Tante, kauf Sandalen
(Moderne nehmen den Fuß zum Malen,
Und wie sie's Leinen auch zerklüften,
Den Bilderfrauen fehlen Hüften).

Am besten wär's, wenn, meiner Treu,
Du produziertest gänzlich neu,
'nen Schundroman vielleicht in Erse,
Rückwärts gereimte Waliser Verse,
Bilder bunt auf Westenrücken,
Auch Sanskritpsalmen sind entzückend
Auf der Brust von Leprakranken.
Un-*mög*-lich, wirst du dich bedanken.
Schon gut, schreib einfach, wie's dir frommt,
's ist schon modern, was dann rauskommt.

Do not forget that 'limpet' rhymes
With 'strumpet' in these troubled times,
And commas are the worst of crimes;
Few understand the works of Cummings,
And few James Joyce's mental slummings,
And few young Auden's coded chatter;
But then it is the few that matter.
Never be lucid, never state,
If you would be regarded great,
The simplest thought or sentiment,
(For thought, we know, is decadent);
Never omit such vital words
As belly, genitals, and —,
For these are things that play a part
(And what a part) in all good art.
Remember this: each rose is wormy,
And every lovely woman's germy;
Remember this: that love depends
On how the Gallic letter bends;
Remember, too, that life is hell
And even heaven has a smell
Of putrefying angels who
Make deadly whoopee in the blue.
These things remembered, what can stop
A poet going to the top?

A final word: before you start
The convulsions of your art,
Remove your brains, take out your heart;
Minus these curses, you can be
A genius like David G.

Take courage, aunt, and send your stuff
To Geoffrey Grigson with my luff,
And may I yet live to admire
How well your poems light the fire.

Vergiß nur nicht, der Reim fällt »leicht«,
Wie Mädchen auch in dieser Zeit,
Und Kommas setzt man nur im Streit;
Wer versteht schon Cummings' Schriften,
Wer schon Joyces Geistesdriften
Und wer Jung Audens dunkles Schnattern,
Wohl nur die wenigsten Gevattern.
Sei niemals klar, sag niemals bloß –
Dann hält man dich gewiß für groß –
So Einfaches wie dein Sentiment
(Denken, klar, ist dekadent):
Bestimmte Wörter, die tun not,
Bauch, Geschlechtsteil und auch ——,
Nur diese Dinge geben der Kunst
(Der guten Kunst) die rechte Brunst.
Merk dir: Würmer hat die Rose,
Jeder Frau steht die Neurose;
Merk dir: was Liebe ist, bestimmt
Die Schrift, die man Paris entnimmt;
Das Leben, merk dir, ist die Hölle
Und selbst der Himmel ist die Quelle,
Aus der die Engel stinkend strömen
Und uns im Azur verhöhnen.
Kann der Poet, dem wir dies raten,
Nicht alsbald tun die größten Taten?

Ein letztes Wort dir zur Premiere
Deiner Kunst als Qual und Schmiere:
Hirn und Herz, die amputiere:
Sie sind ein Fluch und ohne sie
Wirst du, wie David G., Genie.

Nun, Tantchen, schicke deinen Mus
An Geoffrey Grigson mit 'nem Gruß,
Und vielleicht seh ich noch unversehrt,
Wie dein Gedicht die Flammen nährt.

A process in the weather of the heart

A process in the weather of the heart
Turns damp to dry; the golden shot
Storms in the freezing tomb.
A weather in the quarter of the veins
Turns night to day; blood in their suns
Lights up the living worm.

A process in the eye forewarns
The bones of blindness; and the womb
Drives in a death as life leaks out.

A darkness in the weather of the eye
Is half its light; the fathomed sea
Breaks on unangled land.
The seed that makes a forest of the loin
Forks half its fruit; and half drops down,
Slow in a sleeping wind.

A weather in the flesh and bone
Is damp and dry; the quick and dead
Move like two ghosts before the eye.

A process in the weather of the world
Turns ghost to ghost; each mothered child
Sits in their double shade.
A process blows the moon into the sun,
Pulls down the shabby curtains of the skin;
And the heart gives up its dead.

Ein Vorgang im Wetter des Herzens

Ein Vorgang im Wetter des Herzens
Macht Feuchtes trocken; der goldne Strahl
Stürmt ein in die gefrorne Gruft.
Ein Wetter im Gebiet der Venen
Macht Nacht zum Tag; der Sonnen Blut
Läßt leuchten den lebendigen Wurm.

Ein Vorgang in den Augen warnt
Knochen vor Blindheit; und der Schoß
Treibt ein den Tod, wo Leben ausläuft.

Die Dunkelheit im Augenwetter
Ist halb ihr Licht; die ausgelotete See
Bricht auf unvermessenem Land.
Der Same, der zum Walde macht die Lende,
Halb gabelt seine Frucht; und halb fällt sie herab,
Langsam im schlummernden Wind.

Ein Wetter im Fleisch und in den Knochen
Ist feucht und trocken; die Lebendigen und Toten
Huschen wie zwei Geister vor dem Auge.

Ein Vorgang im Wetter dieser Welt
Kehrt Geist zum Geiste; jeder Mutter Kind
Weilt in ihren Doppelschatten.
Ein Vorgang bläst den Mond zur Sonne,
Zieht ab die schäbigen Vorhänge der Haut;
Das Herz gibt seine Toten preis.

I see the boys of summer

I

I see the boys of summer in their ruin
Lay the gold tithings barren,
Setting no store by harvest, freeze the soils;
There in their heat the winter floods
Of frozen loves they fetch their girls,
And drown the cargoed apples in their tides.

These boys of light are curdlers in their folly,
Sour the boiling honey;
The jacks of frost they finger in the hives;
There in the sun the frigid threads
Of doubt and dark they feed their nerves;
The signal moon is zero in their voids.

I see the summer children in their mothers
Split up the brawned womb's weathers,
Divide the night and day with fairy thumbs;
There in the deep with quartered shades
Of sun and moon they paint their dams
As sunlight paints the shelling of their heads.

I see that from these boys shall men of nothing
Stature by seedy shifting,
Or lame the air with leaping from its heats;
There from their hearts the dogdayed pulse
Of love and light bursts in their throats.
O see the pulse of summer in the ice.

II

But seasons must be challenged or they totter
Into a chiming quarter
Where, punctual as death, we ring the stars;

Ich sehe die Jungen des Sommers

I

Ich sehe die Jungen des Sommers in ihrem Verderben
Das goldene Zehntland brach legen,
Die Ernte mißachten, die Scholle einfrieren lassen;
Dort in der Hitze holen sie ihren Mädchen
Die Winterfluten erfrorener Lieben
Und ertränken die aufgeladenen Äpfel in ihren Gezeiten.

Diese Jungen des Lichts lassen in ihrem Wahn die Milch gerinnen,
Sie säuern den kochenden Honig;
Als Frosthandlanger stochern sie in den Bienenkörben;
Dort in der Sonne nähren sie mit frostigen Fäden
Von Zweifel und Finsternis ihre Nerven;
Der Signalmond ist null und nichtig in ihrer Leere.

Ich sehe die Sommerkinder in ihren Müttern
Des kräftigen Schoßes Witterungen sprengen,
Nacht und Tag mit Elfendaumen teilen;
Dort in der Tiefe mit viergeteilten Schatten
Von Sonne und Mond bemalen sie ihre Muttertiere
Wie Sonnenlicht die Schalen ihrer Köpfe bemalt.

Ich sehe aus diesen Jungen wertlose Männer werden
Durch schäbigen Wechsel
Oder die Luft durch Hitzesprünge lähmen;
Dort platzt aus ihren Herzen der Hundstagpuls
Von Liebe und Licht in ihren Kehlen,
Ach seht den Puls des Sommers in dem Eis.

II

Doch Jahreszeiten wollen herausgefordert sein
Oder sie torkeln in einem Viertelstundenschlag
Wo wir die Sterne läuten, pünktlich wie der Tod;

There, in his night, the black-tongued bells
The sleepy man of winter pulls,
Nor blows back moon-and-midnight as she blows.

We are the dark deniers, let us summon
Death from a summer woman,
A muscling life from lovers in their cramp,
From the fair dead who flush the sea
The bright-eyed worm on Davy's lamp,
And from the planted womb the man of straw.

We summer boys in this four-winded spinning,
Green of the seaweeds' iron,
Hold up the noisy sea and drop her birds,
Pick the world's ball of wave and froth
To choke the deserts with her tides,
And comb the county gardens for a wreath.

In spring we cross our foreheads with the holly,
Heigh ho the blood and berry,
And nail the merry squires to the trees;
Here love's damp muscle dries and dies,
Here break a kiss in no love's quarry.
O see the poles of promise in the boys.

III

I see you boys of summer in your ruin.
Man in his maggot's barren.
And boys are full and foreign in the pouch.
I am the man your father was.
We are the sons of flint and pitch.
O see the poles are kissing as they cross.

Dort in seiner Nacht zieht der schläfrige Mann des Winters
Die schwarz geklöppelte Glocke
Und weht kein Wehen von Mond-und-Mitternacht zurück.

Wir sind die dunklen Verneiner, laßt uns
Den Tod berufen aus einer Sommerfrau,
Ein strotzendes Leben aus der Verklammerung von Liebenden,
Aus den sauberen Toten die das Meer überschwemmen
Den hellhäutigen Wurm auf Davys Lampe,
Und aus dem bepflanzten Schoß den Mann aus Stroh.

Wir Sommerjungen im vierwindigen Wirbel,
Grün von Seegraseisen,
Halten die lärmende See aufrecht und lassen ihre Vögel fallen,
Pflücken vom Weltall Welle und Schaum
Um die Wüsten mit ihren Fluten zu ersticken,
Und durchkämmen die Grafschaftsgärten nach einem Kranz.

Im Frühling bekreuzen wir die Stirnen mit dem Stechdorn,
Hei! Ho! Blut und Beere,
Und nageln die fröhlichen Gutsherren an die Bäume;
Hier dorrt und stirbt der Liebe feuchter Muskel,
Hier brich in keiner Liebe Steinbruch einen Kuß,
Ach seht die Masten der Verheißung in den Jungen.

III

Ich sehe euch Sommerjungen in eurem Verderben.
Den Menschen unfruchtbar in seiner Made.
Und Jungen sind voll und fremd in dem Beutel.
Ich bin der Mann der euer Vater war.
Wir sind die Söhne von Feuerstein und Pech.
Seht doch die Masten beim Kreuzen Küsse tauschen.

In the beginning

In the beginning was the three-pointed star,
One smile of light across the empty face;
One bough of bone across the rooting air,
The substance forked that marrowed the first sun;
And, burning ciphers on the round of space,
Heaven and hell mixed as they spun.

In the beginning was the pale signature,
Three-syllabled and starry as the smile;
And after came the imprints on the water,
Stamp of the minted face upon the moon;
The blood that touched the crosstree and the grail
Touched the first cloud and left a sign.

In the beginning was the mounting fire
That set alight the weathers from a spark,
A three-eyed, red-eyed spark, blunt as a flower;
Life rose and spouted from the rolling seas,
Burst in the roots, pumped from the earth and rock
The secret oils that drive the grass.

In the beginning was the word, the word
That from the solid bases of the light
Abstracted all the letters of the void;
And from the cloudy bases of the breath
The word flowed up, translating to the heart
First characters of birth and death.

In the beginning was the secret brain.
The brain was celled and soldered in the thought
Before the pitch was forking to a sun;
Before the veins were shaking in their sieve,
Blood shot and scattered to the winds of light
The ribbed original of love.

Am Anfang

Am Anfang war der dreizackige Stern,
Ein Lichtlächeln im leeren Gesicht;
Ein Knochenzweig quer in wurzelnder Luft,
Der Stoff gegabelt, der den ersten Schein durchzog;
Und, brennende Chiffren auf dem Weltenrund,
Himmel und Hölle vermischt im Drehen.

Am Anfang war die bleiche Unterschrift,
Dreisilbig und strahlend wie das Lächeln;
Und später die Abdrücke auf dem Wasser,
Siegel des Gesichts geprägt im Mond;
Blut, den Kreuzbaum berührend und den Gral
Berührte die erste Wolke und schuf ein Zeichen.

Am Anfang war das klimmende Feuer,
Das durch den Funken das Wetter entflammte,
Dreiäugig und rot der Funke, stumpf wie die Blumen;
Leben schoß hervor aus wogendem Meer,
Barst in die Wurzeln, pumpte aus felsiger Erde
Verborgenes Öl, das Gras bewegt.

Am Anfang war das Wort, das Wort,
Das auf festem Grund des Lichts
Die Lettern der Leere abstrahierte;
Und aus dem Wolkengrund des Atems
Ergoß sich das Wort und übertrug dem Herzen
Erste Zeichen von Geburt und Tod.

Am Anfang war das verborgene Hirn.
Das Hirn aus Zellen, gedankenverlötet,
Bevor der Schrei zur Sonne sich gabelte;
Bevor die Venen bebten in ihrem Sieb,
Schoß Blut auf, zerstreute in alle Lichtwinde
Den gerippten Ursprung der Liebe.

If I were tickled by the rub of love

If I were tickled by the rub of love,
A rooking girl who stole me for her side,
Broke through her straws, breaking my bandaged string,
If the red tickle as the cattle calve
Still set to scratch a laughter from my lung,
I would not fear the apple nor the flood
Nor the bad blood of spring.

Shall it be male or female? say the cells,
And drop the plum like fire from the flesh.
If I were tickled by the hatching hair,
The winging bone that sprouted in the heels,
The itch of man upon the baby's thigh,
I would not fear the gallows nor the axe
Nor the crossed sticks of war.

Shall it be male or female? say the fingers
That chalk the walls with green girls and their men.
I would not fear the muscling-in of love
If I were tickled by the urchin hungers
Rehearsing heat upon a raw-edged nerve.
I would not fear the devil in the loin
Nor the outspoken grave.

If I were tickled by the lovers' rub
That wipes away not crow's-foot nor the lock
Of sick old manhood on the fallen jaws,
Time and the crabs and the sweethearting crib
Would leave me cold as butter for the flies,
The sea of scums could drown me as it broke
Dead on the sweethearts' toes.

Wenn mich der Liebe Reibung kitzelte

Wenn mich der Liebe Reibung kitzelte,
Die Nestdiebin, die mich zum Schatz sich raubte,
Ihr Stroh durchbräch, meine geflickte Saite riß,
Und wenn der rote Kitzel, wie das Kühekalben,
Kraft besäß, aus meiner Lunge Lachen zu kratzen,
Ich fürchtete nicht Apfel noch die Flut.
Noch das böse Blut des Frühlings.

Soll's Männchen oder Weibchen sein? fragen die Zellen
Und lassen die Frucht wie Feuer vom Fleische fallen.
Wenn mich die schlüpfende Behaarung kitzelte,
Der Flügelknochen, der an meiner Ferse sprießte,
Das Männerjucken auf dem Kinderschenkel,
Ich fürchtete nicht Galgen noch die Axt,
Noch die gekreuzten Knüppel der Schlacht.

Soll's Männchen oder Weibchen sein? fragen die Finger,
Die grüne Liebespaare an die Wände kreiden.
Ich fürchtete der Liebe Muskelkrämpfe nicht,
Wenn mich der Waisenhunger kitzelte,
Der auf der rohen Nervenklinge Hitze probt.
Ich fürchtete den Lendenteufel nicht,
Noch das unverblümte Grab.

Wenn mich die Liebesreibung kitzelte,
Die weder Krähenfuß noch Krampf fortwischt
Vom schlaffen Kiefer kranken Alters,
Würden mich Zeit und Läuse und der Liebsten Bett
Den Fliegen kalt wie Butter überlassen,
Könnte das Meer voll Abschaum mich ertränken,
Das tot zu Füßen der Verliebten bricht.

This world is half the devil's and my own,
Daft with the drug that's smoking in a girl
And curling round the bud that forks her eye.
An old man's shank one-marrowed with my bone,
And all the herrings smelling in the sea,
I sit and watch the worm beneath my nail
Wearing the quick away.

And that's the rub, the only rub that tickles.
The knobbly ape that swings along his sex
From damp love-darkness and the nurse's twist
Can never raise the midnight of a chuckle,
Nor when he finds a beauty in the breast
Of lover, mother, lovers, or his six
Feet in the rubbing dust.

And what's the rub? Death's feather on the nerve?
Your mouth, my love, the thistle in the kiss?
My Jack of Christ born thorny on the tree?
The words of death are dryer than his stiff,
My wordy wounds are printed with your hair.
I would be tickled by the rub that is:
Man be my metaphor.

Die Welt ist halb des Teufels, halber mein,
Irre vom Rausch, der in den Mädchen raucht
Und sich in ihren Augenknospen furcht.
Altmännerschenkel wird ein Mark mit meinem Bein,
Mit aller Heringe Gestank im Ozean,
Ich sehe gelassen, wie der Wurm im Nagelbett
Das lebende Fleisch zernagt.

Und daran hängt's, am einzigen Reiben, das kitzelt.
Der Knubbelaffe schaukelt sein Geschlecht
Aus feuchtem Liebesdunkel und der Amme Appetit
Und niemals kann er Mitternachtsgekicher wecken,
Nicht einmal wenn er Schönheit findet in der Brust
Von Liebstem, Mutter, Liebenden,
Oder sich wälzt im Kitzelstaub.

Und woran hängt's? Am Nerv die Todesfeder?
Dein Mund, Geliebte, Distel in dem Kuß?
Mein Christushänschen eine Dorngeburt?
Der Tod spricht Worte dürrer als sein Aas,
Auf meine wörterreichen Wunden druckt dein Haar.
Mich soll die Reibung kitzeln, die da ist:
Mann sei mir Metapher.

Twelve

That the sum sanity might add to naught
And words fall crippled from the slaving lips,
Girls take to broomsticks when the thief of night
Has stolen the starved babies from their laps,
I would enforce the black apparelled cries,
Speak like a hungry parson of the manna,
Add one more nail of praise on to the cross,
And talk of light to a mad miner.
I would be woven a religious shape;
As fleeced as they bow lowly with the sheep,
My house would fall like bread about my homage;
And I would choke the heavens with my hymn
That men might see the devil in the crumb
And the death in a starving image.

Zwölf

Daß der Sinn in Summa nichts ergibt
Und Worte verkrüppelt von Sklavenlippen fallen,
Mädchen zu Besen greifen, wenn der Dieb der Nacht
Die toten Babies ihrem Schoß geraubt,
Würd ich die schwarz gewandeten Schreie erzwingen,
Sprechen wie ein hungriger Pfarrer von Manna,
Noch einen Lobpreisnagel schlagen ins Kreuz,
Und sprechen vom Licht zum verrückten Kumpel.
Würd ich gewebt zur religiösen Gestalt;
Geschoren, wie sie sich beugen bei den Schafen,
Mein Haus würde wie Brot verhöhnen meine Ehrfurcht;
Den Himmel würd ich mit Hymnen erwürgen,
Daß Menschen erkennen den Teufel im Krumen
Und den Tod im Hungerbild.

When once the twilight locks no longer

When once the twilight locks no longer
Locked in the long worm of my finger
Nor dammed the sea that sped about my fist,
The mouth of time sucked, like a sponge,
The milky acid on each hinge,
And swallowed dry the waters of the breast.

When the galactic sea was sucked
And all the dry seabed unlocked,
I sent my creature scouting on the globe,
That globe itself of hair and bone
That, sewn to me by nerve and brain,
Had stringed my flask of matter to his rib.

My fuses timed to charge his heart,
He blew like powder to the light
And held a little sabbath with the sun,
But when the stars, assuming shape,
Drew in his eyes the straws of sleep,
He drowned his father's magics in a dream.

All issue armoured, of the grave,
The redhaired cancer still alive,
The cataracted eyes that filmed their cloth;
Some dead undid their bushy jaws,
And bags of blood let out their flies;
He had by heart the Christ-cross-row of death.

Sleep navigates the tides of time;
The dry Sargasso of the tomb
Gives up its dead to such a working sea;
And sleep rolls mute above the beds
Where fishes' food is fed the shades
Who periscope through flowers to the sky.

Wenn einst das Zwielicht nicht mehr schließt

Wenn einst das Zwielicht nicht mehr schließt,
Mir sperrig ist im langen Fingerwurm,
Die ungedämmte See umschäumte meine Faust,
Der Zeitenmund sog wie ein Schwamm
Die Säuremilch an jeglichem Scharnier
Und schluckte weg die Wasser aus der Brust.

Als das Meer der Welten ausgesogen war
Und das trockne Bett der See erschlossen,
Sandt stöbern meine Kreatur ich um die Welt,
Das Weltrund selbst aus Haar und Bein,
Mir angenäht mit Nerven und Gehirn,
Band sich mein Fläschchen Dinglichkeit um seine Rippe.

Sein Herz zu zünden hab ich Kapseln angebracht,
Wie Pulver ging er hoch und an die Luft
Und feiert einen Sabbat mit der Sonne,
Doch als ihm die Gestalt gewordenen Sterne
In seinen Augen Schlaf-Strohhalme zogen,
Ertränkte er in einem Traum die Vaterzauber.

Die Nachkommen sind grabgewappnet,
Des Krebses rote Haare leben noch,
Das Tuch verschwomm durch Katarakte;
Manch Tote öffneten umbuschte Kiefer
Und Säckchen voller Blut entließen Fliegen;
Er trug bei sich das Widmungskreuz des Todes.

Der Schlaf befährt der Zeit Gezeiten;
Die trockene Sargassosee des Grabes
Gibt dieser See die zeugt die Toten hin;
Der Schlaf rollt über diese Betten stumm,
Wo man die Schatten Fischfraß füttert,
Die himmelwärts durch Blumen sehn.

The hanged who lever from the limes
Ghostly propellers for their limbs,
The cypress lads who wither with the cock,
These, and the others in sleep's acres,
Of dreaming men make moony suckers,
And snipe the fools of vision in the back.

When once the twilight screws were turned,
And mother milk was stiff as sand,
I sent my own ambassador to light;
By trick or chance he fell asleep
And conjured up a carcass shape
To rob me of my fluids in his heart.

Awake, my sleeper, to the sun,
A worker in the morning town,
And leave the poppied pickthank where he lies;
The fences of the light are down,
All but the briskest riders thrown,
And worlds hang on the trees.

Gehängte hebeln aus den Lindenbäumen
Geisterpropeller für ihre eignen Glieder,
Zypressenbuben schrumpeln beim Hahnenschrei,
Auf Schlafes Feldern verwandeln sie und andere
Die Träumer in mondsüchtig Himmelnde
Und meucheln die Visionsbesessenen.

Als einst den Zwielicht-Schrauben Drehung wurde
Und Mutter-Milch war fest wie Sand,
Sandt ich ans Licht den eignen Botschafter;
Ob's Zufall oder Trick war, er schlief ein
Und zauberte Kadaverillusion,
Um mich in seinem Herzen der Säfte zu berauben.

Wach auf, mein Schläfer, zur Sonne,
Ein Arbeiter in der Morgenstadt,
Und laß den Blütenträumer wo er liegt;
Vorm Licht die Gitter blieben nicht,
Nur kühnste Reiter hielten sich,
Und an den Bäumen baumeln Welten.

Especially when the October wind

Especially when the October wind
With frosty fingers punishes my hair,
Caught by the crabbing sun I walk on fire
And cast a shadow crab upon the land,
By the sea's side, hearing the noise of birds,
Hearing the raven cough in winter sticks,
My busy heart who shudders as she talks
Sheds the syllabic blood and drains her words.

Shut, too, in a tower of words, I mark
On the horizon walking like the trees
The wordy shapes of women, and the rows
Of the star-gestured children in the park.
Some let me make you of the vowelled beeches,
Some of the oaken voices, from the roots
Of many a thorny shire tell you notes,
Some let me make you of the water's speeches.

Behind a pot of ferns the wagging clock
Tells me the hour's word, the neural meaning
Flies on the shafted disk, declaims the morning
And tell the windy weather in the cock.
Some let me make you of the meadow's signs;
The signal grass that tells me all I know
Breaks with the wormy winter through the eye.
Some let me tell you of the raven's sins.

Especially when the October wind
(Some let me make you of autumnal spells,
The spider-tongued, and the loud hill of Wales)
With fists of turnips punishes the land,
Some let me make you of the heartless words.
The heart is drained that, spelling in the scurry
Of chemic blood, warned of the coming fury.
By the sea's side hear the dark-vowelled birds.

Besonders dann, wenn der Oktoberwind

Besonders dann, wenn der Oktoberwind
Mit Frostgefinger mir das Haar bestraft,
Geh ich entflammt im Griff der Krabbenfischer-Sonne,
Und werfe eine Schattenkrabbe auf das Land,
Am Strand der See, wo Vogellärm ich höre,
Den Raben husten hör im Winterdickicht,
Mein weiblich Herz geschäftig, zitternd wenn sie spricht,
Vergießt ihr Silbenblut, leert ihre Wörter aus.

In einen Wortturm eingeschlossen auch bemerke
Ich baumgleich schreitend dort am Horizont
Wortreiche Frauengestalten und der Kinder
Gerangel, sterngebärdig in dem Park.
Ein paar laß mich Dir machen von vokalen Buchen,
Ein paar von Eichenstimmen und Dir Kurzes
Sagen aus vieler Dornbezirke Wurzeln.
Ein paar laß mich Dir machen von Gewässerreden.

Die Uhr geschwätzig wedelnd hinterm Zierfarntopf
Sagt mir der Stunde Wort, die Nervbedeutung
Fliegt auf gestrählter Scheibe, intoniert den Morgen
Und sagt windiges Wetter an im Hahn.
Ein paar laß mich Dir machen von der Wiesen Zeichen.
Das Zeichengebergras, das alles was ich weiß mir sagt,
Bricht mit dem Wurmstichwinter durch das Auge.
Ein paar laß mich Dir sagen von des Raben Sünden.

Besonders dann, wenn der Oktoberwind
(Ein paar laß mich Dir machen von den Zaubersprüchen
Des Herbstes, spinnenzüngelnd, und von Wales' lautem Hügel)
Mit Rübenfäusten straft das Land,
Ein paar laß mich Dir machen Wörter, herzlos.
Das Herz ist leer, das deutend in des Blutes
Jagender Alchemie, vor nahem Zorn gewarnt hat.
Höre am Strand der See dunkelvokale Vögel.

When, like a running grave

When, like a running grave, time tracks you down,
Your calm and cuddled is a scythe of hairs,
Love in her gear is slowly through the house,
Up naked stairs, a turtle in a hearse,
Hauled to the dome,

Comes, like a scissors stalking, tailor age,
Deliver me who, timid in my tribe,
Of love am barer than Cadaver's trap
Robbed of the foxy tongue, his footed tape
Of the bone inch,

Deliver me, my masters, head and heart,
Heart of Cadaver's candle waxes thin,
When blood, spade-handed, and the logic time
Drive children up like bruises to the thumb,
From maid and head,

For, sunday faced, with dusters in my glove,
Chaste and the chaser, man with the cockshut eye,
I, that time's jacket or the coat of ice
May fail to fasten with a virgin o
In the straight grave,

Stride through Cadaver's country in my force,
My pickbrain masters morsing on the stone
Despair of blood, faith in the maiden's slime,
Halt among eunuchs, and the nitric stain
On fork and face.

Time is a foolish fancy, time and fool.
No, no, you lover skull, descending hammer
Descends, my masters, on the entered honour.
You hero skull, Cadaver in the hangar
Tells the stick, 'fail'.

Wenn, nässend wie ein Grab

Wenn, nässend wie ein Grab, die Zeit dich beizt,
Und deine Ruhgeschmuste eine Sense ist von Haar,
Wird Liebe, aufgetakelt, langsam durch das Haus,
Taube im Leichenkarren, die nackten Treppen
Kuppelwärts geschleift,

Kommt, wie die Schere pirscht, zur Schneiderzeit;
Erlöset mich, Zaghaften seiner Sippe,
Der liebesblößer steht als die der Fuchseszunge
Beraubte Falle Kadavers, des Knochenzolls
Beraubtes Ellenmaß,

Erlöset mich, ihr Herren, Hirn und Herz,
Dünn wächst das Kerzenherz Kadavers,
Wenn Zeitenlogik und das Blut mit Spatenhänden
Kinder wie Blutergüsse auf den Daumen treiben
Aus Dirn und Hirn,

Denn ich, mit Sonntagsmiene, Stahlkappe im Schuh,
Keusch und der Kescher, Mann mit Veilchenauge,
Der ich den Rock der Zeit oder den Eiseswams
Vielleicht nicht schließen kann mit einem keuschen O
In gerader Gruft,

Ich schreite durch Kadaverland, bin stark,
Wo meiner Herren Diebeshirne auf den Steinen morsen
Des Bluts Verzweiflung, Vertraun auf Jungfernschleim,
Einhalt den Eunuchen, und der Gabelung
Und des Gesichts Salpeterfleck.

Zeit ist, Zeit meines Lebens, Narretei.
Nein, nein, verliebter Totenkopf, Hammersturz
Stürzt, ihr Herren, auf die eingesetzte Ehre.
Du Heldenschädel, im Schuppen scheitert
Der Knüppel auf Kadavers Befehl.

Joy is no knocking nation, sir and madam,
The cancer's fusion, or the summer feather
Lit on the cuddled tree, the cross of fever,
Nor city tar and subway bored to foster
Man through macadam.

I damp the waxlights in your tower dome.
Joy is the knock of dust, Cadaver's shoot
Of bud of Adam through his boxy shift,
Love's twilit nation and the skull of state,
Sir, is your doom.

Everything ends, the tower ending and,
(Have with the house of wind), the leaning scene,
Ball of the foot depending from the sun,
(Give, summer, over), the cemented skin,
The actions' end.

All, men my madmen, the unwholesome wind
With whistler's cough contages, time on track
Shapes in a cinder death; love for his trick,
Happy Cadaver's hunger as you take
The kissproof world.

Freude ist, mein Herr, Madame, kein Völkerstoßen,
Nicht Krebsverschmelzen, noch die Sommerfeder
Im Schmusebaum, nicht Kreuz aus Fieber,
Noch Stadtasphalt und U-Bahn-Ader,
Um Mensch durch Macadam zu treiben.

In deinem Kuppelturm dämpf ich die Kerzen.
Freude ist Staubanklopfen, Kadavers
Adamknospentrieb durch seine Klobenwäsche,
Das Dämmervolk der Liebe, Staatstotenkopf,
Ist, Herr, Euer Untergang.

Ein jedes geht zu Ende, es enden Turm und
(Flaute sei im Wind) die Szene, die sich neigt,
Der Fußballen, der an der Sonne hängt,
(Sommer, halt ein) die mörtelharte Haut,
Des Handelns Ende.

Euch alle, ihr Narren all, steckt an der sieche Wind
Mit Pfeifers Husten, formt die Zeit auf ihrer Spur
Zu einem Schlackentod; Liebt um des Kunststücks
Willen des glücklichen Kadavers Hunger
Wie die kußechte Welt.

I fellowed sleep

I fellowed sleep who kissed me in the brain,
Let fall the tear of time; the sleeper's eye,
Shifting to light, turned on me like a moon.
So, planing-heeled, I flew along my man
And dropped on dreaming and the upward sky.

I fled the earth and, naked, climbed the weather,
Reaching a second ground far from the stars;
And there we wept, I and a ghostly other,
My mothers-eyed, upon the tops of trees;
I fled that ground as lightly as a feather.

'My father's globe knocks on its nave and sings.'
'This that we tread was, too, your fathers' land.'
'But this we tread bears the angelic gangs,
Sweet are their fathered faces in their wings.'
'These are but dreaming men. Breathe, and they fade.'

Faded my elbow ghost, the mothers-eyed,
As, blowing on the angels, I was lost
On that cloud coast to each grave-gabbing shade;
I blew the dreaming fellows to their bed
Where still they sleep unknowing of their ghost.

Then all the matter of the living air
Raised up a voice, and, climbing on the words,
I spelt my vision with a hand and hair,
How light the sleeping on this soily star,
How deep the waking in the worlded clouds.

There grows the hours' ladder to the sun,
Each rung a love or losing to the last,
The inches monkeyed by the blood of man.
An old, mad man still climbing in his ghost,
My fathers' ghost is climbing in the rain.

Als mein Gefährte

Als mein Gefährte küßt mein Hirn der Schlaf,
Es fällt der Zeiten Träne; des Schläfers Auge,
Lichtgewendet, umzog mich wie ein Mond.
Beflügelt flog ich neben meinem Menschen
Und fiel ins Träumen und den Himmel oben.

Ich floh die Erde, bloß, erklomm das Wetter,
Erreichte sternentfernten zweiten Boden;
Dort weinten wir, ich und das andere Schemen,
So mütteräugig, auf der Bäume Wipfel:
Ich floh den Ort so leicht wie eine Feder.

»Meines Vaters Globus macht Gesang im Kreisen.«
»Auch wir begehen deines Vaters Land.«
»Doch wo wir gehen gehen Engelscharen,
In ihren Flügeln süß vom Vater die Gesichter.«
»Dies sind nur Träumende. Atem verweht sie.«

Verweht nun, mütteräugig, mein Begleiter,
Da, beim Atmen auf die Engel, war ich verloren
An der Wolkenküste, jedem Grabesschatten;
Ich blies zu Bett die träumenden Gefährten,
Wo sie schlafen, ihres Schemens ungewiß.

Alle Dinge dann der lebensvollen Luft
Stimmten an, und ich erstieg die Wörter
Und schrieb meine Vision mit Hand und Haar,
Wie leicht der Schlaf auf diesem Stern aus Schmutz,
Wie tief das Wachen in der Wolkenwelt.

Dort wächst die Stundenleiter hin zur Sonne
Die Sprossen Liebe oder ganz Verlorensein,
Jeder Zoll geflickt von Menschenblut.
In seinem Schemen steigt wirr noch ein alter Mann,
Im Regen steigt noch meines Vaters Schemen.

I dreamed my genesis

I dreamed my genesis in sweat of sleep, breaking
Through the rotating shell, strong
As motor muscle on the drill, driving
Through vision and the girdered nerve,

From limbs that had the measure of the worm, shuffled
Off from the creasing flesh, filed
Through all the irons in the grass, metal
Of suns in the man-melting night.

Heir to the scalding veins that hold love's drop, costly
A creature in my bones I
Rounded my globe of heritage, journey
In bottom gear through night-geared man.

I dreamed my genesis and died again, shrapnel
Rammed in the marching heart, hole
In the stitched wound and clotted wind, muzzled
Death on the mouth that ate the gas.

Sharp in my second death I marked the hills, harvest
Of hemlock and the blades, rust
My blood upon the tempered dead, forcing
My second struggling from the grass.

And power was contagious in my birth, second
Rise of the skeleton and
Rerobing of the naked ghost. Manhood
Spat up from the resuffered pain.

I dreamed my genesis in sweat of death, fallen
Twice in the feeding sea, grown
Stale of Adam's brine until, vision
Of new man strength, I seek the sun.

Ich träumte meine Genesis

Ich träumte meine Genesis im Schweiß des Schlafes, breche
Durch die kreisende Muschel, stark
Wie die bohrende Kraft des Muskels, dränge
Durch Gesichte und den gegürteten Nerv,

Aus Gliedmaßen mit des Wurmes Maß, häutete
Mich von zerknittertem Fleisch, durchfeilte
Alle Eisen im Gras, Metallegierungen
Der Sonnen in der mensch-schmelzenden Nacht.

Erbe der siedenden Adern, die der Liebe Tropfen halten, ein
Kostbares Geschöpf in meinen Knochen,
Umrundete ich den Globus meiner Herkunft, eine Reise
Im untersten Gang durch nachtverzahnte Menschen.

Ich träumte meine Genesis und starb erneut, Schrapnell
Gestoßen ins marschierende Herz, Riß
In der genähten Wunde und geronnener Wind knebelte
Den Tod an diesem Mund, der das Gas verschlang.

Zerfetzt in meinem zweiten Tod kerbte ich die Hügel, Ernte
Des Schierlings und der Klingen, rostete
Mein Blut über den gestählten Toten, reifte heran
Mein zweites Ringen aus dem Gras.

Und die Kraft war ansteckend in meiner Geburt, die zweite
Erstehung des Skeletts und
Die neuerliche Umhüllung des nackten Geistes. Die Menschheit
Fauchte hoch vom wiedererlittenen Schmerz.

Ich träumte meine Genesis im Schweiß des Todes, zweifach
Gefallen in nährende See, schal
Geworden der Adamstränen seither, strebe ich
In Ahnung neuer Menschenkraft der Sonne zu.

My world is pyramid

I

Half of the fellow father as he doubles
His sea-sucked Adam in the hollow hulk,
Half of the fellow mother as she dabbles
To-morrow's diver in her horny milk,
Bisected shadows on the thunder's bone
Bolt for the salt unborn.

The fellow half was frozen as it bubbled
Corrosive spring out of the iceberg's crop,
The fellow seed and shadow as it babbled
The swing of milk was tufted in the pap,
For half of love was planted in the lost,
And the unplanted ghost.

The broken halves are fellowed in a cripple,
The crutch that marrow taps upon their sleep,
Limp in the street of sea, among the rabble
Of tide-tongued heads and bladders in the deep,
And stake the sleepers in the savage grave
That the vampire laugh.

The patchwork halves were cloven as they scudded
The wild pigs' wood, and slime upon the trees,
Sucking the dark, kissed on the cyanide,
And loosed the braiding adders from their hairs;
Rotating halves are horning as they drill
The arterial angel.

What colour is glory? death's feather? tremble
The halves that pierce the pin's point in the air,
And prick the thumb-stained heaven through the thimble.

Meine Welt ist pyramidisch

I

Halb der Geselle Vater wie er doppelt
Seinen see-gesäugten Adam in der Schiffsrumpfhöhle,
Halb der Geselle Mutter wie sie feuchtet
In ihrer Milch, der stößigen, des Morgens Taucher,
Der Schatten Zweischnitt, die auf Blitzgebein im Donner
Fliehen zum ungebornen Salz.

Erfroren war das beigesellte Halb wie's bläschengleich
Ätzfrühling blies aus Eisbergs Fruchtfeld,
Der beigesellte Sam' und Schatten, Schwung der Milch
Erschwätzend, wuchs als Aderbuschen in der Brust,
Denn Halb der Liebe war in den Verlust gepflanzt
Und in den ungepflanzten Geist.

Zerbrochne Halbe gesellen sich in einem Krüppel,
Der Krücke die das Mark auf ihren Schlaf pocht,
Hinken im Seeweg, dort haust Pöbel,
Köpfe gezeitenzüngig, Blasen in der Tiefe,
Und pfähln die Schläfer in dem wilden Grab,
Daß lachen möge der Vampir.

Die Flickwerkhalben warn zerspalten wie sie jagten
Durch Wildschweinwald, Schlamm auf den Bäumen,
Sich dunkelsaugend küßten auf dem Zyanid
Und ließen los aus ihrem Haar die Flechtwerkottern;
Halbe sich drehend hörnen und durchbohren
Stößig den Blutbahnengel.

Wie gefärbt ist Ruhm? wie Todes Feder? zittern
Die Halben die in Luft die Nadelspitze stoßen
Und stechen durch den Fingerhut den daumbeschmierten
Himmel.

The ghost is dumb that stammered in the straw,
The ghost that hatched his havoc as he flew
Blinds their cloud-tracking eye.

II

My world is pyramid. The padded mummer
Weeps on the desert ochre and the salt
Incising summer.
My Egypt's armour buckling in its sheet,
I scrape through resin to a starry bone
And a blood parhelion.

My world is cypress, and an English valley.
I piece my flesh that rattled on the yards
Red in an Austrian volley.
I hear, through dead men's drums, the riddled lads,
Strewing their bowels from a hill of bones,
Cry Eloi to the guns.

My grave is watered by the crossing Jordan.
The Arctic scut, and basin of the South,
Drip on my dead house garden.
Who seek me landward, marking in my mouth
The straws of Asia, lose me as I turn
Through the Atlantic corn.

The fellow halves that, cloven as they swivel
On casting tides, are tangled in the shells,
Bearding the unborn devil,
Bleed from my burning fork and smell my heels.
The tongues of heaven gossip as I glide
Binding my angel's hood.

Der Geist ist stumm der stammelte im Stroh,
Der Geist der sich Ruin im Flug gebar
Blendet ihr Auge das nach Wolken spürt.

II

Meine Welt ist pyramidisch. Die ausgestopfte Maske
Weint auf den Wüstenocker und den Salz
Schneidenden Sommer.
Meine Waffen aus Ägypten rasten ein in ihrem Tuch,
Ich kratz durch Harz hindurch zu Sterngebein
Und blutiger Nebensonne.

Meine Welt ist wie Zypresse und ein Tal in England.
Ich stück mein Fleisch zusammen, das auf den Plätzen rasselte,
Rot in Östreichs Salve.
Ich hör durch Leichentrommelfelle die verwirrten Burschen,
Sie streun ihr Eingeweide aus von einem Knochenhügel,
Eloi zurufend den Kanonen.

Mein Grab durchkreuzt ein Jordan der es wässert.
Arktischer Wedel und des Südens Becken
Tropfen auf meines Totenhauses Garten.
Wer landwärts nach mir sucht, in meinem Mund bemerkend
Die Halme Asiens, verliert mich wie ich wende
Zurück durch das atlantische Getreide.

Die beigesellten Halben, gespalten wie sie schwenken
Auf werfenden Gezeiten, im Gewirr der Muscheln
Trotzend dem ungebornen Teufel,
Bluten aus meiner Gabelung die brennt und riechen mein
Fersen.
Die Himmelszungen halten Schwätzchen wie ich gleite
Und binde meine Engelshaube.

Who blows death's feather? What glory is colour?
I blow the stammel feather in the vein.
The loin is glory in a working pallor.
My clay unsuckled and my salt unborn,
The secret child, I shift about the sea
Dry in the half-tracked thigh.

All all and all the dry worlds lever

I

All all and all the dry worlds lever,
Stage of the ice, the solid ocean,
All from the oil, the pound of lava.
City of spring, the governed flower,
Turns in the earth that turns the ashen
Towns around on a wheel of fire.

How now my flesh, my naked fellow,
Dug of the sea, the glanded morrow,
Worm in the scalp, the staked and fallow.
All all and all, the corpse's lover,
Skinny as sin, the foaming marrow,
All of the flesh, the dry worlds lever.

II

Fear not the working world, my mortal,
Fear not the flat, synthetic blood,
Nor the heart in the ribbing metal.
Fear not the tread, the seeded milling,

Wer bläst des Todes Feder? Wie berühmt ist Farbe?
Ich blas blaßrote Büßerfeder in der Ader.
Die Lende ist berühmt in Schaffensblässe.
Meinen Lehm, den nicht gesäugten, mein ungebornes Salz,
Das heimlich Kind, schiebe herum ich in der See,
Trocken im halb-aufgespürten Schenkel.

All, all und alles hebeln die trocknen Welten aus

I

All, all und alles hebeln die trocknen Welten aus,
Des Eises Bühne, festen Ozean,
Alles vom Öl, das Pfund der Lava.
Die Frühlingsstadt, beherrschte Blume,
Dreht in der Erde sich, die dreht die Asche-
Stadt um und um auf einem Rad aus Feuer.

Was nun mein Fleisch, nackter Geselle,
Euter der See, der Drüsenmorgen,
Wurm in der Kopfhaut eingezäunter Brache.
All, all und alles, Liebenden des Leichnams,
Wie Sünde dürr, das Mark das schäumt,
Alles fleischenes hebeln die trocknen Welten aus.

II

Fürcht nicht die Arbeitswelt, mein Sterblicher,
Fürcht nicht das flache Blut, das künstliche,
Auch nicht das Herz im rippigen Metall.
Fürcht nicht den Tritt, den Samenmühlgang,

The trigger and scythe, the bridal blade,
Nor the flint in the lover's mauling.

Man of my flesh, the jawbone riven,
Know now the flesh's lock and vice,
And the cage for the scythe-eyed raven.
Know, O my bone, the jointed lever,
Fear not the screws that turn the voice,
And the face to the driven lover.

III

All all and all the dry worlds couple,
Ghost with her ghost, contagious man
With the womb of his shapeless people.
All that shapes from the caul and suckle,
Stroke of mechanical flesh on mine,
Square in these worlds the mortal circle.

Flower, flower the people's fusion,
O light in zenith, the coupled bud,
And the flame in the flesh's vision.
Out of the sea, the drive of oil,
Socket and grave, the brassy blood,
Flower, flower, all all and all.

Abzug und Sense, Brautstandsklinge,
Auch nicht den Feuerstein in Liebhabers Mißhandlung.

Mensch meines Fleisches, mit gespaltnem Kiefer,
Erfahre nun des Fleisches Schloß und Schraubstock,
Den Käfig auch des Rabens sensenäugig.
Erfahre, mein Gebein, gelenkverbundnen Hebel,
Fürcht nicht die Schrauben, die Gesicht und Stimme
Hinzwingen zum getriebenen Geliebten.

III

All, all und alles paaren die trocknen Welten,
Geist mit Geistin, Mann, der Krankheit trägt
Mit seines ungeformten Volkes Mutterleib.
Alles was formt aus der Glückshaube sich und Saugen,
Streiche Maschinenfleisches auf dem meinen,
Quadriert den Sterbenskreis in diesen Welten.

Laß blühen, blühen des Volkes Verquickung,
O Licht im Zenith, die gepaarte Knospe,
Und die Flamme in Fleisches Vision.
Aus der See, das Treiben des Öls,
Der Höhlung, des Grabs, das erzene Blut,
Soll blühen, blühen, all, all und alles.

Grief thief of time

Grief thief of time crawls off,
The moon-drawn grave, with the seafaring years,
The knave of pain steals off
The sea-halved faith that blew time to his knees,
The old forget the cries,
Lean time on tide and times the wind stood rough,
Call back the castaways
Riding the sea light on a sunken path,
The old forget the grief,
Hack of the cough, the hanging albatross,
Cast back the bone of youth
And salt-eyed stumble bedward where she lies
Who tossed the high tide in a time of stories
And timelessly lies loving with the thief.

Now Jack my fathers let the time-faced crook,
Death flashing from his sleeve,
With swag of bubbles in a seedy sack
Sneak down the stallion grave,
Bull's-eye the outlaw through a eunuch crack
And free the twin-boxed grief,
No silver whistles chase him down the weeks'
Dayed peaks to day to death,
These stolen bubbles have the bites of snakes
And the undead eye-teeth,
No third eye probe into a rainbow's sex
That bridged the human halves,
All shall remain and on the graveward gulf
Shape with my fathers' thieves.

Leid, Dieb der Zeit

Leid, Dieb der Zeit kriecht fort,
Das mondgezogene Grab mit den Jahren der Seefahrt,
Schmerzbube stiehlt sich fort
Vom seezerteilten Glauben der die Zeit blies in die Knie,
Die Alten vergessen die Schreie,
Magre Zeit auf Gezeiten und Zeiten rauher Winde,
Rufen Verworfne zurück,
Reitend die See leicht auf versunkenem Pfad,
Die Alten vergessen das Leid,
Den trockenen Husten, den Galgenalbatroß,
Verwerfen der Jugend Gebein
Und stolpern salzäugig bettwärts. Dort ruht sie,
Die hoch aufwarf die Flut zur Zeit der Geschichten
Und zeitlos liebend liegt an Diebesseite.

Nun lassen meine Väter, Jack, den Schwindler zeitgesichtig,
Tod blitzt ihm aus dem Ärmel,
Mit Bläschenbeute im zerlumpten Säckel
Hinab ins Hengstgrab schleichen
Voll treffen den Verbrecher durch Eunuchenspalt,
Befrein das Leid aus Zwillingskiste,
Und Silberpfeifen jagen nicht ihn durch der Wochen
Taggipfel tag- und todeswärts,
Diese gestohlnen Blasen haben Schlangenbiß,
Raffzähne die Untoten,
Kein Drittaug forsche aus Geschlecht des Regenbogens
Das zwischen Menschenhalben Brücke schlug,
Alles soll bleiben, überm Abgrund grabwärts
Sich formen mit den Dieben meiner Väter.

I, in my intricate image

I

I, in my intricate image, stride on two levels,
Forged in man's minerals, the brassy orator
Laying my ghost in metal,
The scales of this twin world tread on the double,
My half ghost in armour hold hard in death's corridor,
To my man-iron sidle.

Beginning with doom in the bulb, the spring unravels,
Bright as her spinning-wheels, the colic season
Worked on a world of petals;
She threads off the sap and needles, blood and bubble
Casts to the pine roots, raising man like a mountain
Out of the naked entrail.

Beginning with doom in the ghost, and the springing marvels,
Image of images, my metal phantom
Forcing forth through the harebell,
My man of leaves and the bronze root, mortal, unmortal,
I, in my fusion of rose and male motion,
Create this twin miracle.

This is the fortune of manhood: the natural peril,
A steeplejack tower, bonerailed and masterless,
No death more natural;
Thus the shadowless man or ox, and the pictured devil,
In seizure of silence commit the dead nuisance:
The natural parallel.

My images stalk the trees and the slant sap's tunnel,
No tread more perilous, the green steps and spire
Mount on man's footfall,
I with the wooden insect in the tree of nettles,

Ich, bildverwickelt

I

Ich, bildverwickelt, schreite auf zwei Schichten,
Bin Messingredner, geschmiedet aus Mannmineral.
Und banne meinen Geist in Metall,
Haste über die Doppelwaage dieser Zwillingswelt,
Halte den halben Geist gerüstet fest im Todestunnel,
Krieche im Krebsgang zu meinem Männerstahl.

In der Knolle beginnt das Verderben, der Frühling entwickelt
Hell wie sein Spinnrad die Zeit der Krämpfe,
Eingewebt in eine Blütenwelt;
Er fädelt Saft und Nadeln, Blut und Schaum
Wirft er den Kieferwurzeln vor, zieht groß den Mann
Wie einen Berg aus dem nackten Gedärm.

Im Geist beginnt das Verderben, im frühen Zauber,
Abbild von Bildern, zwingt sich mein Stahlphantom
Hinaus durch Glockenblumen,
Mein Blättermensch mit Bronzewurzel, sterblich, unsterbsam,
Ich, Rose fusioniert mit Männerstrom,
Schaffe dies Zwillingswunder.

Das ist das Glück des Mannseins: die Naturgefahr,
Turmhoch für Klettermaxe, herrenlos, im Knochengatter,
Kein Tod natürlicher.
So begehen der Schattenlose, auch Ochs, der bebilderte Teufel,
In einem Anfall von Schweigen das tödliche Unheil:
Parallele der Natur.

Meine Bilder pirschen nach Bäumen, nach schrägem Saftkanal,
Kein Schritt gefährlicher, steigen die grünen Tritte
Und Turmspitze zu männlichem Schritthall,
Ich mit dem Holzinsekt im Baum voll Nesseln,

In the glass bed of grapes with snail and flower,
Hearing the weather fall.

Intricate manhood of ending, the invalid rivals,
Voyaging clockwise off the symboled harbour,
Finding the water final,
On the consumptives' terrace taking their two farewells,
Sail on the level, the departing adventure,
To the sea-blown arrival.

II

They climb the country pinnacle,
Twelve winds encounter by the white host at pasture,
Corner the mounted meadows in the hill corral;
They see the squirrel stumble,
The haring snail go giddily round the flower,
A quarrel of weathers and trees in the windy spiral.

As they dive, the dust settles,
The Cadaverous gravels, falls thick and steadily,
The highroad of water where the seabear and mackerel
Turn the long sea arterial
Turning a petrol face blind to the enemy
Turning the riderless dead by the channel wall.

(Death instrumental,
Splitting the long eye open, and the spiral turnkey,
Your corkscrew grave centred in navel and nipple,
The neck of the nostril,
Under the mask and the ether, they, making bloody
The tray of knives, the antiseptic funeral,

Bring out the black patrol,
Your monstrous officers and the decaying army,
The sexton sentinel, garrisoned under thistles,

Mit Schnecke und Blume im gläsernen Traubenbett,
Höre das Wetter fallen.

Männlich verwickelt das Ende, fahren die kranken Rivalen,
So wie die Uhr geht, vom bezeichneten Hafen,
Wissen, das Wasser ist Ziel,
Nehmen je Abschied auf der Schwindsuchtterrasse,
Segeln geradewegs, das scheidende Wagnis,
Bis der Meereswind sie heimholt.

II

Sie klettern auf den ländlichen Gipfel,
Treffen zwölf Winde bei der weißen Weideschar,
Treiben die durchstiegenen Wiesen in den Hügelkorral;
Sie sehen das Eichhörnchen stolpern,
Die Schnecke leichtfertig die Blume umeilen,
Streitende Wetter und Bäume in der Windspirale.

Wenn sie tauchen, legt sich der Staub,
Der Kies von Cadaver, fällt dicht und beständig
Als Wasserstraße, wo Seebär und Loddel
Das lange Meer wenden, arteriell,
Wenden dem Feind ein ölblindes Steingesicht zu,
Wenden die unberittenen Toten am Wasserwall.

(Tod, Skalpell und Beil,
Spaltest das lange Auge, den spiralen Schlüsselwart,
Dein Korkenziehergrab, mittig in Zitze und Nabel,
Den Nüsternhals,
Unter Maske und Äther, wo beide mit blutigen Messern,
Bereiten den keimfreien Leichengang;

Laß sie antreten, die schwarze Patrouille,
Deine monströsen Hauptleute, das verfallende Heer,
Die Wache des Küsters, quartiert unter Disteln,

A cock-on-a-dunghill
Crowing to Lazarus the morning is vanity,
Dust be your saviour under the conjured soil.)

As they drown, the chime travels,
Sweetly the diver's bell in the steeple of spindrift
Rings out the Dead Sea scale;
And, clapped in water till the triton dangles,
Strung by the flaxen whale-weed, from the hangman's raft,
Hear they the salt glass breakers and the tongues of burial.

(Turn the sea-spindle lateral,
The grooved land rotating, that the stylus of lightning
Dazzle this face of voices on the moon-turned table,
Let the wax disk babble
Shames and the damp dishonours, the relic scraping.
These are your years' recorders. The circular world stands
still.)

III

They suffer the undead water where the turtle nibbles,
Come unto sea-stuck towers, at the fibre scaling,
The flight of the carnal skull
And the cell-stepped thimble;
Suffer, my topsy-turvies, that a double angel
Sprout from the stony lockers like a tree on Aran.

Be by your one ghost pierced, his pointed ferrule,
Brass and the bodiless image, on a stick of folly
Star-set at Jacob's angle,
Smoke hill and hophead's valley,
And the five-fathomed Hamlet on his father's coral,
Thrusting the tom-thumb vision up the iron mile.

Hahn-auf-dem-Mist,
Der Lazarus zukräht, eitel ist der Tag,
Staub sei dein Erlöser im gebannten Acker.)

Wenn sie ertrinken, trägt der Schall,
Süß schlägt die Taucherglocke im Gischtturm
Die Tonleiter des Toten Meeres;
Da hören sie vom Henkerfloß, wassergekettet
Bis der Triton baumelt am Tangseil des Wals,
Die Salzglasbrecher und Begräbniszungen.

(Wende die Meerspindel lateral,
Bis, wenn das Rillenland rundläuft, die Blitznadel
Dieses Stimmengesicht auf dem mondgedrehten Teller blendet,
Laß die Wachsscheibe babbeln
Von Schimpf und feuchter Schande, die Reliquie kratzen.
Dies sind die Schreiber deiner Jahre. Die Zirkelwelt steht
still.)

III

Sie dulden das untote Wasser, wo Schildkröten nagen,
Erreichen meerklebende Türme, klettern am Seil,
Die Flucht des fleischlichen Schädels
Und der zellengestuften Kausche;
Duldet, meine Kopffüßler, daß ein doppelter Engel
Aus den Felsgräbern sprießt wie ein Baum auf Aran.

Sei durchbohrt von deinem einen Geist, seinem spitzen
Stock,
Messingen, körperlos bildlich, im Jakobswinkel
Auf einem Torenstab sternwärts gerichtet,
Rauchberg und Hopfenrauschtal,
Und Hamlet, fünf Faden tief auf des Vaters Korall,
Jagt die Däumlingsvision durch die eiserne Meile.

Suffer the slash of vision by the fin-green stubble,
Be by the ships' sea broken at the manstring anchored
The stoved bones' voyage downward
In the shipwreck of muscle;
Give over, lovers, locking, and the seawax struggle,
Love like a mist or fire through the bed of eels.

And in the pincers of the boiling circle,
The sea and instrument, nicked in the locks of time,
My great blood's iron single
In the pouring town,
I, in a wind on fire, from green Adam's cradle,
No man more magical, clawed out the crocodile.

Man was the scales, the death birds on enamel,
Tail, Nile, and snout, a saddler of the rushes,
Time in the hourless houses
Shaking the sea-hatched skull,
And, as for oils and ointments on the flying grail,
All-hallowed man wept for his white apparel.

Man was Cadaver's masker, the harnessing mantle,
Windily master of man was the rotten fathom,
My ghost in his metal neptune
Forged in man's mineral.
This was the god of beginning in the intricate seawhirl,
And my images roared and rose on heaven's hill.

Dulde den Augenschmiß durch die fischgrünen Stoppeln,
Sei vom Schiffmeer gebrochen, am Mannseil vor Anker,
Reise hinab mit den eingedrückten Knochen
Im Schiffbruch der Muskeln;
Liebende, laßt nach im Ringkampf, und im Kampf der Meerflut,
Liebt wie ein Nebel oder Feuer durch das Bett von Aalen.

Und in den Zangen des kochenden Kreises,
Dem Meer und dem Beil, in der Zeitschleuse gefangen,
Stand alleine in der strömenden Stadt
Meines großen Blutes Eisen,
Schlug ich, in einem Flammenwind, aus grünen Adams Wiege,
Kein Mann magischer, mit Klauen das Krokodil.

Mann war die Schuppen, die Todesvögel auf Email,
Schwanz, Nil und Schnauze, Binsensattler,
Zeit, die in stundenlosen Häusern
Schüttelte den meergeschlüpften Schädel,
Und ob der Salben und Öle auf fliegendem Gral
Weinte der all-heilige Mann um sein weißes Gewand.

Mann maskierte Cadaver mit zügelndem Umhang,
Prahlender Mannherrscher war fauliger Faden,
Mein Geist in Neptunmetall,
Geschmiedet aus Mannmineral.
Dies war der Gott des Beginnens im verwickelten Meerwirbel
Und meine Bilder brüllten und stiegen am Himmelhügel.

Do you not father me

Do you not father me, nor the erected arm
For my tall tower's sake cast in her stone?
Do you not mother me, nor, as I am,
The lovers' house, lie suffering my stain?
Do you not sister me, nor the erected crime
For my tall turrets carry as your sin?
Do you not brother me, nor, as you climb,
Adore my windows for their summer scene?

Am I not father, too, and the ascending boy,
The boy of woman and the wanton starer
Marking the flesh and summer in the bay?
Am I not sister, too, who is my saviour?
Am I not all of you by the directed sea
Where bird and shell are babbling in my tower?
Am I not you who front the tidy shore,
Nor roof of sand, nor yet the towering tiler?

You are all these, said she who gave me the long suck,
All these, he said who sacked the children's town,
Up rose the Abraham-man, mad for my sake,
They said, who hacked and humoured they were mine.
I am, the tower told, felled by a timeless stroke,
Who razed my wooden folly stands aghast,
For man-begetters in the dry-as-paste,
The ringed-sea ghost, rise grimly from the wrack.

Do you not father me on the destroying sand?
You are sisters' sire, said seaweedy,
The salt sucked dam and darlings of the land
Who play the proper gentleman and lady.
Shall I still be love's house on the widdershin earth,
Woe to the windy masons at my shelter?
Love's house, they answer, and the tower death
Lie all unknowing of the grave sin-eater.

Bevatterst du mich nicht

Bevatterst du mich nicht, noch den erhobenen Arm
Um meines hohen Turms willen, geformt aus Stein?
Bemutterst du mich nicht, noch, wie ich,
Das Haus der Liebenden, an meinem Male leide?
Beschwesterst du mich nicht, noch das erhobene Verbrechen
Da meine schlanken Türme wie deine Sünde tragen?
Bebruderst du mich nicht, noch, beim Ersteigen,
Bewunderst meine Fenster wegen der Sommersicht?

Bin ich Vater nicht zugleich und aufsteigender Junge,
Der Junge der Frauen und der wilde Gaffer,
Der das Fleisch und den Sommer prägt in der Bucht?
Bin ich Schwester nicht zugleich, sie mein Erretter?
Bin ich alle nicht zugleich am gerichteten Meer
Wo in meinem Turm Vogel und Muschel murmeln?
Bin ich nicht du, der dieser sauberen Küste trotzt,
Noch ein Dach aus Sand oder der türmende Dachdecker?

All das bist du, sagte sie, die mich lange stillte,
All dies, sagte er, der die Kinderstadt zerstörte,
Auf stieg der Abraham-Mann, böse wegen mir,
Sagten sie, die hackten und humorten, sie gehörten zu mir.
Ich, tönte der Turm, wurde gefällt vom zeitlosen Schlag,
Der meine hölzerne Torheit tilgte, ist entsetzt,
Denn Menschenzeuger im Trocken-wie-Teig,
Der seeumringte Geist, steigt finster aus dem Tang.

Bevatterst du mich nicht auf dem zerstörenden Sand?
Du bist deiner Schwester Ahnherr, sagten algenbehangen
Der salzgestillte Damm und die Lieblinge des Landes,
Die den wahren Gentleman und die Dame spielen.
Bleib ich der Liebe Haus auf verkehrter Erde,
Weh den windigen Mauern meiner Zuflucht?
Der Liebe Haus, sagen sie, und der Turmtod
Wissen nichts vom ernsten Sünden-Fresser.

Should lanterns shine

Should lanterns shine, the holy face,
Caught in an octagon of unaccustomed light,
Would wither up, and any boy of love
Look twice before he fell from grace.
The features in their private dark
Are formed of flesh, but let the false day come
And from her lips the faded pigments fall,
The mummy cloths expose an ancient breast.

I have been told to reason by the heart,
But heart, like head, leads helplessly;
I have been told to reason by the pulse,
And, when it quickens, alter the actions' pace
Till field and roof lie level and the same
So fast I move defying time, the quiet gentleman
Whose beard wags in Egyptian wind.

I have heard many years of telling,
And many years should see some change.

The ball I threw while playing in the park
Has not yet reached the ground.

Im Laternenschein

Im Laternenschein würde das fromme Gesicht,
Gefangen im Oktagon des ungewohnten Lichts,
Welken und jeder verliebte Junge
Zweimal schauen, bevor er der Treue entsagte.
Die Züge im vertrauten Dunkel
Aus Fleisch geformt, doch laß den falschen Tag
Kommen, von den Lippen blasse Farben fallen,
Die Mumientücher enthüllen die uralte Brust.

Man riet mir, mit dem Herzen zu denken,
Doch Herz wie Hirn lenkt hilflos;
Man riet mir, mit dem Puls zu denken
Und, geht es schneller, beim Vorgehen zu hasten,
Bis Feld und Dach gleichauf und eben sind,
So sehr ich eile, trotze dem stillen Herrn der Zeit,
Sein Bart weht im Wind Ägyptens.

Ich hörte noch Jahre des Erzählens,
Und viele Jahre sollten Änderung erfahren.

Der Ball, den ich im Park beim Spielen warf,
Fiel noch nicht zu Boden.

Altarwise by owl-light

I

Altarwise by owl-light in the half-way house
The gentleman lay graveward with his furies;
Abaddon in the hangnail cracked from Adam,
And, from his fork, a dog among the fairies,
The atlas-eater with a jaw for news,
Bit out the mandrake with to-morrow's scream.
Then, penny-eyed, that gentleman of wounds,
Old cock from nowheres and the heaven's egg,
With bones unbottoned to the half-way winds,
Hatched from the windy salvage on one leg,
Scraped at my cradle in a walking word
That night of time under the Christward shelter:
I am the long world's gentleman, he said,
And share my bed with Capricorn and Cancer.

II

Death is all metaphors, shape in one history;
The child that sucketh long is shooting up,
The planet-ducted pelican of circles
Weans on an artery the gender's strip;
Child of the short spark in a shapeless country
Soon sets alight a long stick from the cradle;
The horizontal cross-bones of Abaddon,
You by the cavern over the black stairs,
Rung bone and blade, the verticals of Adam,
And, manned by midnight, Jacob to the stars.
Hairs of your head, then said the hollow agent,
Are but the roots of nettles and of feathers
Over these groundworks thrusting through a pavement
And hemlock-headed in the wood of weathers.

Wie ein Altar im Zwielicht

I

Wie ein Altar im Zwielicht der Herberge
Lag grabwärts das Herrlein bei seinen Furien;
Notnagel Abaddon dem Adam ausgerissen
Und, durch seine Gabel, ein Hund bei Feen,
Biß der Atlasfresser mit dem Neuigkeiten
Rachen den Schrei von morgen der Alraune aus.
Dann, aus windiger Bergung ausgebrütet, stieg
Auf einem Bein herbei der Herr voll Wunden,
Münzenäugig, alter Hahn aus Nirgendwo,
Und des Himmels Ei, Knochen den Winden offen,
Und werkte an meiner Wiege mit dem Wandelwort
In jener zeitigen Nacht unter dem christwärtigen Dach:
Ich bin der Herr der langen Welt, so er,
Und teil mein Bett mit Steinbock und mit Krebs.

II

Der Tod ist alle Metaphern, Form in einer Geschichte:
Das lange säugende Kind schießt endlich empor,
Der planetenröhrige Pelikan der Kreise
Zieht mit der Arterie den Mannzipfel auf;
Das Kind des kurzen Funkens im formlosen Land
Entzündet bald einen langen Wiegenstab;
Die horizontal gekreuzten Knochen Abaddons,
Du, bei der Höhle über schwarzen Stufen,
Tönende Sprosse und Schneide, Adams Vertikalen,
Und mitternachtsbemannt, Jakob zu den Sternen.
Die Haare deines Kopfes, so der hohle Bote,
Sind Wurzeln nur von Nesseln und von Federn
Über diesem Unterbau, der Pflaster sprengt,
Sind schierlingsköpfig im Wald der Wetter.

III

First there was the lamb on knocking knees
And three dead seasons on a climbing grave
That Adam's wether in the flock of horns,
Butt of the tree-tailed worm that mounted Eve,
Horned down with skullfoot and the skull of toes
On thunderous pavements in the garden time;
Rip of the vaults, I took my marrow-ladle
Out of the wrinkled undertaker's van,
And, Rip Van Winkle from a timeless cradle,
Dipped me breast-deep in the descending bone;
The black ram, shuffling of the year, old winter,
Alone alive among his mutton fold,
We rung our weathering changes on the ladder,
Said the antipodes, and twice spring chimed.

IV

What is the metre of the dictionary?
The size of genesis? the short spark's gender?
Shade without shape? the shape of Pharaoh's echo?
(My shape of age nagging the wounded whisper.)
Which sixth of wind blew out the burning gentry?
(Questions are hunchbacks to the poker marrow.)
What of a bamboo man among your acres?
Corset the boneyards for a crooked boy?
Button your bodice on a hump of splinters,
My camel's eyes will needle through the shroud.
Love's reflection of the mushroom features,
Stills snapped by night in the bread-sided field,
Once close-up smiling in the wall of pictures,
Arc-lamped thrown back upon the cutting flood.

III

Am Anfang war das Lamm auf klapprigen Beinen,
Und drei tote Jahreszeiten auf einem Steigegrab,
Das Adams kastrierter Hammel in der Hörnerherde,
Anstoß des dreischwänzigen Wurms, der Eva bestieg,
Niederhörnte mit Schädelfuß und Zehen
Auf donnerndem Pflaster in der Gartenzeit;
Als Rip der Gewölbe entnahm ich meinen Markschöpfer
Den Falten des Leichenkarrens und, ein Rip Van Winkle
Aus zeitloser Wiege, tauchte brusttief ich
In den herabgestiegenen Knochen; der schwarze
Hammel, das Schlurfen des Jahres, der alte Winter,
Allein ist er lebendig in seiner Hammelgemeinde,
Wir läuteten stufig unsere Wetterwenden auf der Leiter,
Sagten die Antipoden, und der Frühling bimmelte zweimal.

IV

Welches Metrum ist dem Wörterbuch zu eigen?
Dem Schöpfungsmaß? Dem Geschlecht des kurzen
Funkens?
Dem Schatten ohne Form? Der Form von Pharaos Echo?
(Meine Altersform nervte das wunde Flüstern.)
Welch Sechstel Wind löschte die brennenden Geschlechter?
(Fragen sind wie Bucklige zum strammen Mark.)
Was wär's mit einem Bambusmann auf deinen Feldern?
Soll der Beinhof Schnürleib für den queren Jungen sein?
Knöpf dir dein Leibchen um einen Splitterbuckel,
Mein Kamel äugt einmal durchs Öhr des Leichentuchs.
Die Liebe gibt die Form des Pilzes wieder,
Schnappschüsse bei Nacht im brotumrindeten Beet,
Einmal ein nahes Lächeln an der Bildwand
Werfen Bogenlampen zurück auf die Schneideflut.

V

And from the windy West came two-gunned Gabriel,
From Jesu's sleeve trumped up the king of spots,
The sheath-decked jacks, queen with a shuffled heart;
Said the fake gentleman in suit of spades,
Black-tongued and tipsy from salvation's bottle.
Rose my Byzantine Adam in the night.
For loss of blood I fell on Ishmael's plain,
Under the milky mushrooms slew my hunger,
A climbing sea from Asia had me down
And Jonah's Moby snatched me by the hair,
Cross-stroked salt Adam to the frozen angel
Pin-legged on pole-hills with a black medusa
By waste seas where the white bear quoted Virgil
And sirens singing from our lady's sea-straw.

VI

Cartoon of slashes on the tide-traced crater,
He in a book of water tallow-eyed
By lava's light split through the oyster vowels
And burned sea silence on a wick of words.
Pluck, cock, my sea eye, said medusa's sripture,
Lop, love, my fork tongue, said the pin-hilled nettle;
And love plucked out the stinging siren's eye,
Old cock from nowheres lopped the minstrel tongue
Till tallow I blew from the wax's tower
The fats of midnight when the salt was singing;
Adam, time's joker, on a witch of cardboard
Spelt out the seven seas, an evil index,
The bagpipe-breasted ladies in the deadweed
Blew out the blood gauze through the wound of manwax

V

Und vom windigen Westen kam Zweipistolen-Gabriel,
Aus Jesu Ärmel trumpfte der Fleckkönig auf,
Bubenspiel in Hüllen, herzdurchmischte Dame;
Und also, sprach das pikfarbene falsche Herrlein,
Schwarzzüngig beschwipst von der Erlösungsflasche,
Erhob sich nachts mein byzantinischer Adam;
Aus Blutverlust fiel ich über Ismaels Ebene her,
Unter den milchigen Pilzen schlug ich meinen Hunger,
Ein Wasserwallen aus Asien drückte mich unter,
Und Jonas Moby griff mich an den Haaren;
Kreuzgeschlagener Salz-Adam bis zum Eisesengel,
Nadelbeinig auf Polhügeln mit einer schwarzen Meduse
An öden Meeren, wo der weiße Bär Vergil zitierte
Und Sirenen von unser Lieben Frau Seestroh sangen.

VI

Schlitzzeichnung auf dem flutumrissenen Krater,
Er, talgäugig in einem Wasserbuch bei Lavalicht,
Barst durch die Austernvokale und brannte
Meeresschweigen auf einen bösen Docht von Wörtern.
Pick an, Hahn, mein Seeauge, sagte Medusas Bibel,
Kapp, Lieb, meine Gabelzunge, sagte die Nadelnessel;
Und Lieb pickte das Auge der Stechsirene aus,
Der alte Hahn von Nirgendwo kappte die Sängerzunge,
Bis talgig ich vom Wachsturm herunterblies
Das Mitternachtsfett, als der Seebär sang;
Adam, Joker der Zeit, auf einer Pappmegäre,
Buchstabierte sieben Meere, ein böses Verzeichnis,
Die dudelsackbrüstigen Damen im Leichtang bliesen
Die blutige Gaze durch die Wunde aus Mannwachs.

VII

Now stamp the Lord's Prayer on a grain of rice,
A Bible-leaved of all the written woods
Strip to this tree: a rocking alphabet,
Genesis in the root, the scarecrow word,
And one light's language in the book of trees.
Doom on deniers at the wind-turned statement.
Time's tune my ladies with the teats of music,
The scaled sea-sawers, fix in a naked sponge
Who sucks the bell-voiced Adam out of magic,
Time, milk, and magic, from the world beginning.
Time is the tune my ladies lend their heartbreak,
From bald pavilions and the house of bread
Time tracks the sound of shape on man and cloud,
On rose and icicle the ringing handprint.

VIII

This was the crucifixion on the mountain,
Time's nerve in vinegar, the gallow grave
As tarred with blood as the bright thorns I wept;
The world's my wound, God's Mary in her grief,
Bent like three trees and bird-papped through her shift,
With pins for teardrops is the long wound's woman.
This was the sky, Jack Christ, each minstrel angle
Drove in the heaven-driven of the nails
Till the three-coloured rainbow from my nipples
From pole to pole leapt round the snail-waked world.
I by the tree of thieves, all glory's sawbones,
Unsex the skeleton this mountain minute,
And by this blowclock witness of the sun
Suffer the heaven's children through my heartbeat.

VII

Nun druckt das Vaterunser auf ein Reiskorn,
Ein Bibelblättern aus allen Wälderschriften
Bindet an diesen Baum: ein wiegendes Alphabet
Genesis im Wurzelstock, Vogelscheuchenwort,
Und eines Lichtes Sprache im Buch der Bäume;
Verdammt die Leugner windbewegten Berichts.
Die Damen, schuppige Schiffsschaukler Zitzen wie Musik,
Tun die Zeitenmelodie in einen nackten Schwamm,
Er entsaugt den glockenhellen Adam der Magie,
Zeit, Milch, Magie aus der Welt im Anfang.
Der Zeitenmelodie leihen die Damen ihr Herzeleid,
Aus kahlen Pavillons und dem Haus des Brotes
Folgt die Zeit dem Klang der Form auf Mensch
Und Wolke, auf Eis und Rose der klirrende Abdruck.

VIII

Dies war die Kreuzigung auf dem Berg,
Der Nerv der Zeit in Essig, das Galgengrab
Mit Blut geteert wie die hellen Dornen, die ich weinte;
Meine Wunde die Welt, Gottes trauernde Maria,
Wie drei Bäume gebeugt, vogelbrüstig in ihrem Kleid,
Mit Tränennadeln ist das Weib der langen Wunde.
Dies war der Himmel, Vater Christ, jede Ansicht
Eines Sängers fuhr ins Himmelsgetriebene der Nägel ein,
Bis meiner Zitzen Regenbogen-Dreifarbigkeit
Von Pol zu Pol die schneckengeweckte Welt umsegelte.
Beim Diebesbaum entmann ich, des Ruhmes Knochen
Säger, das Skelett in diesem Bergesaugenblick
Und dulde beim Dampfzeugen der Sonne, Mittagssirene,
Die himmlischen Kinder im Schlagen meines Herzens.

IX

From the oracular archives and the parchment,
Prophets and fibre kings in oil and letter,
The lamped calligrapher, the queen in splints,
Buckle to lint and cloth their natron footsteps,
Draw on the glove of prints, dead Cairo's henna
Pour like a halo on the caps and serpents.
This was the resurrection in the desert,
Death from a bandage, rants the mask of scholars
Gold on such features, and the linen spirit
Weds my long gentleman to dusts and furies;
With priest and pharaoh bed my gentle wound,
World in the sand, on the triangle landscape,
With stones of odyssey for ash and garland
And rivers of the dead around my neck.

X

Let the tale's sailor from a Christian voyage
Atlaswise hold half-way off the dummy bay
Time's ship-racked gospel on the globe I balance:
So shall winged harbours through the rockbirds' eyes
Spot the blown word, and on the seas I image
December's thorn screwed in a brow of holly.
Let the first Peter from a rainbow's quayrail
Ask the tall fish swept from the bible east,
What rhubarb man peeled in her foam-blue channel
Has sown a flying garden round that sea-ghost?
Green as beginning, let the garden diving
Soar, with its two bark towers, to that Day
When the worm builds with the gold straws of venom
My nest of mercies in the rude, red tree.

IX

Aus seherischen Archiven und Pergament,
Propheten und Faserkönige in Öl und Lettern,
Rußschwarzer Kalligraph, geschiente Königin,
Heften ihre Sodaschritte an Mull und Tuch,
Tragen den Abdruckhandschuh, gießen Kairos totes Henna
Über Mützen und Schlangen wie einen Heiligenschein.
Dies war die Auferstehung in der Wüste,
Tod durch Bandagen, schelten Gelehrtenmasken,
Gold auf solchen Gesichtern, und der leinene Geist
Vermählt mein langes Herrlein mit Staub und Furien;
Bette meine sanfte Wunde bei Pharao und Priester,
Eine Welt im Sand, auf der Dreieckslandschaft,
Mit Steinen einer Odyssee nach Eschenstab und Kranz
Und Totenströmen rund um meinen Hals.

X

Laß den Seemann der Erzählung einer Christenreise
Die Kunstbucht wie ein Atlas halbwegs halten,
Auf dem Globus halt ich den Evangelienbruch der Zeit:
Also werden geflügelte Häfen durch Felsvogelaugen
Den verwehten Wortfleck erspähen, und auf See
Erschau ich Dezemberdorn auf der Stechpalmenstirn.
Laß entschlüsselnd Petrus, von der Regenbogen
Reling, den aus der Bibel ostgeschwemmten
Fisch befragen, welch nackter Rhabarbermann
Fluggärten schaumblau um den Seegeist säte?
Grün sei Anfang, laß den Garten fallend steigen
Mit den beiden Rindentürmen, bis zu dem Tag,
An dem der Wurm mit giftigem Goldstroh baut
Mein Nest der Gnaden im rüden, roten Baum.

Hold hard, these ancient minutes in the cuckoo's month

Hold hard, these ancient minutes in the cuckoo's month,
Under the lank, fourth folly on Glamorgan's hill,
As the green blooms ride upward, to the drive of time;
Time, in a folly's rider, like a county man
Over the vault of ridings with his hound at heel,
Drives forth my men, my children, from the hanging south.

Country, your sport is summer, and December's pools
By crane and water-tower by the seedy trees
Lie this fifth month unskated, and the birds have flown;
Hold hard, my country children in the world of tales,
The greenwood dying as the deer fall in their tracks,
This first and steepled season, to the summer's game.

And now the horns of England, in the sound of shape,
Summon your snowy horsemen, and the four-stringed hill,
Over the sea-gut loudening, sets a rock alive;
Hurdles and guns and railings, as the boulders heave,
Crack like a spring in a vice, bone breaking April,
Spill the lank folly's hunter and the hard-held hope.

Down fall four padding weathers on the scarlet lands,
Stalking my children's faces with a tail of blood,
Time, in a rider rising, from the harnessed valley;
Hold hard, my county darlings, for a hawk descends,
Golden Glamorgan straightens, to the falling birds.
Your sport is summer as the spring runs angrily.

Halt fest diese alten Minuten im Kuckucksmonat

Halt fest diese alten Minuten im Kuckucksmonat
Unter der schlanken vierten Narrheit auf Glamorgans Hügel,
Während die grünen Blüten aufwärts reiten zum Treiben der
Zeit, in einem Narrheits-Reiter wie ein Landmann [Zeit;
Über dem Gewölbe der Reitwege mit seinem Hund auf den
Fersen,
Treibt meine Männer an, meine Kinder, vom abschüssigen Süden.

Land, dein Sport ist Sommer, und Dezembers Teiche
Beim Kranich und Wasserturm, bei den samenreichen Bäumen
Liegen diesen fünften Monat unbeschlittschuht, und die Vögel
sind verflogen;
Haltet fest, meine Landkinder in der Welt der Märchen,
Das Grünholz stirbt wie das Hochwild auf seinen Fährten fällt,
Diese erste und hindernisreiche Jahreszeit beim Sommerspiel.

Und nun rufen die Hörner von England in Lautgestalt
Deine schneeigen Reiter zusammen, und der viermal verschnürte
Hügel,
Über dem Meerbauch laut ertönend, bringt einen Fels zum Leben;
Hürden und Flinten und Geschimpfe, während die Kopfsteine
keuchen,
Krachen wie eine Feder in einem Schraubstock,
knochenbrechender April,
Verschütten den Jäger schlanker Narrheit und die festgehaltene
Hoffnung.

Vier planschende Wetter stürzen auf die scharlachroten Lande
Und verfolgen meiner Kinder Gesichter mit einem Schweif aus
Blut,
Die Zeit steigt in einem Reiter aus einem angeschirrten Tal:
Haltet fest, meine Landlieblinge, denn ein Falke sinkt herab,
Goldenes Glamorgan reckt sich den einfallenden Vögeln entgegen,
Dein Sport ist Sommer wie der Frühling verärgert flieht.

Foster the light

Foster the light nor veil the manshaped moon,
Nor weather winds that blow not down the bone,
But strip the twelve-winded marrow from his circle;
Master the night nor serve the snowman's brain
That shapes each bushy item of the air
Into a polestar pointed on an icicle.

Murmur of spring nor crush the cockerel's eggs,
Nor hammer back a season in the figs,
But graft these four-fruited ridings on your country;
Farmer in time of frost the burning leagues,
By red-eyed orchards sow the seeds of snow,
In your young years the vegetable century.

And father all nor fail the fly-lord's acre,
Nor sprout on owl-seed like a goblin-sucker,
But rail with your wizard's ribs the heart-shaped planet;
Of mortal voices to the ninnies' choir,
High lord esquire, speak up the singing cloud,
And pluck a mandrake music from the marrowroot.

Roll unmanly over this turning tuft,
O ring of seas, nor sorrow as I shift
From all my mortal lovers with a starboard smile;
Nor when my love lies in the cross-boned drift
Naked among the bow-and-arrow birds
Shall you turn cockwise on a tufted axle.

Who gave these seas their colour in a shape,
Shaped my clayfellow, and the heaven's ark
In time at flood filled with his coloured doubles;
O who is glory in the shapeless maps,
Now make the world of me as I have made
A merry manshape of your walking circle.

Pflege das Licht

Pflege das Licht und verhülle nicht menschgeformten Mond,
Trotze auch nicht Winden die den Knochen nicht bezwingen,
Sondern befreie das zwölfatmige Mark aus seinem Kreis;
Meistere die Nacht, aber bediene nicht des Schneemanns Gehirn
Das jeden buschigen Teil der Luft formt
In einen Polarstern der auf einem Eiszapfen thront.

Murmele vom Frühling und zerdrücke nicht des Hähnchens Eier,
Hämmere auch nicht eine Jahreszeit rückwärts in den Feigen,
Aber pfropfe diese vierfruchtigen Reitwege auf dein Land;
Bebaue zur Frostzeit die brennenden Meilen,
Durch rotäugige Obstgärten säe die Saaten des Schnees,
In deinen jungen Jahren das Gemüsejahrhundert.

Und bevatere alle aber übersieh nicht des Fliegenfürsten Acker,
Laß auch keine Eulensaat sprießen wie einen Koboldlutscher,
Sondern reibe mit deinen Hexerrippen den herzförmigen
Von sterblichen Stimmen zum Gimpelchor, [Planeten;
Hochwohlgeborener Herr, sprich zur singenden Wolke,
Und zupfe Alraunenmusik aus der Markwurzel.

Rolle unmännlich über dies drehende Gebüsch,
Ach laß Meere hallen und sorg dich nicht wenn ich mich
Von all meinen sterblichen Geliebten wende mit einem
Steuerbordlächeln:
Auch wenn meine Liebe in der kreuzknochigen Trift
Nackt zwischen den Pfeil-und-Bogen-Vögeln liegt
Sollst du nicht hahnartig auf einer bebuschten Achse kreisen.

Wer diesen Meeren ihre Farben in einer Form verlieh,
Formte meinen Tongefährten und füllte die Himmelarche
Bei Flut rechtzeitig mit seinen farbigen Doppelgängern;
Ach wer ruhmreich steht auf den formlosen Landkarten,
Der bilde jetzt die Welt aus mir so wie ich
Aus deinem Wandelkreis ein frohes Männerbild gebildet habe.

Today, this insect

Today, this insect, and the world I breathe,
Now that my symbols have outelbowed space,
Time at the city spectacles, and half
The dear, daft time I take to nudge the sentence,
In trust and tale have I divided sense,
Slapped down the guillotine, the blood-red double
Of head and tail made witnesses to this
Murder of Eden and green genesis.

The insect certain is the plague of fables.

This story's monster has a serpent caul,
Blind in the coil scrams round the blazing outline,
Measures his own length on the garden wall
And breaks his shell in the last shocked beginning;
A crocodile before the chrysalis,
Before the fall from love the flying heartbone,
Winged like a sabbath ass this children's piece
Uncredited blows Jericho on Eden.

The insect fable is the certain promise.

Death: death of Hamlet and the nightmare madmen,
An air-drawn windmill on a wooden horse,
John's beast, Job's patience, and the fibs of vision,
Greek in the Irish sea the ageless voice:
'Adam I love, my madmen's love is endless,
No tell-tale lover has an end more certain,
All legends' sweethearts on a tree of stories,
My cross of tales behind the fabulous curtain.'

Heute, dieses Insekt

Heute, dieses Insekt, Welt, du mein Atem,
Da meine Zeichen sich jetzt Zeit und Raum
Bei Stadtspektakeln und die halbe liebe blöde Zeit,
Die's braucht, um einen Satz zu stupsen, mit Gewalt,
Geschaffen haben, in Vertrauen und Sage,
Teilt ich den Sinn, löste die Guillotine;
Rief's blutig-rote Double aus Kopf und Schwanz zu Zeugen
Dieses Mords an Eden und der grünen Genesis.

Gewiß ist das Insekt die Pest der Fabeln.

Das Monster dieser Fabel hat ein Schlangenchorion,
Schrammt blind in seiner Windung um den Feuerriß,
Nimmt an der Gartenmauer das eigne lange Maß,
Zerbricht die Schale im letzten Angstbeginn;
Ein Krokodil vor einer Chrysalide,
Vorm Liebesfall fliehend das Herzgebein,
Geflügelt wie ein Sabbatesel, bläst dies Kinderlied
Jericho urheberlos auf Eden.

Insektenfabel ist das gewisse Versprechen.

Tod: Hamlets Tod, die Alptraumirren,
Eine Windmühle, luftgelenkt, auf Pferd aus Holz,
Johannes' Tier, Hiobs Geduld, die Augenlügen,
Die Irische See mit altersloser Griechenstimme:
»Ich liebe Adam, endlos ist mein Lieben Irrer,
Keiner der liebt und lügt hat ein gewißres Ende,
Aller Legenden Schätzchen auf dem Märchenbaum,
Mein Sagenkreuz hinter dem Fabelschirm.«

Then was my neophyte

Then was my neophyte,
Child in white blood bent on its knees
Under the bell of rocks,
Ducked in the twelve, disciple seas
The winder of the water-clocks
Calls a green day and night.
My sea hermaphrodite,
Snail of man in His ship of fires
That burn the bitten decks,
Knew all His horrible desires
The climber of the water sex
Calls the green rock of light.

Who in these labyrinths,
This tidethread and the lane of scales,
Twine in a moon-blown shell,
Escapes to the flat cities' sails
Furled on the fishes' house and hell,
Nor falls to His green myths?
Stretch the salt photographs,
The landscape grief, love in His oils
Mirror from man to whale
That the green child see like a grail
Through veil and fin and fire and coil
Time on the canvas paths.

He films my vanity.
Shot in the wind, by tilted arcs,
Over the water come
Children from homes and children's parks
Who speak on a finger and thumb,
And the masked, headless boy.
His reels and mystery
The winder of the clockwise scene

Dann ward mein Täufling

Dann ward mein Täufling,
Säugling kniegebeugt in weißem Blut
Unter der Glocke aus Felsen,
Getaucht in der Jünger Zwölfmeeresflut,
Der Wasseruhren aufzieht
Heißt sie grüner Tag und eine Nacht.
Mein Meeres-Hermaphrodit,
Mannschneck in Seinem Schiff der Feuer,
Die auf zerbissenen Planken brennen,
Er wußte von Seinen bösen Wünschen,
Der Besteiger der Wasserlust
Nennt sie den grünen Fels aus Licht.

Wer flieht zu flacher Städte
Segel in diesen Labyrinthen,
Zwirn von Flutfäden, Schuppenwege,
In mondgeblasener Muschel,
Auf Fischhaushöllen eingeholt,
Seines grünen Mythos Opfer?
Breite aus die salzenen Fotos,
Landschaftstrauer, in Öl Seine Lieb
Spiegle von Mensch zu Wal,
Damit das grüne Kind erkenne wie ein Gral
Durch Schleier und Finne und Feuer und Schliere
Die Zeit auf den Leinwandpfaden.

Er filmt meine Eitelkeit.
In den Wind geschossen, nah wippenden Bogen,
Kommen über das Wasser
Kinder von Heimen und Spielplätzen,
Die über Finger und Daumen sprechen,
Und der Junge, maskiert, ohne Kopf.
Seine Rollen und sein Geheimnis
Hat der Sinnaufwickler der Uhrzeigerszene

Wound like a ball of lakes
Then threw on that tide-hoisted screen
Love's image till my heartbone breaks
By a dramatic sea.

Who kills my history?
The year-hedged row is lame with flint,
Blunt scythe and water blade.
'Who could snap off the shapeless print
From your tomorrow-treading shade
With oracle for eye?'
Time kills me terribly.
'Time shall not murder you', He said,
'Nor the green nought be hurt;
Who could hack out your unsucked heart,
O green and unborn and undead?'
I saw time murder me.

It is the sinners' dust-tongued bell

It is the sinners' dust-tongued bell claps me to churches
When, with his torch and hourglass, like a sulphur priest,
His beast heel cleft in a sandal,
Time marks a black aisle kindle from the brand of ashes,
Grief with dishevelled hands tear out the altar ghost
And a firewind kill the candle.

Over the choir minute I hear the hour chant:
Time's coral saint and the salt grief drown a foul sepulchre
And a whirlpool drives the prayerwheel;
Moonfall and sailing emperor, pale as their tide-print,
Hear by death's accident the clocked and dashed-down spire
Strike the sea hour through bellmetal.

In ein Knäuel aus Seen gerollt
Und warf auf die wassergehobene Wand
Der Liebe Bild, bis mein Herzbein bricht,
An einem theatralischen Meer.

Wer tötet meine Geschichte?
Lahm vor Feuerstein die Jahresfurche,
Stumpf sind Sichel und Wasserschneide.
»Wer könnte den formlosen Abzug kappen
Von deinem im Morgen watenden Schatten
Mit einem Orakel als Augenlicht?«
Die Zeit tötet mich fürchterlich.
»Die Zeit soll dich nicht morden«, sprach Er,
»Noch soll das Grün mir verletzt sein;
Wer könnt dein ungesäugtes Herz aushauen,
O Grünes, Ungeborenes, Untotes?«
Ich sah die Zeit mich morden.

Der Sünder staubzüngige Glocke

Der Sünder staubzüngige Glocke schlägt mich an Kirchen,
Da mit Sanduhr und Fackel, wie ein Schwefelpriester,
Ihr Spalthuf tief in der Sandale,
Die Zeit durch Aschebrand die schwarze Schneise glimmen läßt
Und mit wirren Händen Trauer den Altargeist ausreißt
Und ein Feuerwind die Kerze löscht.

Über der Chorminute hör ich den Stundensang:
Korallenheilige Zeit und die salzene Trauer tränken ein Sudelgrab,
Ein Wasser strudelt die Gebetsmühle an;
Bleicher Mondeinfall und Kaisersegel, gleich ihrer Flutspur,
Hören durch Todeszufall die zeitgemessene Turmruine
Glockenmetallen die Seestunde glasen.

There is loud and dark directly under the dumb flame,
Storm, snow, and fountain in the weather of fireworks,
Cathedral calm in the pulled house;
Grief with drenched book and candle christens the cherub
time
From the emerald, still bell; and from the pacing
weather-cock
The voice of bird on coral prays.

Forever it is a white child in the dark-skinned summer
Out of the font of bone and plants at that stone tocsin
Scales the blue wall of spirits;
From blank and leaking winter sails the child in colour,
Shakes, in crabbed burial shawl, by sorcerer's insect woken,
Ding dong from the mute turrets.

I mean by time the cast and curfew rascal of our marriage,
At nightbreak born in the fat side, from an animal bed
In a holy room in a wave;
And all love's sinners in sweet cloth kneel to a hyleg image,
Nutmeg, civet, and sea-parsley serve the plagued groom and
bride
Who have brought forth the urchin grief.

Laut ist und Dunkel genau unter der stummen Flamme,
Sturm, Schnee und Fontäne im Feuerwerkswetter,
Kathedralische Ruhe im gezogenen Haus;
Trauer mit getauchtem Buch und Kerze tauft Cherub-Zeit
Aus stiller, smaragdener Glocke; und vom schreitenden
        Wetterhahn
Betet die Vogelstimme auf der Koralle.

Immer ist ein weißes Kind im dunkelhäutigen Sommer
Aus dem Becken aus Bein und den Pflanzen am Steingeläut,
Das die Blautöne der Geisterwand klimmt;
Aus dem Weiß und Leck des Winters segelt das Kind in Farbe,
Schüttelt im knappen Sterbefähnchen, von Zauberers Insekt
Ding dong von den stummen Türmen. [geweckt,

Mit Zeit mein ich den Eisenzapfenstreichler unsrer Ehe,
Im Fett bei Nachtanbruch geboren auf einem Tieresbett
Im Sanktum einer Welle;
In süßem Tuch knien alle Liebessünder vor dem Zukunftsbild,
Muskat, Zibeth und Seepetersilie dienen dem geplagten
        Paar,
Die den borstigen Knaben, Trauer, zeugten.

I make this in a warring absence

I make this in a warring absence when
Each ancient, stone-necked minute of love's season
Harbours my anchored tongue, slips the quaystone,
When, praise is blessed, her pride in mast and fountain
Sailed and set dazzling by the handshaped ocean,
In that proud sailing tree with branches driven
Through the last vault and vegetable groyne,
And this weak house to marrow-columned heaven,

Is corner-cast, breath's rag, scrawled weed, a vain
And opium head, crow stalk, puffed, cut, and blown,
Or like the tide-looped breastknot reefed again
Or rent ancestrally the roped sea-hymen,
And, pride is last, is like a child alone
By magnet winds to her blind mother drawn,
Bread and milk mansion in a toothless town.

She makes for me a nettle's innocence
And a silk pigeon's guilt in her proud absence,
In the molested rocks the shell of virgins,
The frank, closed pearl, the sea-girls' lineaments
Glint in the staved and siren-printed caverns,
Is maiden in the shameful oak, omens
Whalebed and bulldance, the gold bush of lions,
Proud as a sucked stone and huge as sandgrains.

These are her contraries: the beast who follows
With priest's grave foot and hand of five assassins
Her molten flight up cinder-nesting columns,
Calls the starved fire herd, is cast in ice,
Lost in a limp-treed and uneating silence,
Who scales a hailing hill in her cold flintsteps
Falls on a ring of summers and locked noons.

Ich schreibe dies im Streite, einsam

Ich schreibe dies im Streite, einsam, denn
Jede alte steinhalsige Minute der Liebeszeiten
Ist Hafen für meine Zunge vor Anker, glitschend am Felsen,
Denn, Lob ist Segen, ihr Stolz über Mast und Born
Stach in See, blind im von Händen gezeugten Ozean,
Über jenen stolz segelnden Baum mit Zweigen
Bis zu den letzten Gewölben und wuchernden Buhnen
Und über dies schwache Haus, dies Eden auf markigen Säulen,

Ist fortgeschleudert, Atemfetzen, wirres Kraut, ein
Eitel Rauschkopf, Krähendünkel, verschnitten und verblasen
Oder wie der flutgeschlungene Brustknoten im Auflösen
Oder das Hymen der See, verzurrt, von Vorfahren geliehen,
Und, Stolz ist alles, wie ein Kind verlassen
Von magnetischen Winden zur blinden Mutter getrieben,
Zu Brot und Milch auf einem zahnlosen Anwesen.

Sie macht für mich einer Brennessel Reinheit
Und Seidenflaums Schuld in stolzer Abwesenheit,
In den bedrängten Felsen: Jungfrauen verschalt,
Die herbe, ehrliche Perle, die Züge der Meermaid zeigt,
In der Wand der sirenenbedruckten Grotte blinkt,
Ist Mädchen in der schändlichen Täfelung, flüstert
Von Walbett und Bullenwalzer, goldenem Löwenhaupt,
Ein trockener Traum, heiß und grob wie Sand.

Dies ist sie im Gegensatz: Das Tier, das folgt
In inbrünstigem Schritt, der Hand Fünf an der Tat,
Ihrem Schmelzflug entlang dem aschenverkrusteten Mast,
Sie nennt das tote Feuer Herd, ist in Eis erstarrt,
Verloren im Balsaholz in unverzehrender Rast,
Wer einen gellenden Gipfel mit ihrer Steinschrift mißt,
Sieht Sommer und Sonne in Ketten gefesselt.

I make a weapon of an ass's skeleton
And walk the warring sands by the dead town,
Cudgel great air, wreck east, and topple sundown,
Storm her sped heart, hang with beheaded veins
Its wringing shell, and let her eyelids fasten.
Destruction, picked by birds, brays through the jaw-bone,
And, for that murder's sake, dark with contagion
Like an approaching wave I sprawl to ruin.

Ruin, the room of errors, one rood dropped
Down the stacked sea and water-pillared shade,
Weighed in rock shroud, is my proud pyramid;
Where, wound in emerald linen and sharp wind,
The hero's head lies scraped of every legend,
Comes love's anatomist with sun-gloved hand
Who picks the live heart on a diamond.

'His mother's womb had a tongue that lapped up mud',
Cried the topless, inchtaped lips from hank and hood
In that bright anchorground where I lay linened,
'A lizard darting with black venom's thread
Doubled, to fork him back, through the lockjaw bed
And the breath-white, curtained mouth of seed.'
'See', drummed the taut masks, 'how the dead ascend:
In the groin's endless coil a man is tangled.'

These once-blind eyes have breathed a wind of visions,
The cauldron's root through this once-rindless hand
Fumed like a tree, and tossed a burning bird;
With loud, torn tooth and tail and cobweb drum
The crumpled packs fled past this ghost in bloom,
And, mild as pardon from a cloud of pride,
The terrible world my brother bares his skin.

Now in the cloud's big breast lie quiet countries,
Delivered seas my love from her proud place
Walks with no wound, nor lightning in her face,

Aus Eselsgerippe einen Knüppel mache ich jetzt
Und schreite auf dem streitig Sand entlang der toten Stadt,
Schlag in die Luft, dresch in Trümmer Ost und West,
Stürme ihr rasendes Herz, henke mit geköpften Adern
Seine ringende Schale und mache ihre Lider fest.
Vogelfraß, Zerstörung, die durch den Kiefer gröhlt,
Und, um jenes Mordes willen, dunkel mit Gift,
Vergehe ich wie brandende Wellen in Gischt.

Wie Trümmer, Orte der Irrtümer, tief unten
In den Sockeln der See und dem Wasserschrein der Schatten
Liegt meine stolze Pyramide, beschwert, im Tuch von Gestein,
Dort, wo in smaragdenen Linnen und heftigen Winden
Des Helden Haupt liegt, bar aller Legenden,
Dort kommt der Liebesanatom mit gleißenden Fingern,
Und nimmt das lebende Herz auf Diamanten.

»Im Schoß seiner Mutter lechzte eine Zunge nach Lob«
Schrien gesichtslose, zollweite Lippen, Haar und Haut,
Wo ich in Leinen lag, an jenem lichten Ankergrund,
»Eine Eidechse schießt in Fäden von schwarzem Gift
Und gabelt es zurück in das verdorrte Kehlenbett
Und durch die Samen im atemreinen, verhängten Mund.«
»Schaut« trommeln die starren Masken »wie Totes aufsteigt:
Der Mensch ist im endlosen Tauwerk der Lenden verseilt.«

Diese einst blinden Augen atmen den Wind von Visionen,
Die Hexenwurzel in der mal rindenlosen Hand
Rauchte wie ein Baum und spie den Flammenvogel,
Laut, zahn- und schwanzlos, eine Spinnwebtrommel,
Das Lumpenpack flieht diesen Geist in Blüte,
Und durch Wolken voll von Stolz, so sanft wie Gnade
Zeigt diese Schreckenswelt, mein Bruder, ihre Blöße.

Jetzt liegen im weiten Schoß der Wolken stille Länder,
Meine Liebe frei, zurück vom fernen Ort im Meer
Geht ohne Gram, doch auch ohne Leuchten im Gesicht,

A calm wind blows that raised the trees like hair
Once where the soft snow's blood was turned to ice.
And though my love pulls the pale, nippled air,
Prides of tomorrow suckling in her eyes,
Yet this I make in a forgiving presence.

O make me a mask

O make me a mask and a wall to shut from your spies
Of the sharp, enamelled eyes and the spectacled claws
Rape and rebellion in the nurseries of my face,
Gag of a dumbstruck tree to block from bare enemies
The bayonet tongue in this undefended prayerpiece,
The present mouth, and the sweetly blown trumpet of lies,
Shaped in old armour and oak the countenance of a dunce
To shield the glistening brain and blunt the examiners,
And a tear-stained widower grief drooped from the lashes
To veil belladonna and let the dry eyes perceive
Others betray the lamenting lies of their losses
By the curve of the nude mouth or the laugh up the sleeve.

Ein Wind regt sich und zaust den Wald wie Haare,
Wo einst das Blut des zarten Schnees gefor.
Obwohl ich mich bloß an der blonden Brust der Lüfte labe,
Saug ich Stolz und Lust aus ihren Augen,
Und schreib dies nun versöhnt, gemeinsam.

O mach mir eine Maske

O mach mir eine Maske, eine Mauer vor deinen Spionen
Zum Schutz vor den glasharten Augen und bebrillten Klauen
Von Mord und Schändung in diesem Gesicht der Kinderstuben,
Einen mundtoten Baum als Knebel, der vor nackten Feinden
Versteckt die Bayonettzunge im ungeschützten Gebetsrasen,
Auch diesen Mund hier und die süßen Flötenklänge der Lügen,
Die Miene eines Tölpels aus Eiche und altem Eisen
Als Harnisch vors glänzende Hirn und Spott den Spähenden
Und tropfende Witwentrauer, die an den Wimpern
Belladonna verhängt, und laß trockenen Auges sehen
Wie andere ihre falsch beklagten Verluste verraten,
Wenn ihr Mund sich verzieht, und sie in die Faust lachen.

Not from this anger

Not from this anger, anticlimax after
Refusal struck her loin and the lame flower
Bent like a beast to lap the singular floods
In a land strapped by hunger
Shall she receive a bellyful of weeds
And bear those tendril hands I touch across
The agonized, two seas.

Behind my head a square of sky sags over
The circular smile tossed from lover to lover
And the golden ball spins out of the skies;
Not from this anger after
Refusal struck like a bell under water
Shall her smile breed that mouth, behind the mirror,
That burns along my eyes.

Nicht aus dieser Wut

Nicht aus dieser Wut, Gegenwehr nachdem
Zurückweisung ihre Flanke traf und die lahme Blume sich bückte
Wie ein Tier um die einmaligen Fluten gierig zu schlürfen
In einem hungergepeinigten Land,
Soll sie einen Bauchvoll Seegras erhalten
Und die Sehnenhände tragen die ich
Über die schmerzgequälten zwei Meere hinweg berühre.

Hinter meinem Kopf sinkt ein Himmelsviereck
Über dem kreisrunden Lächeln, getauscht zwischen Liebenden,
Und der goldene Ball kreiselt aus den Himmeln;
Nicht aus dieser Wut nachdem
Zurückweisung wie eine Glocke unter Wasser schlug
Soll ihr Lächeln diesen Mund hinter dem Spiegel hervorbringen,
Der auf meinen Augen brennt.

How shall my animal

How shall my animal
Whose wizard shape I trace in the cavernous skull,
Vessel of abscesses and exultation's shell,
Endure burial under the spelling wall,
The invoked, shrouding veil at the cap of the face,
Who should be furious,
Drunk as a vineyard snail, flailed like an octopus,
Roaring, crawling, quarrel
With the outside weathers,
The natural circle of the discovered skies
Draw down to its weird eyes?

How shall it magnetize,
Towards the studded male in a bent, midnight blaze
That melts the lionhead's heel and horseshoe of the heart,
A brute land in the cool top of the country days
To trot with a loud mate the haybeds of a mile,
Love and labour and kill
In quick, sweet, cruel light till the locked ground sprout out,
The black, burst sea rejoice,
The bowels turn turtle,
Claw of the crabbed veins squeeze from each red particle
The parched and raging voice?

Fishermen of mermen
Creep and harp on the tide, sinking their charmed, bent pin
With bridebait of gold bread, I with a living skein,
Tongue and ear in the thread, angle the temple-bound
Curl-locked and animal cavepools of spells and bone,
Trace out a tentacle,
Nailed with an open eye, in the bowl of wounds and weed
To clasp my fury on ground
And clap its great blood down;

Wie soll mein Animal

Wie soll mein Animal,
Soll seine Zauberform, die ich im Höhlenschädel,
Eitergefäß und Jubelschale, spüre,
Begräbnis an der Zauberstabenwand erdulden,
Den angerufnen Leichtuchschleier hoch auf dem Gesicht?
Er sollte wüten,
Trunken sein wie eine Weinbergschnecke, wie ein Tintenfisch
Geflegelt, brüllen, kriechen, streiten
Mit den Außenwettern,
Den Naturkreis der aufgedeckten Himmel
Zu seinen ungeheuren Augen niederziehn.

Wie soll es für den geilen Mann
Bei mitternächtlich krummem Lodern,
Das Löwenkopfes Ferse, des Herzens Hufeisen schmilzt,
Ein rohes Land magnetisch machen im kühlen Kreisel
Ländlicher Tage, um mit lautem Mädel eine Meile weit
Durch Heubetten zu traben, lieben, arbeiten und töten
In muntrem, süßem, bösem Licht, bis der verschlossne Boden
Das schwarz-geplatzte Meer frohlockt, [sprießt,
Gedärm feige erstarrt,
Die Zangen krebsiger Adern aus jedem roten Körperchen
Den dünnen Zorn der Stimme quetscht?

Meermenschenfischer
Kriechen und lauten in der Flut, senken verhexte Hakenbögen
Mit Brautköder und goldenem Brot; ich, mit lebendem Zwirn,
Zunge und Ohr im Faden, angle im tempelbegrenzten,
Lockenverschlossenen, tierischen Höhlentümpel voll Formeln
Spüre Tentakel auf [und Bein,
Offenen Auges angenagelt, in der Schüssel voll Wunden und
Um meine Wut auf Grund zu knoten [Tang,
Und bändigen ihr mächtiges Blut:

Never shall beast be born to atlas the few seas
Or poise the day on a horn.

Sigh long, clay cold, lie shorn,
Cast high, stunned on gilled stone; sly scissors ground in frost
Clack through the thicket of strength, love hewn in pillars drops
With carved bird, saint, and sun, the wrackspiked maiden mouth
Lops, as a bush plumed with flames, the rant of the fierce eye,
Clips short the gesture of breath.
Die in red feathers when the flying heaven's cut,
And roll with the knocked earth:
Lie dry, rest robbed, my beast.
You have kicked from a dark den, leaped up the whinnying light,
And dug your grave in my breast.

Niemals sei Bestie geboren, das die knappen Meere kartet
Oder den Tag auf Hornesspitze hält.

Seufze lang, lehmkalt, liege gerupft,
Hoch gestrandet, besinnungslos auf Kiemenstein: schlaue
frostgeschliffene Scheren
Klacken durchs Dickicht der Kraft; in Säulen gehauene
Liebe stürzt
Mit Vogelbild, Sankt und Sonne; der strandgutstarre
Jungfernmund,
Knappt, wie ein Busch mit Flammenfedern, die grimme
Augenpredigt,
Knipst des Atems Geste ab.
Stirb du in roten Federn, wenn der fliegende Himmel fällt,
Und wälze dich mit der geschlagenen Erde:
Lieg trocken, ruheberaubt, du meine Bestie.
Du bist aus dunkler Höhle ausgebrochen, sprangst ins
Wieherlicht,
Und grubst dein Grab in meiner Brust.

After the funeral

(In memory of Ann Jones)

After the funeral, mule praises, brays,
Windshake of sailshaped ears, muffle-toed tap
Tap happily of one peg in the thick
Grave's foot, blinds down the lids, the teeth in black,
The spittled eyes, the salt ponds in the sleeves,
Morning smack of the spade that wakes up sleep,
Shakes a desolate boy who slits his throat
In the dark of the coffin and sheds dry leaves,
That breaks one bone to light with a judgment clout,
After the feast of tear-stuffed time and thistles
In a room with a stuffed fox and a stale fern,
I stand, for this memorial's sake, alone
In the snivelling hours with dead, humped Ann
Whose hooded, fountain heart once fell in puddles
Round the parched worlds of Wales and drowned each sun
(Though this for her is a monstrous image blindly
Magnified out of praise; her death was a still drop;
She would not have me sinking in the holy
Flood of her heart's fame; she would lie dumb and deep
And need no druid of her broken body).
But I, Ann's bard on a raised hearth, call all
The seas to service that her wood-tongued virtue
Babble like a bellbuoy over the hymning heads,
Bow down the walls of the ferned and foxy woods
That her love sing and swing through a brown chapel,
Bless her bent spirit with four, crossing birds.

Nach dem Begräbnis
(Zum Andenken an Ann Jones)

Nach dem Begräbnis, dem Maulesellob und -gewieher,
Dem Windwehn von Segellangohren, dem gedämpften Zehenspitztripp
Und Trapp des glücklichen einen Fußes mitten
Durch dick und dünn des Grabes, verhängten Lidern, Zähnen in Schwarz,
Nach speichligen Augen, nach Salzteichen in den Ärmeln,
Nach dem Morgengeklatsch des Spatens der weckt den Schlaf und der fest
Einen trostlosen Jungen rüttelt, der sich die Kehle durchschneidet
Im Dunkel des Sarges und dürres Laub fallen läßt,
Das einen Knochen ans Licht bricht mit Jüngstem Gerichtstagshieb;
Nach dem Schmaus von tränengestopfter Zeit und Disteln in einem Zimmer
Mit ausgestopftem Fuchs und abgestandenem Farn,
Steh ich um dieses Andenkens willen allein
In den wimmernden Stunden bei der toten, buckligen Ann,
Deren verkapptes Springbrunnenherz einst in Tümpeln fiel
Auf die dürren Welten von Wales und jede Sonne ersäufte
(Obwohl das für sie ein Ungeheuer von Bild ist, blindlings
Vergrößert vom Lob; ihr Tod war ein stiller Fall;
Sie würde nicht wollen, daß ich in die heilige
Flut ihres Herzensruhms sinke; sie läge stumm und tief
Und brauchte keinen Druiden ihres zerbrochenen Leibes).
Doch ich, Anns Barde an einem erhöhten Herd, ruf alle
Meere zur Andacht, daß Anns holzzüngige Tugend
Lalle wie eine Läutboje über den hymnenden Köpfen
Und zu Boden beuge die Wände der farnig-füchsischen Wälder,
Daß ihre Liebe singe und schwinge durch eine braune Kapelle,
Ihr verborgener Geist sei gesegnet mit vier sich kreuzenden Vögeln.

Her flesh was meek as milk, but this skyward statue
With the wild breast and blessed and giant skull
Is carved from her in a room with a wet window
In a fiercely mourning house in a crooked year.
I know her scrubbed and sour humble hands
Lie with religion in their cramp, her threadbare
Whisper in a damp word, her wits drilled hollow,
Her fist of a face died clenched on a round pain;
And sculptured Ann is seventy years of stone.
These cloud-sopped, marble hands, this monumental
Argument of the hewn voice, gesture and psalm,
Storm me forever over her grave until
The stuffed lung of the fox twitch and cry Love
And the strutting fern lay seeds on the black sill.

Ihr Fleisch war mild wie Milch, doch dies Denkmal gen
Himmel
Mit wilder Brust und gesegnetem riesigem Schädel
Ist geschnitten aus ihr in einem Raum mit einem nassen
Fenster
In einem lichterloh flennenden Haus in dem krummen Jahr.
Ich weiß, ihre gewaschenen demütig-sauren Hände
Liegen mit ihrem Glauben im Krampf; ich hör
Ihr abgeschabtes Flüstern, ein feuchtes Wort, ihr
durchlöchertes Denken;
Ihre Faust von Gesicht starb geballt um ein rundes
Schmerzengestöhn;
Und die gemeißelte Ann ist ein Jahrsiebzig aus Stein.
Diese in Wolken getauchten marmornen Hände, dies
monumentale
Argument aus gehauener Stimme, Geste und Psalm,
Das bestürmt mich immerzu über ihrem Grabe bis einst
Die ausgestopfte Lunge des Fuchses zuckt und ruft: Liebe
Und der stolzierende Farn legt Samen aufs schwarze
Gesims.

When all my five and country senses see

When all my five and country senses see,
The fingers will forget green thumbs and mark
How, through the halfmoon's vegetable eye,
Husk of young stars and handfull zodiac,
Love in the frost is pared and wintered by,
The whispering ears will watch love drummed away
Down breeze and shell to a discordant beach,
And, lashed to syllables, the lynx tongue cry
That her fond wounds are mended bitterly.
My nostrils see her breath burn like a bush.

My one and noble heart has witnesses
In all love's countries, that will grope awake;
And when blind sleep drops on the spying senses,
The heart is sensual, though five eyes break.

Wenn all meine fünf und ländlichen Sinne schaun

Wenn all meine fünf und ländlichen Sinne schaun,
Werden die Finger grüne Daumen vergessen und lernen
Wie durch des Sichelmondes Pflanzenaug,
Die Hülse von handvollem Tierkreis und jungen Sternen
Liebe im Frost für den Winter beschnitten wird;
Die flüsternden Ohren merken: man trommelt die Liebe
fort
Längs der Brise und Muschel hinab zu einer mißtönenden
Küste,
Und hören, an Silben gefesselt, die Luchszunge schrein
Daß ihre törichten Wunden nun bittere Narben seien.
Ihr Atem, der brennt wie ein Dornbusch, sehn meine
Nüstern.

Mein ein' und edles Herz hat Zeugen wohnen
In allen Liebesländern, die tasten im Erwachen;
Und wenn blinder Schlaf auf die Sinne fällt die spionieren
Ist das Herz sinnlich, ob auch fünf Augen brechen.

The tombstone told when she died

The tombstone told when she died.
Her two surnames stopped me still.
A virgin married at rest.
She married in this pouring place,
That I struck one day by luck,
Before I heard in my mother's side
Or saw in the looking-glass shell
The rain through her cold heart speak
And the sun killed in her face.
More the thick stone cannot tell.

Before she lay on a stranger's bed
With a hand plunged through her hair,
Or that rainy tongue beat back
Through the devilish years and innocent deaths
To the room of a secret child,
Among men later I heard it said
She cried her white-dressed limbs were bare
And her red lips were kissed black,
She wept in her pain and made mouths,
Talked and tore though her eyes smiled.

I who saw in a hurried film
Death and this mad heroine
Meet once on a mortal wall,
Heard her speak through the chipped beak
Of the stone bird guarding her:
I died before bedtime came
But my womb was bellowing
And I felt with my bare fall
A blazing red harsh head tear up
And the dear floods of his hair.

Der Grabstein sprach als sie starb

Der Grabstein sprach als sie starb.
Ihre beiden Beinamen hielten mich jäh an.
Eine Jungfrau heiratete zur letzten Ruhe.
Sie heiratete an diesem strömenden Ort,
Zu dem ich eines Tages zufällig stieß,
Vorher hörte ich in meiner Mutter Schoß
Oder sah im Spiegelscherben
Wie der Regen durch ihr kaltes Herz redete
Und die Sonne in ihrem Gesicht getötet wurde.
Mehr kann der dicke Stein nicht sagen.

Vorher lag sie auf eines Fremden Bett
Eine Hand in ihrem Haar vergraben,
Oder diese regnerische Zunge schlug zurück
Durch die teuflischen Jahre und unschuldigen Tode
In die Kammer eines geheimen Kindes,
Unter Männern hörte ich später sagen
Sie habe gerufen ihre weißgekleideten Glieder seien nackt
Und ihre roten Lippen seien schwarz geküßt,
Sie weinte in ihrem Schmerz und verzog den Mund,
Redete und raste obwohl ihre Augen lächelten.

Ich der ich in einem hastigen Film sah
Wie der Tod und diese irre Heldin
Sich einmal an einer sterblichen Mauer trafen
Hörte sie durch den behauenen Schnabel
Des sie bewahrenden steinernen Vogels sagen:
Ich starb vor der Schlafenszeit
Aber mein Schoß schlug laut an
Und ich fühlte bei meinem nackten Sturz
Wie ein rotflammender rauher Kopf hochriß
Und damit die liebgewonnenen Fluten seines Haares.

On no work of words

On no work of words now for three lean months in the
bloody
Belly of the rich year and the big purse of my body
I bitterly take to task my poverty and craft:

To take to give is all, return what is hungrily given
Puffing the pounds of manna up through the dew to heaven,
The lovely gift of the gab bangs back on a blind shaft.

To lift to leave from the treasures of man is pleasing death
That will rake at last all currencies of the marked breath
And count the taken, forsaken mysteries in a bad dark.

To surrender now is to pay the expensive ogre twice.
Ancient woods of my blood, dash down to the nut of the
seas
If I take to burn or return this world which is each man's
work.

I, the first named

I, the first named, am the ghost of this sir and Christian
friend
Who writes these words I write in a still room in a
spellsoaked house:
I am the ghost in this house that is filled with the tongue and
eyes
Of a lack-a-head ghost I fear to the anonymous end.

Ohne Arbeit am Wortwerk

Ohne Arbeit am Wortwerk drei magere Monate schon in des
fetten
Jahres blutigem Bauch, meines Leibs großen Beutel zu füttern,
Rechte ich bitter mit meinem Bettel von brotloser Kunst:

Zum Geben nehmen ist alles, dann wieder die hungrigen Gaben,
Die Pfunde von Manna auf mit dem Tau verpaffen nach oben,
Das leckere lockere Maul klatscht zurück in den blinden Wanst.

Zum Hinterlassen fassen des Menschen Gut heißt den Tod
erfreun,
Der streicht alle Währungen des gezeichneten Atems am Ende ein
Und zählt die ergriffnen verpfiffnen Mysterien im Dunkel das
[arg ist.
Sich da ergeben heißt den teueren Oger zweimal bezahlen.
Meines Blutes uralte Wälder, schlagt hinab in des Meereskerns
Wellen,
Wenn ich verbrenn oder nicht mehr bekenn diese Welt die
jedermanns Werk ist.

Ich, der Erstgenannte

Ich, der Erstgenannte, bin der Geist dieses Herrn und
Christenfreund,
Der diese Worte schreibt, die ich schreibe im stillen Zimmer
in einem zaubergetränkten Haus:
Ich bin der Geist in diesem Haus, das erfüllt ist von Zungen
und Augen
Eines ohne-Kopf Geistes, den ich fürchte bis zum
anonymen Ende.

Twenty-four years

Twenty-four years remind the tears of my eyes.
(Bury the dead for fear that they walk to the grave in labour.)
In the groin of the natural doorway I crouched like a tailor
Sewing a shroud for a journey
By the light of the meat-eating sun.
Dressed to die, the sensual strut begun,
With my red veins full of money,
In the final direction of the elementary town
I advance for as long as forever is.

Once it was the colour of saying

Once it was the colour of saying
Soaked my table the uglier side of a hill
With a capsized field where a school sat still
And a black and white patch of girls grew playing;
The gentle seaslides of saying I must undo
That all the charmingly drowned arise to cockcrow and kill.
When I whistled with mitching boys through a reservoir park
Where at night we stoned the cold and cuckoo
Lovers in the dirt of their leafy beds,
The shade of their trees was a word of many shades
And a lamp of lightning for the poor in the dark;
Now my saying shall be my undoing,
And every stone I wind off like a reel.

Vierundzwanzig Jahre

Vierundzwanzig Jahre erinnern die Tränen an meine Augen.
(Bestattet die Toten aus Angst. Sie gehn sonst zu Grab in Wehen.)
Im rippengewölbten Tor der Natur wie ein Schneider beim Nähen
Hockte ich vor einem Totenhemd für eine Reise
Im Schein der fleischfressenden Sonne.
Angetan zum Sterben stolzieren die Sinne:
Mit meinen roten Adern drin Geld läuft im Kreise
Nehme ich zur Urstadt den endlichen Weg
Und gehe vor solange das Immer dauert.

Einstmals tränkte die Farbe des Sagens

Einstmals tränkte die Farbe des Sagens
Meinen Tisch zum häßlicheren Hügelhang,
Dort hockte auf gekentertem Feld eine stumme Schule,
Wuchs im Spiel ein Beet schwarz-weißer Mädchen;
Die sanften Seefälle des Sagens muß ich umgehen
Und wecken die zaubrig Ertrunkenen zu Hahnschrei und Mord.
Als ich mit den Schulschwänzern johlte im Feuerseepark,
Wo wir nachts die kuckuckskalten Pärchen
Steinigten im Dreck ihrer Blätterlager,
War der Schatten ihrer Bäume ein bunt-schattiertes Wort
Und eine Blitzesleuchte für die Armen im Dunkeln;
Jetzt wird mein Sagen zu meinem Untergang,
Jeden Stein werd ich rollen von tanzender Spule.

Because the pleasure-bird whistles

Because the pleasure-bird whistles after the hot wires,
Shall the blind horse sing sweeter?
Convenient bird and beast lie lodged to suffer
The supper and knives of a mood.
In the sniffed and poured snow on the tip of the tongue of
 the year
That clouts the spittle like bubbles with broken rooms,
An enamoured man alone by the twigs of his eyes, two fires,
Camped in the drug-white shower of nerves and food,
Savours the lick of the times through a deadly wood of hair
In a wind that plucked a goose,
Nor ever, as the wild tongue breaks its tombs,
Rounds to look at the red, wagged root.
Because there stands, one story out of the bum city,
That frozen wife whose juices drift like a fixed sea
Secretly in statuary,
Shall I, struck on the hot and rocking street,
Not spin to stare at an old year
Toppling and burning in the muddle of towers and galleries
Like the mauled pictures of boys?
The salt person and blasted place
I furnish with the meat of a fable;
If the dead starve, their stomachs turn to tumble
An upright man in the antipodes
Or spray-based and rock-chested sea:
Over the past table I repeat this present grace.

Weil der Käfigvogel flötet

Weil der Käfigvogel flötet nach den heißen Drähten,
Soll süßer das blinde Pferd singen?
Handlich liegen Vogel und Vieh fest für die Leiden
Einer Laune Messer und Mahl.
Im geschnupft-und-ergossenen Schnee auf der Zungenspitze
des Jahrs
Die drischt den Speichel wie Schaum mit gebrochnen Räumen,
Schmeckt ein verliebter Mann allein mit seiner Augen Zweige,
zwei Feuer,
Gelagert im drogen-weißen Schwall von Nahrung und Nerv,
Das Lecken der Zeiten durch einen tödlichen Haarwald
In einem Wind der eine Gans rupfte,
Noch je, wenn die wilde Zunge ihre Gräber bricht,
Umkehrt, anzublicken die rote, wedelnde Wurzel.
Weil da steht, eine Story aus der Stadt der Hintern,
Die gefrorene Frau deren Säfte treiben wie feste See
Insgeheim in Statuen,
Soll ich, getroffen auf heißem schaukelndem Weg,
Nicht umdrehn anzustarren ein altes Jahr
Kippend und brennend im Wirrwarr der Türme und Emporen
Wie die mißhandelten Bilder von Buben?
Salzgestalt und öden Ort
Statte ich aus mit dem Fleisch einer Fabel;
Wenn die Toten hungern, drehn sich ihre Mägen und stürzen
Einen aufrechten Mann zu den Antipoden
Oder in auf Schaum gebaute, felsbrüstige See:
Über vergangenem Tische sprech ich erneut diesen
gegenwärtigen Segen.

'If my head hurt a hair's foot'

'If my head hurt a hair's foot
Pack back the downed bone. If the unpricked ball of my
    breath
Bump on a spout let the bubbles jump out.
Sooner drop with the worm of the ropes round my throat
Than bully ill love in the clouted scene.

'All game phrases fit your ring of a cockfight:
I'll comb the snared woods with a glove on a lamp,
Peck, sprint, dance on fountains and duck time
Before I rush in a crouch the ghost with a hammer, air,
Strike light, and bloody a loud room.

'If my bunched, monkey coming is cruel
Rage me back to the making house. My hand unravel
When you sew the deep door. The bed is a cross place.
Bend, if my journey ache, direction like an arc or make
A limp and riderless shape to leap nine thinning months.'

'No. Not for Christ's dazzling bed
Or a nacreous sleep among soft particles and charms
My dear would I change my tears or your iron head.
Thrust, my daughter or son, to escape, there is none, none,
    none,
Nor when all ponderous heaven's host of waters breaks.

Krümmt mein Kopf einem Haar nur den Fuß

»Krümmt mein Kopf einem Haar nur den Fuß,
Stau den flaumigen Knochen zurück! Bockt der unangestochene
Ball
Meines Atems auf einem Strahl, laß die Blasen platzen im Fall!
Lieber fallen gehenkt am Hals von dem Wurm aus Strängen
Als auf dem geschlagenen Schauplatz schlechte Liebe zu zwingen.

Alle Worte im Spiel passen in deinen Hahnenkampfring:
Ich durchsuche die Wälder voll Fallen mit dem Handschuh an
einer Laterne,
Peck, spring und tanz auf dem Springbrunnen, drück vor der Zeit
mich,
Eh ich geduckt das Gespenst überrenn mit dem Hammer, auf
Luft und
Licht stoß und blutig mach einen Raum voller Leute.

Ist mein gedducktes äffisches Kommen grausam,
Wüt mich zurück ins Zeughaus: meine Hand fasere auf
Und vernäh die tiefe Tür! Das Bett ist bös, eine Kreuzstatt.
Tut mein nahender Schädel weh, verbieg meine Richtung zum
Bogen:
Laß die reiterlos schlaffe Gestalt durch neun abmagernde
Monate fliegen!«

»Nein! Ich wollt nicht um Christi blendendes Bett,
Auch um Perlmutterschlaf unter weichen Stäubchen und
Lockungen nicht,
Daß ich meine Tränen und deinen eisernen Kopf, mein Liebes,
nicht hätt!
Stoß, meine Tochter, mein Sohn! Stoß dich frei! Nein, das geht
nicht, nein, nein,
Auch nicht, wenn das schwere himmlische Heer aller Wasser
bricht.

'Now to awake husked of gestures and my joy like a cave
To the anguish and carrion, to the infant forever unfree,
O my lost love bounced from a good home;
The grain that hurries this way from the rim of the grave
Has a voice and a house, and there and here you must couch
and cry.

'Rest beyond choice in the dust-appointed grain,
At the breast stored with seas. No return
Through the waves of the fat streets nor the skeleton's thin
ways.
The grave and my calm body are shut to your coming as
stone,
And the endless beginning of prodigies suffers open.'

Nun dein Erwachen, aus meiner Lust wie aus einer Höhle
gestoßen
Zur Kindheit, auf ewig unfrei, Erwachen zu Angst und Aas,
Du mein verlorenes Lieb, verstoßen aus gutem Haus!
Den Weg von des Grabes Rand läuft das Korn daher und
dahin alle Straßen
Und hat Stimme und Haus, und dort und da mußt du liegen
und schrein.

Rast wahllos im für den Rost bestimmten Korn,
An der Brust, die mit Meeren versorgt ist. Rückweg wird
keiner sein,
Nicht auf fetter Straßen Wogen noch auf des Gerippes
mageren Wegen.
Das Grab und mein ruhiger Leib sind versperrt für dein
Kommen wie Stein,
Und der endlose Anfang der Kindwunder duldet offen.«

To others than you

Friend by enemy I call you out.

You with a bad coin in your socket,
You my friend there with a winning air
Who palmed the lie on me when you looked
Brassily at my shyest secret,
Enticed with twinkling bits of the eye
Till the sweet tooth of my love bit dry,
Rasped at last, and I stumbled and sucked,
Whom now I conjure to stand as thief
In the memory worked by mirrors,
With unforgettably smiling act,
Quickness of hand in the velvet glove
And my whole heart under your hammer,
Were once such a creature, so gay and frank
A desireless familiar
I never thought to utter or think
While you displaced a truth in the air,

That though I loved them for their faults
As much as for their good,
My friends were enemies on stilts
With their heads in a cunning cloud.

An andere als an dich

Freund als Feind fordere ich dich heraus.

Du mit falscher Münze in deiner Augenhöhle
Du mein Freund mit gewinnender Miene
Der du mir die Lüge aufdrängtest als du
Roh in mein scheuestes Geheimnis sahst
Verführtest mit blitzenden Bissen des Auges,
Bis der süße Zahn meiner Liebe sich zerbiß
Und knirschte, und ich taumelte und sog
Den nun ich beschwöre als Dieb zu stehn
In der Erinnerung aus Spiegeln
Mit dem unvergeßlich lächelnden Tun
Der Behendigkeit der Hand im samtenen Handschuh
Und mein ganzes Herz unter deinem Hammer,
Du warst einmal so ein Geschöpf so froh und offen
Ohne Wunsch, ein Vertrauter,
Ich dachte nie daran zu sagen oder zu denken,
Wenn du eine Wahrheit in der Luft entstelltest,

Daß meine Freunde, obwohl ich sie liebte
Um ihrer Fehler wie um ihrer Güte willen,
Feinde auf Stelzen waren
Die Häupter in hinterlistiger Wolke.

Paper and sticks

Paper and sticks and shovel and match
Why won't the news of the old world catch
And the fire in a temper start

Once I had a rich boy for myself
I loved his body and his navy blue wealth
And I lived in his purse and his heart

When in our bed I was tossing and turning
All I could see were his brown eyes burning
By the green of a one pound note

I talk to him as I clean the grate
O my dear it's never too late
To take me away as you whispered and wrote

I had a handsome and well-off boy
I'll share my money and we'll run for joy
With a bouncing and silver spooned kid

Sharp and shrill my silly tongue scratches
Words on the air as the fire catches
You never did and *he* never did.

Papier und Scheite

Scheite und Schaufel und Streichholz Papier
Was brennt das Neueste der Welt nicht an
Und flackert das Feuer nicht auf vor Gier?

Ich hatte für mich einen reichen Mann
Ich liebte seinen Leib und sein vornehmes Geld
Und wohnte bei ihm in Börse und Herz.

Wenn in unserm Bett ich sprang und lohte
Sah ich nur seine braunen Augen erhellt
Beim Grün einer Einpfundnote.

Ich plaudre mit ihm und säubre den Rost,
Es ist nie zu spät wenn du mich liebst
Mich mitzunehmen wie du rauntest und schriebst.

Ich hatte einen hübschen und reichen Freund
Mit dem ich teilen und laufen will
Vor Lust mit einem stämmigen glücklichen Kind.

Meine dumme Zunge kratzt scharf und schrill,
Wie das Feuer flammt, Worte in den Wind –
Du tatst es nie und *er* tat's nie.

When I woke

When I woke, the town spoke.
Birds and clocks and cross bells
Dinned aside the coiling crowd,
The reptile profligates in a flame,
Spoilers and pokers of sleep,
The next-door sea dispelled
Frogs and satans and woman-luck,
While a man outside with a billhook,
Up to his head in his blood,
Cutting the morning off,
The warm-veined double of Time
And his scarving beard from a book,
Slashed down the last snake as though
It were a wand or subtle bough,
Its tongue peeled in the wrap of a leaf.

Every morning I make,
God in bed, good and bad,
After a water-face walk,
The death-stagged scatter-breath
Mammoth and sparrowfall
Everybody's earth.
Where birds ride like leaves and boats like ducks
I heard, this morning, waking,
Crossly out of the town noises
A voice in the erected air,
No prophet-progeny of mine,
Cry my sea town was breaking.
No Time, spoke the clocks, no God, rang the bells,
I drew the white sheet over the islands
And the coins on my eyelids sang like shells.

Als ich erwachte

Als ich erwachte, sprach die Stadt.
Vögel, Uhren, Kreuzesglöckchen
Schlugen bei der schlängelnden Menge,
Reptilien liederlich entflammt,
Räuber und Störer des Schlafs,
Die See nebenan verscheuchte
Frösche, Teufel und Frauenglück;
Draußen schnitt derweil ein Mann,
Bis zum Kopf im eignen Blut
Mit der Hippe den Morgen ab,
Das warm-durchflossene Doppel der Zeit
Und seinen langen Bart aus einem Buch,
Säbelte nieder die letzte Schlange
Wie einen zarten Zweig oder Zauberstab,
Ihre Zunge gehäutet im Blättermantel.

Jeden Morgen schöpfe ich,
Gott im Bett, gut und schlecht,
Nach oberflächlichem Wassergang,
Die totgehetzte-atemzerfetzte
Mammut-und-Spatzensturz
Jedermanns Erde.
Wo blättergleich Vögel treiben und entengleich Boote
Hört ich, heut morgen, erwachend
Eine Stimme grob die Stadtgeräusche
In aufgerichteter Luft durchkreuzen,
Es war kein prophetisches Kind von mir,
Und meiner Seestadt Brechen melden.
Keine Zeit, schlug die Uhr, kein Gott, die Glocke,
Ich zog das weiße Laken über die Inseln,
Und auf meinen Lidern läuteten die Münzen wie Muscheln.

Once below a time

I

Once below a time
When my pinned-around-the-spirit
Cut-to-measure flesh bit,
Suit for a serial sum
On the first of each hardship,
My paid-for slaved-for own too late
In love torn breeches and blistered jacket
On the snapping rims of the ashpit,
In grottoes I worked with birds,
Spiked with a mastiff collar,
Tasselled in cellar and snipping shop
Or decked on a cloud swallower,

Then swift from a bursting sea with bottlecork boats
And out-of-perspective sailors,
In common clay clothes disguised as scales,
As a he-god's paddling water skirts,
I astounded the sitting tailors,
I set back the clock faced tailors,
Then, bushily swanked in bear wig and tails,
Hopping hot leaved and feathered
From the kangaroo foot of the earth,
From the chill, silent centre
Trailing the frost bitten cloth,
Up through the lubber crust of Wales
I rocketed to astonish
The flashing needle rock of squatters,
The criers of Shabby and Shorten,
The famous stitch droppers.

Es war unter einer Zeit einmal

I

Es war unter einer Zeit einmal
Als mein um-den-Geist-gestecktes,
Nach-Maß-geschnittenes Fleisch kniff,
Anzug auf Raten,
Fällig am Ersten jeder Not,
Mein ab-bezahlter, ab-geschufteter, zu spät besessener,
In liebeszerrissenen Hosen und pusteligem Jackett
Auf schnappenden Rändern der Aschengrube
In Grotten, wo ich mit Vögeln arbeitete,
Stachelig mit einem Doggenhalsband,
Herumgeworfen in Keller und Schnipselladen
Oder rausgeputzt auf einem Wolkenverschlinger,

Dann flink aus einer brechenden See mit Flaschenkorkbooten
Und perspektivisch-verzerrten Matrosen,
In alltäglichem Lehmzeug als Schuppen getarnt,
Wie eines Gottes wallende Wasserröcke,
Erstaunte ich die sitzenden Schneider,
Stellte ich zurück die uhrengesichtigen Schneider,
Dann, buschig herausgeputzt in Bärenperücke und Frack,
Hüpfte ich heiß belaubt und gefedert
Vom Känguruhfuß der Erde,
Aus dem kalten, stillen Zentrum
Den frostzerbissenen Stoff hinter mir ziehend
Herauf durch die Transchicht des Wales
Schoß ich empor zum Erstaunen
Der blitzenden Nadelfelsen der Penner,
Der Schreier von Schäbig und Kürzen,
Der berühmten Maschenverlierer.

II

My silly suit, hardly yet suffered for,
Around some coffin carrying
Birdman or told ghost I hung.
And the owl hood, the heel hider,
Claw fold and hole for the rotten
Head, deceived, I believed, my maker,

The cloud perched tailors' master with nerves for cotton.
On the old seas from stories, thrashing my wings,
Combing with antlers, Columbus on fire,
I was pierced by the idol tailor's eyes,
Glared through shark mask and navigating head,
Cold Nansen's beak on a boat full of gongs,

To the boy of common thread,
The bright pretender, the ridiculous sea dandy
With dry flesh and earth for adorning and bed.
It was sweet to drown in the readymade handy water
With my cherry capped dangler green as seaweed

Summoning a child's voice from a webfoot stone,
Never never oh never to regret the bugle I wore
On my cleaving arm as I blasted in a wave.
Now shown and mostly bare I would lie down,
Lie down, lie down and live
As quiet as a bone.

II

Meinen albernen Anzug, für den ich fast nichts ertragen,
Um einen sargtragenden Vogelmenschen
Oder ein erzähltes Gespenst hing ich ihn.
Und die Eulenmütze, der Fersenverstecker
Klauenfalte und Loch für den verrotteten
Kopf, täuschte, glaubte ich, meinen Schöpfer,

Den wolkenhockenden Meisterschneider mit Nerven als Zwirn.
Auf den alten Meeren der Geschichten meine Flügel schlagend,
Kämmte mit Geweihen, Kolumbus in Flammen,
Wurde durchbohrt von den Schneideraugen des Götzen,
Blickte durch Haimaske und den navigierenden Kopf,
Des kalten Nansens Schnabel auf einem Boot voller Gongs,

Zu dem Jungen aus gewöhnlichem Gewebe,
Dem strahlenden Thronfolger, dem lächerlichen Meeresdandy
Mit trockenem Fleisch und Erde zur Zierde und Bett.
Es war süß, im Wasser von der Stange zu ertrinken
Mit meinem kirschköpfigen Bommel grün wie Meeresalgen

Eine Kinderstimme herbeirufend von einem Schwimmfußstein,
Nie, nie, oh nie, das Horn bedauern, das ich trug
Am teilenden Arm da ich in einer Welle schmetterte.
Jetzt vorgeführt und beinah bloß möcht ich mich legen,
Legen und legen und leben
Still wie ein Knochen.

There was a saviour

There was a saviour
Rarer than radium,
Commoner than water, crueller than truth;
Children kept from the sun
Assembled at his tongue
To hear the golden note turn in a groove,
Prisoners of wishes locked in their eyes
In the jails and studies of his keyless smiles.

The voice of children says
From a lost wilderness
There was calm to be done in his safe unrest,
When hindering man hurt
Man, animal, or bird
We hid our fears in that murdering breath,
Silence, silence to do, when earth grew loud,
In lairs and asylums of the tremendous shout.

There was glory to hear
In the churches of his tears,
Under his downy arm you sighed as he struck,
O you who could not cry
On to the ground when a man died
Put a tear for joy in the unearthly flood
And laid your cheek against a cloud-formed shell:
Now in the dark there is only yourself and myself.

Two proud, blacked brothers cry,
Winter-locked side by side,
To this inhospitable hollow year,
O we who could not stir
One lean sigh when we heard
Greed on man beating near and fire neighbour

Es gab einen Erlöser

Es gab einen Erlöser
Rarer als Radium
Schlichter als Wasser grausamer als Wahrheit;
Kinder die die Sonne nicht kannten
Versammelten sich vor seiner Zunge
Um den goldenen Ton in der Kerbe kreisen zu hören,
Gefangene der Wünsche schlossen ihre Augen ein
In die Kerker und Zellen seines schlüssellosen Lächelns.

Die Stimme der Kinder sagt,
Aus verlorener Wüste
Sei Ruhe zu finden in seiner sicheren Unrast;
Wenn der störende Mensch
Tier, Vogel oder Mensch kränkte,
Bargen wir unsere Ängste in dem mörderischen Odem –
Stille – still zu sein, wenn die Erde laut wurde
In den Lagern und Asylen dieses furchtbaren Rufs.

Man hörte den Jubel
In den Kirchen seiner Tränen,
Unter seinem flaumigen Arm seufztest du wenn er schlug,
O du der nicht schluchzen konnte bis zum Grund
Wenn ein Mensch starb
Warfst vor Freude eine Träne in die mörderische Flut
Und legtest die Wange an eine wolkige Muschel:
Hier im Dunkel gibt es nur dich und mich.

Zwei stolze geschwärzte Brüder weinen
Winterverschlossen Seite an Seite
Über dies unwirtliche hohle Jahr,
O wir die nicht einmal leise
Seufzen konnten wenn wir hörten
Wie Gier unseren Nächsten schlug und Feuer sich uns
benachbarte,

But wailed and nested in the sky-blue wall
Now break a giant tear for the little known fall,

For the drooping of homes
That did not nurse our bones,
Brave deaths of only ones but never found,
Now see, alone in us,
Our own true strangers' dust
Ride through the doors of our unentered house.
Exiled in us we arouse the soft,
Unclenched, armless, silk and rough love that breaks all
rocks.

Sondern jammerten und nisteten in der himmelblauen Mauer,
Brechen jetzt aus in eine riesige Träne um den verborgenen
Untergang

Um stürzende Häuser
Die uns nicht großzogen
Um die mutigen Tode Einsamer nie Gefundener,
Sehen jetzt allein in uns
Unseres eigenen wahren Fremdlings Staub
Wehn durch die Türen unseres unbetretenen Hauses.
Verbannt in uns erlösten wir die weiche
Offene armlose seidene und herbe Liebe die Felsen bricht.

Into her lying down head

I

Into her lying down head
His enemies entered bed,
Under the encumbered eyelid,
Through the rippled drum of the hair-buried ear;
And Noah's rekindled now unkind dove
Flew man-bearing there.
Last night in a raping wave
Whales unreined from the green grave
In fountains of origin gave up their love,
Along her innocence glided
Juan aflame and savagely young King Lear,
Queen Catherine howling bare
And Samson drowned in his hair,
The colossal intimacies of silent
Once seen strangers or shades on a stair;
There the dark blade and wanton sighing her down
To a haycock couch and the scythes of his arms
Rode and whistled a hundred times
Before the crowing morning climbed;
Man was the burning England she was sleep-walking, and the enamouring island
Made her limbs blind by luminous charms,
Sleep to a newborn sleep in a swaddling loin-leaf stroked and sang
And his runaway beloved childlike laid in the acorned sand.

II

There where a numberless tongue
Wound their room with a male moan,
His faith around her flew undone

In ihr liegendes Haupt

I

In ihr liegendes Haupt
Bestiegen seine Feinde das Bett
Unter das schlafschwere Augenlid,
Durch die gekräuselte Trommel des haarbegrabenen Ohrs;
Und Noahs Taube wieder lebendig aber nun böse
Flog heran einen Mann im Schnabel.
Vergangene Nacht in einer gierigen Woge
Gaben Wale entfesselt aus dem grünen Grab
In Fontänen des Ursprungs ihre Liebe auf;
Um ihre Unschuld glitt
Juan brennend und wild der junge König Lear,
Königin Katharina heulend nackt,
Und Samson ertrunken in seinen Haaren,
Die riesigen Vertraulichkeiten schweigsamer
Einmal gesehener Fremder oder Schatten auf einer Treppe.
Da mähte die dunkle lüsterne Klinge sie seufzend nieder
Auf ein Heulager und die Sensen seiner Arme
Sausten und pfiffen hundertmal
Ehe der krähende Morgen stieg.
Schlaf koste und sang sich in einen neugeborenen Schlaf in
hüllendem Lendenblatt,
Und seine entflohne Geliebte lag kindlich in eichelnem
Sand.

II

Da wo eine lallende Zunge
Ihren Raum durchwand mit männlichem Stöhnen
Umfloß seine Treue sie aufgelöst

And darkness hung the walls with baskets of snakes,
A furnace-nostrilled column-membered
Super-or-near man
Resembling to her dulled sense
The thief of adolescence,
Early imaginary half remembered
Oceanic lover alone
Jealousy cannot forget for all her sakes,
Made his bad bed in her good
Night, and enjoyed as he would.
Crying, white gowned, from the middle moonlit stages
Out to the tiered and hearing tide,
Close and far she announced the theft of the heart
In the taken body at many ages,
Trespasser and broken bride
Celebrating at her side
All blood-signed assailings and vanished marriages in which he had no lovely part
Nor could share, for his pride, to the least
Mutter and foul wingbeat of the solemnizing nightpriest
Her holy unholy hours with the always anonymous beast.

III

Two sand grains together in bed,
Head to heaven-circling head,
Singly lie with the whole wide shore,
The covering sea their nightfall with no names;
And out of every domed and soil-based shell
One voice in chains declaims
The female, deadly, and male
Libidinous betrayal,
Golden dissolving under the water veil.
A she bird sleeping brittle by

Und Dunkelheit behing die Wände mit Schlangenkörben.
Ein flammennüstriger säulenarmiger
Über- oder Halbmensch
Schien ihrem betäubtem Sinn
Der Dieb ihrer Jugend,
Ein früher erträumter halberinnerter
Ozeanischer Geliebter, den nur
Eifersucht um keinen Preis vergessen kann,
Machte sein böses Bett in ihrer guten
Nacht und vergnügte sich wie er wollte.
Schreiend weiß gewandet von den mittleren Stufen im Mondlicht
Hinaus in die rollende horchende Flut
Verkündete sie nah und fern den Raub ihres Herzens
Aus ewig überwältigtem Leibe, Ewigkeiten
Frevler und geschändete Braut
Zelebrierten an ihrer Seite
Alle blutgezeichneten Überfälle und entschwundenen Vermählungen,
Bei denen er keinen rühmlichen Anteil hatte,
Noch bis zum geringsten
Murmeln und ekligen Flügelschlag des Nachtpriesters
Ihre heiligen unheiligen Stunden teilen konnte mit dem immer namenlosen Tier.

III

Zwei Sandkörner zusammen im Bett
Kopf am himmelkreisenden Kopf
Liegen allein mit dem ganzen weiten Strand,
Das bedeckende Meer der unbenannte Einbruch ihrer Nacht;
Und aus jeder gewölbten erdgrundigen Muschel
Klagt eine Stimme in Ketten
Den tödlichen weiblichen und lüsternen
Männlichen Verrat an
Golden zerfließend unter dem Wasserschleier.
Ein Vogelweibchen das zerbrechlich schläft

Her lover's wings that fold to-morrow's flight,
Within the nested treefork
Sings to the treading hawk
Carrion, paradise, chirrup my bright yolk.
A blade of grass longs with the meadow,
A stone lies lost and locked in the lark-high hill.
Open as to the air to the naked shadow
O she lies alone and still,
Innocent between two wars,
With the incestuous secret brother in the seconds to perpetuate the stars,
A man torn up mourns in the sole night.
And the second comers, the severers, the enemies from the deep
Forgotten dark, rest their pulse and bury their dead in her faithless sleep.

In den Flügeln ihres Liebsten die den morgigen Flug vorfalten
        Singt in der benisteten Astgabel
        Dem tretenden Falken entgegen
Aasgeier Paradiesvogel zwitschere meinem hellen Dotter.
    Ein Grashalm sehnt sich mit der Wiese
Ein Stein liegt verloren und verschlossen im lerchenhohen [Hügel.
Offen wie der Luft dem nackten Schatten
        Liegt sie oh allein und still
        Unschuldig zwischen zwei Kriegen
Mit dem blutschänderischen geheimen Bruder in Sekunden
  die Sterne zu bannen;
    Ein Mann jammert zerrissen in der einsamen Nacht.
Und die Nächsten die kommen, die Trenner die Feinde aus
  dem tiefen
Vergessenen Dunkel ruhn den Puls und begraben die Toten
        In ihrem treulosen Schlaf.

Deaths and entrances

On almost the incendiary eve
    Of several near deaths,
When one at the great least of your best loved
    And always known must leave
Lions and fires of his flying breath,
    Of your immortal friends
Who'd raise the organs of the counted dust
    To shoot and sing your praise,
One who called deepest down shall hold his peace
    That cannot sink or cease
    Endlessly to his wound
In many married London's estranging grief.

On almost the incendiary eve
    When at your lips and keys,
Locking, unlocking, the murdered strangers weave,
    One who is most unknown,
Your polestar neighbour, sun of another street,
    Will dive up to his tears.
He'll bathe his raining blood in the male sea
    Who strode for your own dead
And wind his globe out of your water thread
    And load the throats of shells
    With every cry since light
Flashed first across his thunderclapping eyes.

On almost the incendiary eve
    Of deaths and entrances,
When near and strange wounded on London's waves
    Have sought your single grave,
One enemy, of many, who knows well
    Your heart is luminous
In the watched dark, quivering through locks and caves,
    Will pull the thunderbolts

Tode und Eingänge

An fast dem brennenden Abend
    Vor drohenden Toden,
Als einer deiner mindestens Meistgeliebten
    Und lang Bekannten sich trennt
Von Löwen und Flammen im fliehenden Atem,
    Ein unsterblicher Freund,
Der aus Körnern Staub den Körper höbe,
    Zu deines Lobes Klang und Schall,
Einer, der tief hinunterstieg, halte seinen Frieden,
    Der nicht sinken kann noch enden,
    Ewig an seine Wunde
Für viele vereint in Londons trennender Trauer.

An fast dem brennenden Abend,
    Als an deinen Lippen und Riegeln
Auf und zu, die ermordeten Fremden weben,
    Einer dir höchst unbekannt,
Nachbar vom Polarstern, Sonne einer anderen Straße,
    Taucht dann zu seinen Tränen auf.
Er badet sein Blut in der satten See,
    Der für deinen Toten ausschritt,
Und spult seine Kugel aus deinem Wasserfaden,
    Füllt die Perlmutthülsen
    Mit jedem Schrei, seit Licht
Vor seine donnerblinkenden Augen blitzte.

An fast dem brennenden Abend
    Vor Toden und Eingängen,
Als auf Londons Wellen Wunden nah und fremd
    Dein Grab allein suchen,
Ein Feind unter vielen weiß genau,
    Dein Herz im gebannten Dunkel
Ist leuchtend, schimmert durch Schlösser und Ziegel,
    Und zieht krachend die Bolzen,

To shut the sun, plunge, mount your darkened keys
    And sear just riders back,
    Until that one loved least
Looms the last Samson of your zodiac.

On a wedding anniversary

The sky is torn across
This ragged anniversary of two
Who moved for three years in tune
Down the long walks of their vows.

Now their love lies a loss
And Love and his patients roar on a chain;
From every true or crater
Carrying cloud, Death strikes their house.

Too late in the wrong rain
They come together whom their love parted:
The windows pour into their heart
And the doors burn in their brain.

Löscht die Sonne, taucht, steigt die dunklen Tasten,
    Sengt rechte Ritter zurück,
    Bis jener kaum Geliebte
Den letzten Samson deiner Sterne webt.

Auf einen Hochzeitstag

Ein Riß im Himmel quer
Durch den zerfetzten Hochzeitstag der zwei
Die schritten drei Jahre im Takt um die Wette
Die langen Wege ihrer Schwüre aus.

Nun stellt nichts ihre Liebe mehr her
Und Amor und seine Kranken schrein an der Kette;
Aus jeder wahren oder Krater
Tragenden Wolke schlägt Tod ein in ihr Haus.

Zu spät im Wetter der Wirrn
Kommen die ihre Liebe trennte zusammen:
Die Fenster schütten Regen in ihre Herzkammern
Und die Türen brennen in ihrem Hirn.

Ballad of the long-legged bait

The bows glided down, and the coast
Blackened with birds took a last look
At his thrashing hair and whale-blue eye;
The trodden town rang its cobbles for luck.

Then good-bye to the fishermanned
Boat with its anchor free and fast
As a bird hooking over the sea,
High and dry by the top of the mast,

Whispered the affectionate sand
And the bulwarks of the dazzled quay.
For my sake sail, and never look back,
Said the looking land.

Sails drank the wind, and white as milk
He sped into the drinking dark;
The sun shipwrecked west on a pearl
And the moon swam out of its hulk.

Funnels and masts went by in a whirl.
Good-bye to the man on the sea-legged deck
To the gold gut that sings on his reel
To the bait that stalked out of the sack,

For we saw him throw to the swift flood
A girl alive with his hooks through her lips;
All the fishes were rayed in blood,
Said the dwindling ships.

Good-bye to chimneys and funnels,
Old wives that spin in the smoke,
He was blind to the eyes of candles
In the praying windows of waves

Ballade vom langbeinigen Köder

Der Bug glitt hinunter und die Küste
Von Vögeln schwarz sah zum letzten Mal
Sein peitschendes Haar und sein walblaues Auge;
Das getretene Pflaster der Stadt erklang auf sein Wohl.

Dann leb wohl du fischerbemanntes
Boot das den Anker lichtet und braßt
Wie ein Vogel der über die See hin
Hoch und trocken streicht um den Mast

Flüsterte liebevoll der Sand
Und die Bollwerke am geblendeten Kai
Mir zulieb fahr und nie schau zurück
Sagte das schauende Land.

Segel tranken den Wind, weiß wie Milch
Glitt er hinein in die trinkende Nacht;
Die Sonne litt Schiffbruch auf einer Perle
Und im Westen der Mond schwamm heraus aus dem Wrack.

Schlote und Masten entglitten im Wirbel.
Leb wohl zum Mann auf seebeinigem Deck
Zur singenden Angelschnur auf seiner Haspel
Zum Köder der schritt aus seinem Sack –

Denn wir sahn er warf lebend in die strudelnde Flut
Ein Mädchen; sein Haken ging durch ihre Lippe,
Alle Fische waren umstrahlt vom Blut –
Sagten die schwindenden Schiffe.

Lebt wohl, Schlote und alte Vetteln
Die im Rauch ihre Spindeln drehn,
Er war blind für die Augen der Kerzen
In den betenden Fenstern der Seen

But heard his bait buck in the wake
And tussle in a shoal of loves.
Now cast down your rod, for the whole
Of the sea is hilly with whales,

She longs among horses and angels,
The rainbow-fish bend in her joys,
Floated the lost cathedral
Chimes of the rocked buoys.

Where the anchor rode like a gull
Miles over the moonstruck boat
A squall of birds bellowed and fell,
A cloud blew the rain from its throat;

He saw the storm smoke out to kill
With fuming bows and ram of ice,
Fire on starlight, rake Jesu's stream;
And nothing shone on the water's face

But the oil and bubble of the moon,
Plunging and piercing in his course
The lured fish under the foam
Witnessed with a kiss.

Whales in the wake like capes and Alps
Quaked the sick sea and snouted deep,
Deep the great bushed bait with raining lips
Slipped the fins of those humpbacked tons

And fled their love in a weaving dip.
Oh, Jericho was falling in their lungs!
She nipped and dived in the nick of love,
Spun on a spout like a long-legged ball

Till every beast blared down in a swerve
Till every turtle crushed from his shell
Till every bone in the rushing grave
Rose and crowed and fell!

Er hörte nur seinen Köder sich spreizen
In einem Schwarm von Geliebten in Wellen.
Nun wirf deine Rute aus, denn die ganzen
Fluten der See sind Hügel von Walen!

Sie sehnt sich nach Pferden und Engeln
Wenn sich Buntfische krumm in ihr freuen,
Verwehte verloren das Kirchturm-
Geläut der geschaukelten Bojen.

Wo der Anker meilenweit über den Segeln
Des mondsüchtigen Bootes stand
Kreischte und fiel eine Bö von Vögeln;
Eine Wolke blies Regen aus ihrem Schlund.

Er sah den Sturm zum Mord aufschwelen
Mit rauchendem Bug und Rammsporn aus Eis,
Auf die Sterne feuern, in der Milchstraße wühlen,
Und nichts mehr schien auf dem Wasser weiß

Als das Öl und die Blase des Mondes
Und bohrend und tauchend in seinem Kurs
Die verführten Fische unter dem Schaum
Die dran glaubten mit einem Kuß.

Wale im Wasser wie Inseln und Alpen
Machten die See krank vor Ungestüm.
Der Köder entglitt mit triefenden Lippen
Haarbreit den Flossen der Ungetüme

Und floh ihre Liebe in schlenkerndem Tauchen.
Oh, Jericho stürzte in ihren Lungen!
Sie kam, von keinem Maul zu erreichen,
Als langbeiniger Ball auf den Schnauzen gesprungen

Bis jedes Tier zu ihr hinab röhrte,
Jede Kröte den Schild brach und nahm sie zum Ziel
Bis jeder Knochen im Flutgrab sich rührte
Und stand und krähte und fiel!

Good luck to the hand on the rod,
There is thunder under its thumbs;
Gold gut is a lightning thread,
His fiery reel sings off its flames,

The whirled boat in the burn of his blood
Is crying from nets to knives,
Oh the shearwater birds and their boatsized brood
Oh the bulls of Biscay and their calves

Are making under the green, laid veil
The long-legged beautiful bait their wives.
Break the black news and paint on a sail
Huge weddings in the waves,

Over the wakeward-flashing spray
Over the gardens of the floor
Clash out the mounting dolphin's day,
My mast is a bell-spire,

Strike and smoothe, for my decks are drums,
Sing through the water-spoken prow
The octopus walking into her limbs
The polar eagle with his tread of snow.

From salt-lipped beak to the kick of the stern
Sing how the seal has kissed her dead!
The long, laid minute's bride drifts on
Old in her cruel bed.

Over the graveyard in the water
Mountains and galleries beneath
Nightingale und hyena
Rejoicing for that drifting death

Sing and howl through sand and anemone
Valley and sahara in a shell,
Oh all the wanting flesh his enemy
Thrown to the sea in the shell of a girl

Viel Glück seiner Hand an der Rute!
Sie hat Donner unter dem Daumen.
Seine Angelschnur ist eine Fährte
Für den Blitz, seine Haspel singt Flammen.

Das Boot wirbelt im Strudel seines brennenden Blutes,
Von Netzen zu Messern ein einziger Schrei:
O die Wasserschervögel, ihre gierigen Bruten,
O die Stiere und Stierkälber von Biskaya

Wie die unterm grünen, gebreiteten Schleier
Zum langbeinig schönen Köder sich legen!
Mal schwarz auf ein weißes Segel die Feier
Der riesigen Hochzeiten in den Wogen!

Über dem Gischt der im Kielwasser glänzt
Über den Gärten im Grund läute Sturm,
Übertöne den Hochzeitstagsprung des Delphins;
Mein Mast ist ein Glockenturm!

Schlag und halt straff! mein Deck ist die Trommel!
Sing durch den wasserplappernden Bug
Wie der Kraken in ihren Gliedern sich tummelt
Wie sie der Schneeadler tritt im Flug.

Vom Salzlippenschnabel bis zum stoßenden Heck
Sing du: der Seehund küßte sie tot,
Die lange Braut die liegt ausgestreckt
Und treibt alt im grausamen Bett.

Über den Totenacker der Wasser-
Berge und -stollen tief unter dem Laut
Der Nachtigall und der Hyäne die jubeln
Über diesen treibenden Tod

Sing durch den Sand, durch die Windblumen weine:
In einer Muschel Sahara und Tal!
O all das klaffende Fleisch, seine Feindin
Wird als Muschelmädchen dem Meer zuteil

Is old as water and plain as an eel;
Always good-bye to the long-legged bread
Scattered in the paths of his heels
For the salty birds fluttered and fed

And the tall grains foamed in their bills;
Always good-bye to the fires of the face,
For the crab-backed dead on the sea-bed rose
And scuttled over her eyes,

The blind, clawed stare is cold as sleet.
The tempter under the eyelid
Who shows to the selves asleep
Mast-high moon-white women naked

Walking in wishes and lovely for shame
Is dumb and gone with his flame of brides.
Susannah's drowned in the bearded stream
And no-one stirs at Sheba's side

But the hungry kings of the tides;
Sin who had a woman's shape
Sleeps till Silence blows on a cloud
And all the lifted waters walk and leap.

Lucifer that bird's dropping
Out of the sides of the north
Has melted away and is lost
Is always lost in her vaulted breath,

Venus lies star-struck in her wound
And the sensual ruins make
Seasons over the liquid world,
White springs in the dark.

Always good-bye, cried the voices through the shell,
Good-bye always for the flesh is cast
And the fisherman winds his reel
With no more desire than a ghost.

Und ist alt wie Wasser und klar wie ein Glasaal;
Immer leb wohl, langbeiniges Brot
Verstreut um seine Fersen als Labsal,
Denn die Salzvögel flatterten fraßbereit

Und die schlanken Körner schäumten in Schnäbeln;
Feuer des Sehens, lebt wohl! denn es stiegen
Vom Meeresgrund krabbenrückig die Toten
Und huschten ihr über die Augen.

Ihr Stieren, zerkrallt und blind, friert wie Schloßen.
Unterm Augenlid der Versucher, der zeigt
Den Schläfern in ihren Herzen die großen
Masthohen mondweißen Frauen nackt

Wandelnd in Wünschen und lieblich vor Scham,
Ist verstummt und verbrannt in der Brunst seiner Bräute:
Susanna ertrunken im bärtigen Strom
Und keiner regt sich an Sabas Seiten

Als die hungrigen Könige der Gezeiten;
Die Sünde die hatte die Form eines Weibes
Schläft bis das Schweigen bläst in die Wolken
Und die Wasser wandeln und hüpfen und steigen.

Luzifer, dieser Vogelkot
Aus den Seiten des Nordwinds geboren,
Ist geschmolzen und immer verloren und tot,
In ihrem Atem immer verloren.

In ihrer Wunde, vom Stern gefällt
Liegt Venus. Ruinen der Sinnlichkeit
Bringen heiße Zeiten zur flüssigen Welt,
Springquellen weiß in der Dunkelheit.

Immer leb wohl, schrien die Stimmen durch die Muschel
Leb wohl für immer denn das Fleisch ist verwest
Und der Mann der Fischer dreht seine Haspel
Mit nicht mehr Begierde als ein Geist.

Always good luck, praised the finned in the feather
Bird after dark and the laughing fish
As the sails drank up the hail of thunder
And the long-tailed lightning lit his catch.

The boat swims into the six-year weather,
A wind throws a shadow and it freezes fast.
See what the gold gut drags from under
Mountains and galleries to the crest!

See what clings to hair and skull
As the boat skims on with drinking wings!
The statues of great rain stand still,
And the flakes fall like hills.

Sing and strike his heavy haul
Toppling up the boatside in a snow of light!
His decks are drenched with miracles.
Oh miracle of fishes! The long dead bite!

Out of the urn the size of a man
Out of the room the weight of his trouble
Out of the house that holds a town
In the continent of a fossil

One by one in dust and shawl,
Dry as echoes and insect-faced,
His fathers cling to the hand of the girl
And the dead hand leads the past,

Leads them as children and as air
On to the blindly tossing tops;
The centuries throw back their hair
And the old men sing from newborn lips:

Time is bearing another son.
Kill Time! She turns in her pain!
The oak is felled in the acorn
And the hawk in the egg kills the wren.

Immer viel Glück, sangen Flossen in Federn
Vogel bei Nacht und lachender Fisch
Und die Segel tranken den Hagel des Donners
Seine Beute war hell vom langschwänzigen Blitz.

Das Boot schwimmt hinein ins Sechsjahrewetter,
Ein Wind wirft den Schatten, der hart gefriert.
Schau was die Angelschnur unter den Bergen
Und Schächten herauf auf den Wogenkamm zerrt!

Schau was haftet an Haar und Schädel
Da das Boot dahinstreicht mit trinkenden Flügeln!
Die Denkmale großen Regens stehn still
Und die Flocken fallen wie Hügel.

Schlag die Trommel und sing seinen schweren Fang
Der bäumt sich zur Bordwand im Lichtschneegleißen!
Sein ganzes Deck ist mit Wundern getränkt,
O wunderbarer Fischzug: Die längst tot sind die beißen!

Heraus aus der Urne so groß wie ein Mann
Heraus aus dem Raum so schwer wie seine Sorgen
Heraus aus dem Haus das enthält eine Stadt
Im Erdteil eines Fossils verborgen

Steigen einer um einen aus dem Staub ihrer Kammern
Trocken wie Echos, insektengesichtig
Seine Väter die sich an die Mädchenhand klammern
Und die tote Hand führt die Vergangenen richtig

Die Luft und wie Kinder das letzte Stück
Auf die Wirbel der Wogen die blindlings schwappen.
Die Jahrhunderte werfen ihr Haar zurück
Und sie singen mit neugeborenen Lippen:

»Die Zeit trägt wiederum einen Sohn!
Töte die Zeit die sich windet in Nöten!
In der Eichel fällt man den Eichbaum schon
Und der Habicht im Ei muß den Zaunkönig töten!«

He who blew the great fire in
And died on a hiss of flames
Or walked on the earth in the evening
Counting the denials of the grains

Clings to her drifting hair, and climbs;
And he who taught their lips to sing
Weeps like the risen sun among
The liquid choirs of his tribes.

The rod bends low, divining land,
And through the sundered water crawls
A garden holding to her hand
With birds and animals

With men and women and waterfalls
Trees cool and dry in the whirlpool of ships
And stunned and still on the green, laid veil
Sand with legends in its virgin laps

And prophets loud on the burned dunes;
Insects and valleys hold her thighs hard,
Time and places grip her breast bone,
She is breaking with seasons and clouds;

Round her trailed wrist fresh water weaves,
With moving fish and rounded stones
Up and down the greater waves
A separate river breathes and runs;

Strike and sing his catch of fields
For the surge is sown with barley,
The cattle graze on the covered foam,
The hills have footed the waves away,

With wild sea fillies and soaking bridles
With salty colts and gales in their limbs
All the horses of his haul of miracles
Gallop through the arched, green farms,

Er der das große Feuer entfachte
Und starb im Zischen der Flammen
Oder ging umher auf der Erde vor Nacht
Und zählte die Verweigerung der Samen

Umklammert ihr treibendes Haar und klettert;
Und der ihre Lippen lehrte zu singen
Weint wie die auferstandene Sonne
Unter flüssigen Chören aus all seinen Stämmen.

Die Rute neigt sich, errät schon Land,
Und durch die geteilten Wasser kriecht her
Ein Garten der hält sich an ihre Hand
Mit Vögeln und Getier

Mit Männern und Frauen und Wasserfällen
Kühlen trockenen Bäumen im Schiffsstrudel groß
Und geschlagen auf grünen Schleiern von Wellen
Sand mit Sagen im Mädchenschoß

Und Propheten laut auf verbrannten Dünen.
Insekten und Täler halten fest ihre Seiten
Da Zeit und Orte ihr Brustbein umklammern
Und sie trägt Wolken und Jahreszeiten.

Mit flinken Fischen und runden Kieseln
Spielt Süßwasser um ihren hangenden Rist;
Auf und ab durch die größeren Wogen rieselt
Ein anderer Strom der atmet und fließt.

Schlag und sing seinen Fang von Feldern
Denn der Schaum ist mit Gerste besät und bestellt!
Das Vieh grast auf den bedeckten Wellen
Den Füßen der Hügel räumten Wogen das Feld.

Mit wilden Seefüllen und triefendem Zaumzeug
Mit Fohlen voll Salztau und Fesseln voll Stürmen
Galoppieren die Pferde seines Fanges voll Wundern
Durch die Bogen und Wogen der grünen Farmen

Trot and gallop with gulls upon them
And thunderbolts in their manes.
O Rome and Sodom To-morrow and London
The country tide is cobbled with towns,

And steeples pierce the cloud on her shoulder
And the streets that the fisherman combed
When his long-legged flesh was a wind on fire
And his loin was a hunting flame

Coil from the thoroughfares of her hair
And terribly lead him home alive
Lead her prodigal home to his terror,
The furious ox-killing house of love.

Down, down, down, under the ground,
Under the floating villages,
Turns the moon-chained and water-wound
Metropolis of fishes,

There is nothing left of the sea but its sound,
Under the earth the loud sea walks,
In deathbeds of orchards the boat dies down
And the bait is drowned among hayricks,

Land, land, land, nothing remains
Of the pacing, famous sea but its speech,
And into its talkative seven tombs
The anchor dives through the floors of a church.

Good-bye, good luck, struck the sun and the moon,
To the fisherman lost on the land.
He stands alone at the door of his home,
With his long-legged heart in his hand.

Und traben mit Möwen die auf ihnen landen,
Mit Donnerkeilen in ihren Mähnen:
O Rom! o Sodom von morgen! o London!
Die Landflut ist gepflastert mit Städten.

Ein Kirchturm spießt von ihrer Schulter die Wolke,
Und die Straßen die der Fischer durchkämmte
Als sein langbeiniges Fleisch ein brennender Wind war
Der seine Lenden zur Jagd entflammte

Kriechen schlängelnd aus Durchfahrten ihrer Locken
Und führen ihn heim bei lebendigem Leibe
Ihren Verlorenen Sohn zu seinem Schrecken
Dem wütenden Ochsenschlachthaus der Liebe.

Unten, unten, unten im Grund,
Unter den Dörfern die schwimmen
Kreist mondgekettet im Wasserrund
Die Mutterstadt der Fische

Unter der Erde geht laut die See um
Nur ihr Rauschen ist oben immer noch neu;
Das Boot stirbt in Totenbetten von Gärten
Und der Köder ertrinkt im trockenen Heu

Land, Land, Land, und nichts mehr bleibt über
Vom berühmten Seegang als nur sein Geraun.
In der See geschwätzige sieben Gräber
Taucht der Anker durchs Schiff einer Kirche ein.

Leb wohl! viel Glück! schlugen Sonne und Mond
Dem Mann, dem Fischer, verloren an Land.
Er steht allein vor der Tür wo er wohnt,
Sein langbeiniges Herz in der Hand.

Love in the asylum

A stranger has come
To share my room in the house not right in the head,
A girl mad as birds

Bolting the night of the door with her arm her plume.
Strait in the mazed bed
She deludes the heaven-proof house with entering clouds

Yet she deludes with walking the nightmarish room,
At large as the dead,
Or rides the imagined oceans of the male wards.

She has come possessed
Who admits the delusive light through the bouncing wall,
Possessed by the skies

She sleeps in the narrow trough yet she walks the dust
Yet raves at her will
On the madhouse boards worn thin by my walking tears.

And taken by light in her arms at long and dear last
I may without fail
Suffer the first vision that set fire to the stars.

Liebe im Irrenhaus

Es kam eine Fremde
Die teilt nun mein Zimmer im Haus das im Kopf etwas hat,
Ein Mädchen so toll wie die Staren

Die verriegelt die Nacht der Tür mit dem Federkleid ihrer Hände.
Stocksteif im Irrwegbett
Spinnt sie ins himmelsichere Haus ihre Wolkenscharen

Ja spinnt durch ihr Umgehn im Alptraum von Zimmer am Ende
Eine Freiheit so groß wie der Tod
Und geht eingebildete Meere der Männerabteilung befahren.

Sie ist besessen gekommen,
Sie gibt zu sie nimmt das spinnende Licht durch die federnde
Besessen von allen Himmeln [Wand wahr,

Schläft sie im engen Trog doch hat Freiheit des Umgehns
Ja, sie rast nach Begehr [gewonnen,
Auf Narrenhausdielen die dünn sind weil dort meine Tränen
sich tummeln.
Und vom Licht nun zu guter Letzt in ihre Arme genommen
Darf ich unfehlbar
Das erste Gesicht erdulden das setzte die Sterne in Flammen.

On the marriage of a virgin

Waking alone in a multitude of loves when morning's light
Surprised in the opening of her nightlong eyes
His golden yesterday asleep upon the iris
And this day's sun leapt up the sky out of her thighs
Was miraculous virginity old as loaves and fishes,
Though the moment of a miracle is unending lightning
And the shipyards of Galilee's footprints hide a navy of
doves.

No longer will the vibrations of the sun desire on
Her deepsea pillow where once she married alone,
Her heart all ears and eyes, lips catching the avalanche
Of the golden ghost who ringed with his streams her
mercury bone,
Who under the lids of her windows hoisted his golden
luggage,
For a man sleeps where fire leapt down and she learns
through his arm
That other sun, the jealous coursing of the unrivalled blood.

Bei der Hochzeit einer Jungfrau

Allein unter einer Fülle von Liebe erwachte – als das Morgenlicht
Im Öffnen ihrer nachtlangen Augen seinen goldenen
Gestrigen Schlaf auf ihrer Iris überraschte
Und die Sonne dieses Tages den Himmel hinansprang aus
ihren Lenden –
Die wunderbare Jungfräulichkeit alt wie die Brote und Fische,
Obwohl der Augenblick des Wunders endloser Blitz ist
Und die Werften der Fußspuren von Galiläa eine Flotte von
Tauben bergen.

Das Pulsen der Sonne wird sich nicht mehr sehnen nach ihrem
Meertiefen Kissen, wo sie einst allein sich vermählte
Und ihr Herz ihre Ohren Augen und Lippen die Lawine
Des goldenen Geistes empfingen, der strahlend ihre leichten
Glieder umspielte der unter den Lidern ihrer Fenster seine
goldene
Last entlud, denn ein Mann schläft nun wo Feuer niedersprang
Und in seinem Arm erfährt sie die andere Sonne
Das eifernde Jagen unberührten Bluts.

The hunchback in the park

The hunchback in the park
A solitary mister
Propped between trees and water
From the opening of the garden lock
That lets the trees and water enter
Until the Sunday sombre bell at dark

Eating bread from a newspaper
Drinking water from the chained cup
That the children filled with gravel
In the fountain basin where I sailed my ship
Slept at night in a dog kennel
But nobody chained him up.

Like the park birds he came early
Like the water he sat down
And Mister they called Hey mister
The truant boys from the town
Running when he had heard them clearly
On out of sound

Past lake and rockery
Laughing when he shook his paper
Hunchbacked in mockery
Through the loud zoo of the willow groves
Dodging the park keeper
With his stick that picked up leaves.

And the old dog sleeper
Alone between nurses and swans
While the boys among willows
Made the tigers jump out of their eyes
To roar on the rockery stones
And the groves were blue with sailors

Der Bucklige im Park

Der Bucklige im Park
Ein Mister den man alleinließ
Eingepfropft zwischen Bäumen und Wasser
Vom Öffnen der Gartenschleuse
Die Bäume und Wasser einließ
Bis zum Ruf der Abendglocke den Park zu verlassen

Aß Brot aus einer Zeitung
Trank Wasser aus dem Becher an der Kette
Den die Kinder mit Sand vollschütten
Im Brunnenbecken wo mein Schiff schwamm um die Wette
Er schlief bei Nacht in einer Hundehütte
Doch niemand der ihn angekettet hätte.

Wie die Parkvögel kam er zeitig
Wie das Wasser setzte er sich hin
Und *Mister – He Mister* riefen
Die Stadtschulschwänzer ihn
Um dann weiter geschmeidig
Außer Rufweite zu fliehn

Zwischen Teich und Felsengrotte.
Drohte er mit der Zeitung gabs Gelächter
Sie liefen bucklig zum Spotte
Durch den Zoo-Lärm der Weidenalleen
Um dem Stock mit dem der Parkwächter
Blätter aufspießt zu entgehn.

Und der alte Hundeübernächter
Allein zwischen Bonnen und Schwänen
Und Jungen in den Weiden die die losen
Tiger aus ihren Augen springen ließen
Um zu brüllen auf Ufersteinen –
Und abseits der Alleen blau von Matrosen

Made all day until bell time
A woman figure without fault
Straight as a young elm
Straight and tall from his crooked bones
That she might stand in the night
After the locks and chains

All night in the unmade park
After the railings and shrubberies
The birds the grass the trees the lake
And the wild boys innocent as strawberries
Had followed the hunchback
To his kennel in the dark.

Among those killed in the dawn raid was a man aged a hundred

When the morning was waking over the war
He put on his clothes and stepped out and he died,
The locks yawned loose and a blast blew them wide,
He dropped where he loved on the burst pavement stone
And the funeral grains of the slaughtered floor.
Tell his street on its back he stopped a sun
And the craters of his eyes grew springshoots and fire
When all the keys shot from the locks, and rang.
Dig no more for the chains of his grey-haired heart.
The heavenly ambulance drawn by a wound
Assembling waits for the spade's ring on the cage.
O keep his bones away from that common cart,
The morning is flying on the wings of his age
And a hundred storks perch on the sun's right hand.

Machte den ganzen Tag bis zum Glockenzeichen
Einen Frauenleib, frei von Fehlern
Aufrecht wie ein junger Baum
Aufrecht und schlank aus seinen krummen Knochen
Daß sie die Nacht lang stünde ununterbrochen –
Nach den Schleusenschlössern und Ketten und Quälern

Die ganze Nacht im ungemachten Park
Nachdem die Gitter und Sträucher efeuumschlungen
Die Vögel Steine Gräser die er barg
Und die wie Erdbeeren unschuldig wilden Jungen
Dem Buckligen nachgefolgt waren
Zu seiner Hundehütte dunklem Sarg.

Unter denen die fielen beim Angriff in der Dämmerung war ein hundertjähriger Mann

Als der Morgen erwachte über dem Krieg
Zog er sich an ging hinaus und starb.
Die Locken fielen lose und ein Hauch blies sie weit,
Er fiel wo er liebte aufs geborstene Pflaster
Und die Grabscherben des zerwühlten Bodens.
Sagt der Straße die rücklings liegt, daß er eine Sonne
Anhielt und die Krater seiner Augen Frühlingssprosse
Und Feuer trieben als alle Schlüssel aus den Schlössern
Sprangen und klangen! Grabt nicht mehr für die Ketten seines
Ergrauten Herzens! Der Engelwagen von einer Wunde gerufen
Hält an und erwartet den Spatenklang am Sarg.
O laßt sein Gebein aus dem Leichenkarrn,
Der Morgen fliegt auf den Schwingen seines Alters
Und hundert Störche sitzen zur Rechten der Sonne.

Ceremony after a fire raid

I

Myselves
The grievers
Grieve
Among the street burned to tireless death
A child of a few hours
With its kneading mouth
Charred on the black breast of the grave
The mother dug, and its arms full of fires.

Begin
With singing
Sing
Darkness kindled back into beginning
When the caught tongue nodded blind,
A star was broken
Into the centuries of the child
Myselves grieve now, and miracles cannot atone.

Forgive
Us forgive
Us
Your death that myselves the believers
May hold it in a great flood
Till the blood shall spurt,
And the dust shall sing like a bird
As the grains blow, as your death grows, through our heart.

Crying
Your dying
Cry,
Child beyond cockrow, by the fire-dwarfed
Street we chant the flying sea

Messe nach einem Feuersturm

I

Mein Innerstes
Die Klageweiber
Betrauern
In der Straße zu unermüdlichem Tod verbrannt
Ein Kind von wenigen Stunden
Mit seinem knetenden Mund
Verkohlt an der schwarzen Brust des Grabes
Das die Mutter grub und die Arme voll Feuer.

Fang an
Zu singen,
Singe,
Daß das Dunkel zurück bis zum Anfang entflammte
Wo die gefangene Zunge blind nickte,
Daß ein Stern hereinbrach
In des Kindes Jahrhunderte;
Mein Innerstes trauert und Wunder können nicht büßen.

Vergib
Uns, vergib
Uns Deinen Tod, daß mein Innerstes und die Gläubigen
Es halten können in einer großen Flut,
Bis das Blut verspritzt
Und der Staub wie ein Vogel singen wird
Durch unser Herz, wenn die Samen wehn und Dein Tod wächst.

Dein sterbendes
Weinen
Beweinend
Kind jenseits des Hahnrufs an der feuerverkohlten
Straße singen wir das fliegende Meer

In the body bereft.
Love is the last light spoken. Oh
Seed of sons in the loin of the black husk left.

II

I know not whether
Adam or Eve, the adorned holy bullock
Or the white ewe lamb
Or the chosen virgin
Laid in her snow
On the altar of London,
Was the first to die
In the cinder of the little skull,
O bride and bride groom
O Adam and Eve together
Lying in the lull
Under the sad breast of the head stone
White as the skeleton
Of the garden of Eden.

I know the legend
Of Adam and Eve is never for a second
Silent in my service
Over the dead infants
Over the one
Child who was priest and servants,
Word, singers, and tongue
In the cinder of the little skull,
Who was the serpent's
Night fall and the fruit like a sun,
Man and woman undone,
Beginning crumbled back to darkness
Bare as the nurseries
Of the garden of wilderness.

Im verlassenen Leibe.
Liebe ist Verkündung des jüngsten Tages. O
Same der Söhne in der Lende der schwarzgebrannten Hülle.

II

Ich weiß nicht, ob
Adam und Eva der geschmückte heilige Stier
Das weiße Mutterlamm oder
Die erkorene Jungfrau
In ihrem Schnee auf Londons Altar geworfen
Die ersten waren, die starben
In der Schlacke des kleinen Schädels.
O Braut und Bräutigam,
O Adam und Eva, die
Zusammenruhn
Unter der traurigen Brust des steinernen Pfühls
Weiß wie das Gerippe
Des Gartens Eden.

Ich weiß, in meiner Messe
Schweigt die Legende von Adam und Eva
Keinen Augenblick
Über den toten Unmündigen
Über dem einen
Kind das Priester und Diener war
Wort Sänger und Zunge
In der Schlacke des kleinen Schädels,
Der der Schlange
Nachtbeginn war und ihr Apfel wie eine Sonne;
Mann und Weib sind getrennt
Ursprung zerfiel in Dunkel zurück
Kahl wie die Pflanzstätten
Des Gartens der Wüste.

III

Into the organpipes and steeples
Of the luminous cathedrals,
Into the weathercocks' molten mouths
Rippling in twelve-winded circles,
Into the dead clock burning the hour
Over the urn of sabbaths
Over the whirling ditch of daybreak
Over the sun's hovel and the slum of fire
And the golden pavements laid in requiems,
Into the bread in a wheatfield of flames,
Into the wine burning like brandy,
The masses of the sea
The masses of the sea under
The masses of the infant-bearing sea
Erupt, fountain, and enter to utter for ever
Glory glory glory
The sundering ultimate kingdom of genesis' thunder.

III

In die Orgelpfeifen und Kirchtürme
Leuchtender Kathedralen
In die geschmolzenen Schnäbel der Wetterhähne
Die sich in zwölffachen Kreisen kräuseln
In die erstorbene Uhr die die Stunde verbrennt,
Über der Urne der Sabbathe
Über dem wirbelnden Graben des Tagesanbruchs
Über dem Schuppen der Sonne und der Gasse des Feuers
Und den goldenen Straßen in Totenmessen,
In das Brot eines flammenden Weizenfeldes
In den Wein der wie Branntwein glüht
In die Massen des Meers
Die Massen des Meers unter
Den Massen des schwangeren Meers:
Brich aus Fontäne und betritt um ewig
Gloria Gloria Gloria zu rufen
Das ferne äußerste Reich des Donners der Schöpfung.

Last night I dived my beggar arm

Last night I dived my beggar arm
Days deep in her breast that wore no heart
For me alone but only a rocked drum
Telling the heart I broke of a good habit

That her loving, unfriendly limbs
Would plunge my betrayal from sheet to sky
So the betrayed might learn in the sun beams
Of the death in a bed in another country.

Poem

Your breath was shed
Invisible to make
About the soiled undead
Night for my sake,

A raining trail
Intangible to them
With biter's tooth and tail
And cobweb drum,

A dark as deep
My love as a round wave
To hide the wolves of sleep
And mask the grave.

Mein Bettlerarm drang letzte Nacht

Mein Bettlerarm drang letzte Nacht
Tagtief in die Brust, die herzlos war
Für mich allein nichts als ein Trommelschlag,
Erzählte dem Herzen, das ich brach, von guter Manier,

Daß die liebenden, lieblosen Glieder
Den Fehltritt vom Laken zum Himmel trieben,
Daß die Betrogene sonnenumstrahlt erführe
Von dem Tod in dem Bett in dem fremden Land.

Gedicht

Dein Atem ward vergossen
Unsichtbar zu machen
Über die beschmutzt untote
Nacht um meinetwillen,

Eine Regenspur
Unfaßbar für die
Mit Beißers Zahn und Schwanz
Und Spinnwebtrommel,

Ein Dunkel so tief
Meine Liebe wie eine runde Welle
Die Schlafeswölfe zu verstecken
Mit Masken Gräber zu bedecken.

Poem in October

It was my thirtieth year to heaven
Woke to my hearing from harbour and neighbour wood
And the mussel pooled and the heron
Priested shore
The morning beckon
With water praying and call of seagull and rook
And the knock of sailing boats on the net webbed wall
Myself to set foot
That second
In the still sleeping town and set forth.

My birthday began with the water-
Birds and the birds of the winged trees flying my name
Above the farms and the white horses
And I rose
In rainy autumn
And walked abroad in a shower of all my days.
High tide and the heron dived when I took the road
Over the border
And the gates
Of the town closed as the town awoke.

A springful of larks in a rolling
Cloud and the roadside bushes brimming with whistling
Blackbirds and the sun of October
Summery
On the hill's shoulder,
Here were fond climates and sweet singers suddenly
Come in the morning where I wandered and listened
To the rain wringing
Wind blow cold
In the wood faraway under me.

Gedicht im Oktober

Es war mein dreißigstes Jahr gen Himmel
Das wachte auf als ich hörte vom Hafen und Nachbarwald
Und vom muschelgeteichten und reiher-
Gepriesterten Strand
Des Morgens Locken
Mit Gebeten des Wassers und Rufen der Seemöwe und der Krähe
Und dem Pochen von Segelbooten an die netze-verfitzte Wand
Daß ich gehe
Ohne zu stocken
Durch die noch schlafende Stadt hinaus ins Land.

Mein Geburtstag fing an mit den Wasser-
Vögeln und Vögeln geflügelter Bäume die flogen meinen Namen
Über den Bauernhöfen und über den weißen Rossen
Und ich stand auf
Im Regenherbst
Und ging hinaus in einen Schauer all meiner Tage.
Flut wars und der Reiher tauchte als ich den Weg nahm
Über die Grenze
Und die Tore
Der Stadt beim Erwachen der Stadt sich schlossen.

Ein Frühling voll Lerchen in einer kollernden
Wolke und Straßenrandsträucher wimmelnd von singenden
Amseln und die Oktobersonne
Sommerlich
Auf des Hügels Kuppe,
Da waren linde Lüfte und süße Sänger mit einem Mal
Gekommen am Morgen durch den ich ging und lauschte
Dem regenauswindenden
Wind der blies kalt
Im Wald tief unter mir im Tal.

Pale rain over the dwindling harbour
And over the sea wet church the size of a snail
With its horns through mist and the castle
Brown as owls
But all the gardens
Of spring and summer were blooming in the tall tales
Beyond the border and under the lark full cloud.
There could I marvel
My birthday
Away but the weather turned around.

It turned away from the blithe country
And down the other air and the blue altered sky
Streamed again a wonder of summer
With apples
Pears and red currants
And I saw in the turning so clearly a child's
Forgotten mornings when he walked with his mother
Through the parables
Of sun light
And the legends of the green chapels

And the twice told fields of infancy
That his tears burned my cheeks and his heart moved in
mine.
These were the woods the river and sea
Where a boy
In the listening
Summertime of the dead whispered the truth of his joy
To the trees and the stones and the fish in the tide.
And the mystery
Sang alive
Still in the water and singingbirds.

And there could I marvel my birthday
Away but the weather turned around. And the true
Joy of the long dead child sang burning

Fahler Regen über dem schwindenden Hafen
Und über der seenassen Kirche schneckenklein
Mit ihren Hörnern im Dunst und über dem Schloß
Eulenbraun:
Doch alle Gärten
Des Frühlings und Sommers blühten in großen Sagen
Jenseits der Grenze und unter der Wolke voll Lerchen.
Dort konnt ich mit Staunen
Meinen Geburtstag
Vertun – doch das Wetter wendete sich um.

Es wendete sich ab von dem heiteren Lande
Und die andere Luft und den blauen veränderten Himmel entlang
Strömte es wieder als Wunder von Sommer
Voll Äpfeln
Birnen und roten Beeren
Und in der Wendung sah ich so deutlich eines Kindes
Vergessene Morgen als es mit der Mutter den Gang
Durch die Parabeln
Des Sonnenscheins ging
Und durch die Legenden der grünen Kapellen

Und durch die zweimal erzählten Felder der Kindheit daß
seine Tränen
Meine Wangen brannten und sein Herz in meinem sich regte.
Das waren die Wälder der Fluß und die See
Wo ein Knabe
Im horchenden
Sommer der Toten die Wahrheit von seiner Freude sagte
Flüsternd den Bäumen und Steinen und Fischen in der Flut.
Und das Geheimnis
Lebte und klang
Noch immer weiter in Wasser und Singvogelsang.

Und dort konnte ich meinen Geburtstag
Verstaunen. Aber das Wetter wendete sich und die wahre
Freude des lange toten Kindes sang brennend klar

In the sun.
It was my thirtieth
Year to heaven stood there then in the summer noon
Though the town below lay leaved with October blood.
O may my heart's truth
Still be sung
On this high hill in a year's turning.

In der Sonne.
Es war mein dreißigstes
Jahr gen Himmel das dort stand im Sommermittag
Ob auch unten die Stadt belaubt voll Oktoberblut lag.
O daß meines Herzens Wahrheit
Gesungen werden mag
Auf diesem hohen Hügel auch noch in einem Jahr.

Vision and prayer

I

Who
Are you
Who is born
In the next room
So loud to my own
That I can hear the womb
Opening and the dark run
Over the ghost and the dropped son
Behind the wall thin as a wren's bone?
In the birth bloody room unknown
To the burn and turn of time
And the heart print of man
Bows no baptism
But dark alone
Blessing on
The wild
Child.

I
Must lie
Still as stone
By the wren bone
Wall hearing the moan
Of the mother hidden
And the shadowed head of pain
Casting to-morrow like a thorn
And the midwives of miracle sing
Until the turbulent new born
Burns me his name and his flame
And the winged wall is torn
By his torrid crown
And the dark thrown
From his loin
To bright
Light.

Gesicht und Gebet

I

Wer
Bist du
Geboren
Im Nebenraum
So laut in meinem,
Daß ich den Schoß höre
Aufgehn und das Dunkel ziehn
Über Geist und geworfenen Sohn
Hinter der vogelbeindünnen Wand?
Im gebärblutigen Raum fern
Dem Brand und Wandel der Zeit
Und des Menschen Herzspur
Neigt sich nicht Taufe,
Nur Nacht allein
Segnet das
Wilde
Kind.

Ich
Muß still
Sein wie Stein
An der Vogel-
Beinwand und hör'n das
Gestöhn der Verborgnen
Und das Schattenhaupt der Qual
Dornengleich die Zukunft werfen
Und Wehmütter vom Wunder singen,
Bis mir das wilde Geborne
Namen und Flamme einbrennt
Und die Wand von seiner
Glutkrone klafft und
Von seinem Leib
Fällt Nacht ins
Helle
Licht.

When
The wren
Bone writhes down
And the first dawn
Furied by his stream
Swarms onthekingdom come
Of the dazzler of heaven
And the splashed mothering maiden
Who bore him with a bonfire in
His mouth and rocked him like a storm
I shall run lost in sudden
Terror and shining from
The oncehoodedroom
Crying in vain
In the cauldron
Of his
Kiss

In
The spin
Of the sun
In the spuming
Cyclone of his wing
For I was lost who am
Crying at the man drenched throne
In the first fury of his stream
And the lightnings of adoration
Back to black silence melt and mourn
For I was lost who have come
To dumbfounding haven
And the finding one
And the high noon
Of his wound
Blinds my
Cry.

Wenn
Die Bein-
Wand einreißt
Und das Frühliche
Gehetzt von seinem
Strahl sich ins Königreich
Der Himmelsblenderin und
Des kreißenden Mädchens gießt, das
Ihn mit dem Feuerwerk in seinem
Munde trug und wiegt wie Sturm,
Werde ich plötzlich erschreckt
Leuchtend entlaufen dem
Einst verhüllten Raum
Umsonst schreiend
In seines
Kusses.
Krug.

Im
Kreisen
Der Sonne
Im Gischtwirbel
Ihrer Schwinge, denn
Ich der ich schreie am
Menschdurchtränkten Thron war im
Wüten ihres Strahls verlorn und
Blitze der Anbetung trauern und
Schmelzen zu schwarzem Schweigen, denn
Ich der ich sprachlos kam zum
Himmel zum Richter war
Verlorn, der Mittag
Seiner Wunde
Blendet mir
Meinen
Schrei.

There
Crouched bare
In the shrine
Of his blazing
Breast I shall waken
To the judge blown bedlam
Of the uncaged sea bottom
The cloud climb of the exhaling tomb
And the bidden dust upsailing
With his flame in every grain.
O spiral of ascension
From the vultured urn
Of the morning
Of man when
The land
And

The
Born sea
Praised the sun
The finding one
And upright Adam
Sang upon origin!
O the wings of the children!
The woundward flight of the ancient
Young from the canyons of oblivion!
The sky stride of the always slain
In battle! the happening
Of saints to their vision!
The world winding home!
And the whole pain
Flows open
And I
Die.

Da
Nackt im
Schrein seiner
Lohenden Brust
Geduckt erwache
Ich vom Richtgetümmel
Des entfesselten Meeresgrunds
Der Wolke aus dem hauchenden Grab
Und dem emporgerufenen Staub
Seiner Flamme im Samen.
Spirale des Aufstiegs
Aus Geierurnen,
Vom Morgen des
Menschen, als
Das Land
Und

Das
Urmeer
Die Sonne
Priesen, Richter
Und Adam aufrecht
Den Ursprung besangen!
O Flügel der Kinder! Der
Schmerzensflug der alten Jugend
Aus den Schluchten des Vergessens! Der
Himmelsheerzug der je im Kampf
Gefallnen! Die Erscheinung
Heiliger ihrem Blick!
Die Welt heimrollend!
Aller Schmerz fließt
Offen, da
Sterbe
Ich.

II

In the name of the lost who glory in
The swinish plains of carrion
Under the burial song
Of the birds of burden
Heavy with the drowned
And the green dust
And bearing
The ghost
From
The ground
Like pollen
On the black plume
And the beak of slime
I pray though I belong
Not wholly to that lamenting
Brethren for joy has moved within
The inmost marrow of my heart bone

That he who learns now the sun and moon
Of his mother's milk may return
Before the lips blaze and bloom
To the birth bloody room
Behind the wall's wren
Bone and be dumb
And the womb
That bore
For
All men
The adored
Infant light or
The dazzling prison
Yawn to his upcoming.
In the name of the wanton
Lost on the unchristened mountain
In the centre of dark I pray him

II

Im Namen der Verlornen, die selig
Ruhn in verworfenen Aasgefilden
Unter dem Grabgesang der
Lastvögel schwer von den
Ertrunknen und dem
Grünen Moder
Die den Geist
Tragen
Vom
Grund wie
Pollen auf
Schwarzen Federn
Und dem Schlammschnabel,
Bete ich, wenn ich auch
Nicht zu den Klagebrüdern
Zähle, denn Freude regt sich im
Innersten Mark meines Herzgebeins,

Daß er der nun Sonn und Mond seiner
Mutter Milch erfährt zurückkäm
Eh die Lippen glühn und blühn
Zum gebärblutgen Raum
Hinter die Vogel-
Beinwand und stumm sei
Und der Schoß
Der trug
Für
Alle
Das heilge
Lichtkind oder
Den trüben Kerker
Seiner Ankunft auf sei.
Im Namen der lüsternen
Verlornen auf ungetauftem
Berg tief im Dunkel bet ich ihn an,

That he let the dead lie though they moan
For his briared hands to hoist them
To the shrine of his world's wound
And the blood drop's garden
Endure the stone
Blind host to sleep
In the dark
And deep
Rock
Awake
No heart bone
But let it break
On the mountain crown
Unbidden by the sun
And the beating dust be blown
Down to the river rooting plain
Under the night forever falling.

Forever falling night is a known
Star and country to the legion
Of sleepers whose tongue I toll
To mourn his deluging
Light through sea and soil
And we have come
To know all
Places
Ways
Mazes
Passages
Quarters and graves
Of the endless fall.
Now common lazarus
Of the charting sleepers prays
Never to awake and arise
For the country of death is the heart's size

Denn er läßt die Toten ruhn, obwohl
Sie jammern, seine durchbohrten
Hände sollten sie ziehn zum
Schrein seiner Weltwunde,
Sein Blutstropfenberg
Die steinblinde
Schar ruhn laß
Tief im
Fels.
Weckt kein
Herzgebein
Laßt es brechen
Auf der Bergkrone
Nie sonnengegrüßt und
Staubwirbel hinabwehn zur
Flußdurchfaserten Ebne
Unter der ewig fallenden Nacht.

Nacht die ewig fällt ist dem Heer der
Schläfer vertrauter Stern und Land
Deren Zunge ich läute,
Seine Lichtflut durch Meer und
Land zu betrauern.
Wir sind da, zu
Finden die
Orte
Wege
Gänge
Labyrinth
Felder und Grab
Des endlosen Falls.
Da betet Lazarus
Unter suchenden Schläfern
Nie erwachend aufzuerstehn
Denn der Tod ist das Maß des Herzens

And the star of the lost the shape of the eyes.
In the name of the fatherless
In the name of the unborn
And the undesirers
Of midwiving morning's
Hands or instruments
O in the name
Of no one
Now or
No
One to
Be I pray
May the crimson
Sun spin a grave grey
And the colour of clay
Stream upon his martyrdom
In the interpreted evening
And the known dark of the earth amen.

I turn the corner of prayer and burn
In a blessing of the sudden
Sun. In the name of the damned
I would turn back and run
To the hidden land
But the loud sun
Christens down
The sky.
I
Am found.
O let him
Scald me and drown
Me in his world's wound.
His lightning answers my
Cry. My voice burns in his hand.
Now I am lost in the blinding
One. The sun roars at the prayer's end.

Und der Verlornen Stern die Form der Augen.
Im Namen der Waisen, im Namen der
Ungeborenen und derer die
Nicht Hände und Instrumente
Eines Wehmüttermorgens
Wollen, o im Namen
Niemandes der ist
Oder sein wird,
Bete ich
Nun, daß
Die
Rote
Sonne ein
Schweres Grau webt
Und Erdfarbe gießt
Auf sein Märtyrertum
An jenem verheißenen
Abend und in das vertraute
Dunkel über der Erde / Amen.

Ich besteh das Gebet und brenne
Im Segen plötzlicher Sonne.
Im Namen der Verdammten
Will ich zurückfliehn ins
Verborgene Land, doch
Laut vom Himmel
Die Sonne
Tauft. Ich
Bin
Erkannt.
O laßt ihn
Mich glühen und
Mich ertränken in
Seiner Weltwunde. Sein
Blitz antwortet meinem Schrei.
Meine Stimme brennt in seiner
Hand. Ich bin in seinem Glanz verlorn.
Die Sonne dröhnt am Ende des Gebets.

Holy spring

O
Out of a bed of love
When that immortal hospital made one more move to soothe
The cureless counted body,
And ruin and his causes
Over the barbed and shooting sea assumed an army
And swept into our wounds and houses,
I climb to greet the war in which I have no heart but only
That one dark I owe my light,
Call for confessor and wiser mirror but there is none
To glow after the god stoning night
And I am struck as lonely as a holy maker by the sun.

No
Praise that the spring time is all
Gabriel and radiant shrubbery as the morning grows joyful
Out of the woebegone pyre
And the multitude's sultry tear turns cool on the weeping
My arising prodigal [wall,
Sun the father his quiver full of the infants of pure fire,
But blessed be hail and upheaval
That uncalm still it is sure alone to stand and sing
Alone in the husk of man's home
And the mother and toppling house of the holy spring,
If only for a last time.

Heiliger Frühling

O
Aus einem Bett von Liebe,
Wenn das unsterbliche Siechenhaus eine neue Bewegung machte
Den unheilbaren gezählten Leib zu lindern
Und Untergang und seine Erreger
Über dem widerhakigen donnernden Meer ein Heer anwarben
Und in unsre Wunden und Häuser stürzten,
Steige ich, den Krieg zu grüßen in dem ich mein Herz nicht habe
Sondern das eine Dunkel dem ich mein Licht schulde,
Rufe nach Beichtvater und weiserem Spiegel, aber niemand ist da
Der glüht nach der Nacht die Gott steinigte.
Und ich bin geschlagen von der Sonne
Einsam wie ein heiliger Schöpfer.

Kein
Jubel daß der Frühling ganz
Gabriel ist und strahlendes Gebüsch wie der Morgen freudevoll
Aus jammervollem Scheiterhaufen [wächst
Und die schwüle Träne der Menge an der weinenden Mauer sich
Meiner steigenden verlorenen [kühlt;
Sonne dem Vater mit dem Köcher voll Kinder reinen Feuers,
Aber gesegnet sei Preis und Erhebung,
Daß ruhlos zwar es dennoch sicher ist allein zu stehn und zu
Allein in der Schale menschlichen Hauses [singen
Und der Mutter und der schwankenden Hütte des heiligen
Wenn auch zum letztenmal. [Frühlings,

A winter's tale

It is a winter's tale
That the snow blind twilight ferries over the lakes
And floating fields from the farm in the cup of the vales,
Gliding windless through the hand folded flakes,
The pale breath of cattle at the stealthy sail,

And the stars falling cold,
And the smell of hay in the snow, and the far owl
Warning among the folds, and the frozen hold
Flocked with the sheep white smoke of the farm house cowl
In the river wended vales where the tale was told.

Once when the world turned old
On a star of faith pure as the drifting bread,
As the food and flames of the snow, a man unrolled
The scrolls of fire that burned in his heart and head,
Torn and alone in a farm house in a fold

Of fields. And burning then
In his firelit island ringed by the winged snow
And the dung hills white as wool and the hen
Roosts sleeping chill till the flame of the cock crow
Combs through the mantled yards and the morning men

Stumble out with their spades,
The cattle stirring, the mousing cat stepping shy,
The puffed birds hopping and hunting, the milkmaids
Gentle in their clogs over the fallen sky,
And all the woken farm at its white trades,

Ein Wintermärchen

Es ist ein Wintermärchen
Welches das schneeblinde Zwielicht über die Seen befördert
Und treibende Felder vom Bauernhof in der Talmulde,
Windstill durch die handgefalteten Flocken gleitend,
Den bleichen Atem des Viehs am verstohlenen Segel,

Und die Sterne fallen kalt,
Und der Heugeruch im Schnee, und die ferne Eule
Warnt zwischen den Hürden, und der gefrorene Gewahrsam
Gefleckt vom schafweißen Rauch der Bauernhauskapuze
In den flußdurchzogenen Tälern wo das Märchen erzählt wurde.

Einst als die Welt alt wurde
Auf einem Stern des Glaubens rein wie das treibende Brot,
Wie Nahrung und Flammen des Schnees, entrollte ein Mann
Die Schriftrollen aus Feuer das ihm in Herz und Haupt brannte,
Zerrissen und allein in einem Bauernhaus in einer Windung

Von Feldern. Und dann brennend
Auf seiner feuererleuchteten Insel umringt vom beschwingten
Schnee
Und den Dunghügeln weiß wie Wolle und die Henne sitzt
Kühl auf ihrer Stange bis die Flamme der Hahnenkräh'
Die umfriedeten Höfe durchkämmt und die morgendlichen
[Männer
Mit ihren Spaten herausschwanken,
Das Vieh sich regt, die mausende Katze scheu tappt,
Die geplusterten Vögel hüpfen und jagen,
Die Milchmädchen freundlich in ihren Holzschuhen über
dem eingestürzten Himmel,
Und der ganze erwachte Bauernhof mit seinem weißen
Handel,

He knelt, he wept, he prayed,
By the spit and the black pot in the log bright light
And the cup and the cut bread in the dancing shade,
In the muffled house, in the quick of night,
At the point of love, forsaken and afraid.

He knelt on the cold stones,
He wept from the crest of grief, he prayed to the veiled sky
May his hunger go howling on bare white bones
Past the statues of the stables and the sky roofed sties
And the duck pond glass and the blinding byres alone

Into the home of prayers
And fires where he should prowl down the cloud
Of his snow blind love and rush in the white lairs.
His naked need struck him howling and bowed
Though no sound flowed down the hand folded air

But only the wind strung
Hunger of birds in the fields of the bread of water, tossed
In high corn and the harvest melting on their tongues.
And his nameless need bound him burning and lost
When cold as snow he should run the wended vales among

The rivers mouthed in night,
And drown in the drifts of his need, and lie curled caught
In the always desiring centre of the white
Inhuman cradle and the bride bed forever sought
By the believer lost and the hurled outcast of light.

Er kniete, er weinte, er betete,
Beim Spieß und schwarzen Topf im holzklotzhellen Licht
Und dem Becher und dem geschnittenen Brot im tanzenden
Im gedämpften Haus, in tiefer Nacht, [Schatten,
Am Punkt der Liebe, verlassen und angstvoll.

Er kniete auf den kalten Steinen,
Er weinte auf dem Gipfel des Kummers, er betete auf zum
verhängten Himmel
Mag sein Hunger auf nackten weißen Knochen heulen
Über die Standbilder der Pferdeställe hinaus und die
himmelbedachten Schweineställe
Und das Ententeichglas und die blendenden Kuhställe allein

In das Haus der Gebete
Und Feuerstellen wo er durch die Wolke seiner schneeblinden
Liebe schleichen und in die weißen Lagerstätten stürmen sollte.
Seine nackte Not schlug ihn bis zum Heulen und Buckeln
Obwohl kein Laut durch die handgefaltete Luft rann

Aber nur der Wind verschnürte
Hunger von Vögeln in den Feldern des Wasserbrots, ins
Hohe Korn geworfen und die auf ihren Zungen schmelzende
Ernte.
Und seine namenlose Not fesselte ihn brennend und verloren
Als er kalt wie Schnee durch die gewundenen Täler laufen sollte

Zwischen nachtverschluckten Flüssen,
Und untergehen im Treiben seiner Not, und gerollt
Liegen im stets begehrlichen Mittelpunkt der weißen
Unmenschlichen Wiege und im Brautbett immerzu gesucht
Vom verlorenen Gläubigen und dem gestürzten Verfemten
des Lichts.

Deliver him, he cried,
By losing him all in love, and cast his need
Alone and naked in the engulfing bride,
Never to flourish in the fields of the white seed
Or flower under the time dying flesh astride.

Listen. The minstrels sing
In the departed villages. The nightingale,
Dust in the buried wood, flies on the grains of her wings
And spells on the winds of the dead his winter's tale.
The voice of the dust of water from the withered spring

Is telling. The wizened
Stream with bells and baying water bounds. The dew rings
On the gristed leaves and the long gone glistening
Parish of snow. The carved mouths in the rock are wind
swept strings.
Time sings through the intricately dead snow drop. Listen.

It was a hand or sound
In the long ago land that glided the dark door wide
And there outside on the bread of the ground
A she bird rose and rayed like a burning bride.
A she bird dawned, and her breast with snow and scarlet
[downed.

Look. And the dancers move
On the departed, snow bushed green, wanton in moon light
As a dust of pigeons. Exulting, the graved hooved
Horses, centaur dead, turn and tread the drenched white
Paddocks in the farms of birds. The dead oak walks for love.

Erlöse ihn, rief er,
Durch reines Aufgehen in Liebe, und wirf seine Not
Allein und nackt in die umfangende Braut,
Um nie auf den Feldern der weißen Saat zu gedeihen
Oder zu blühen unter der Zeit mit rittlings sterbendem Fleisch.

Höre. Die Spielmänner singen
In den verzogenen Dörfern. Die Nachtigall,
Staub im begrabenen Wald, fliegt auf den Körnern ihrer Flügel
Und buchstabiert auf den Winden der Toten sein Wintermärchen.
Die Stimme des Wasserstaubs vom welken Frühling

Erzählt. Der verhutzelte
Strom mit Glocken und hetzenden Wasserwänden. Der Tau tönt
Auf den gestärkten Blättern und der lange vergangenen
glitzernden
Schneegemeinde. Die gemeißelten Münder im Fels sind
windbewegte Saiten.
Die Zeit singt durch den tieftoten Schneefall. Höre.

Es war eine Hand oder ein Laut
In dem längst vergangenen Land das durch die weite dunkle
Und draußen auf dem Brot des Grundes [Tür glitt
Stieg eine Vogelin und strahlte wie eine brennende Braut,
Eine Vogelin dämmerte, und ihre Brust sank mit Schnee und
[Scharlach.

Sieh. Und die Tänzer bewegen sich
Auf dem verzogenen schneebuschigen Grün, mutwillig im
Mondschein
Wie Staub von Tauben. Frohlockend wenden die grabbehuften
Pferde,
Zentaurtot, und treten über die weiß durchnäßten Koppeln
In den Vogelfarmen. Die tote Eiche geht auf Liebe aus.

The carved limbs in the rock
Leap, as to trumpets. Calligraphy of the old
Leaves is dancing. Lines of age on the stones weave in a flock.
And the harp shaped voice of the water's dust plucks in a
fold
Of fields. For love, the long ago she bird rises. Look.

And the wild wings were raised
Above her folded head, and the soft feathered voice
Was flying through the house as though the she bird praised
And all the elements of the snow fall rejoiced
Thad a man knelt alone in the cup of the vales,

In the mantle and calm,
By the spit and the black pot in the log bright light.
And the sky of birds in the plumed voice charmed
Him up and he ran like a wind after the kindling flight
Past the blind barns and byres of the windless farm.

In the poles of the year
When black birds died like priests in the cloaked hedge row
And over the cloth of counties the far hills rode near,
Under the one leaved trees ran a scarecrow of snow
And fast through the drifts of the thickets antlered like
[deer,

Rags and prayers down the knee-
Deep hillocks and loud on the numbed lakes,
All night lost and long wading in the wake of the she-
Bird through the times and lands and tribes of the slow
flakes.
Listen and look where she sails the goose plucked sea,

Die in den Fels gehauenen Glieder
Springen wie zu Trompetenstößen. Schönschrift der alten Blätter
Tanzt. Alterslinien auf den Steinen weben in einer Herde.
Und die harfenförmige Stimme des Wasserstaubs zupft in einer
Felderwindung. Nach Liebe steigt die langentschwundene
Vogelin. Sieh.

Und die wilden Schwingen wurden gehoben
Über ihren gefalteten Kopf, und die weichgefiederte Stimme
Flog durch das Haus als rühmte die Vogelin
Und als jubelten alle Elemente des langsamen Falls,
Daß ein Mann allein in der Mulde der Täler kniete,

In der Hülle und Stille,
Beim Spieß und schwarzen Topf im holzklotzhellen Licht,
Und der Vogelhimmel in der fedrigen Stimme bezauberte
Ihn und er rannte wie der Wind nach der anfeuernden Flucht
Über die blinden Scheuern und Kuhställe des windstillen
Bauernhofs hinaus.

In den Polen des Jahrs
Als schwarze Vögel starben wie Priester in der umwachsenen
Hecke
Und über dem Tuch von Grafschaften die fernen Hügel
näherrückten,
Rannte unter den einblättrigen Räumen eine Vogelscheuche
aus Schnee
Und rasch durch die Triften der Dickichte geweihgeziert wie
Hochwild,

Fetzen und Gebete längs der knietiefen
Hügelchen und vernehmlich auf den betäubten Seen.
Die ganze Nacht verloren und langes Waten in den Fußstapfen
der Vogelin
Durch die Zeiten und Länder und Stämme der langsamen
Flocken.
Höre und sieh wo sie über die gänsegerupfte See segelt,

The sky, the bird, the bride,
The cloud, the need, the planted stars, the joy beyond
The fields of seed and the time dying flesh astride,
The heavens, the heaven, the grave, the burning font.
In the far ago land the door of his death glided wide,

And the bird descended.
On a bread white hill over the cupped farm
And the lakes and floating fields and the river wended
Vales where he prayed to come to the last harm
And the home of prayers and fires, the tale ended.

The dancing perishes
On the white, no longer growing green, and, minstrel dead,
The singing breaks in the snow shoed villages of wishes
That once cut the figures of birds on the deep bread
And over the glazed lakes skated the shapes of fishes

Flying. The rite is shorn
Of nightingale and centaur dead horse. The springs wither
Back. Lines of age sleep on the stones till trumpeting dawn.
Exultation lies down. Time buries the spring weather
That belled and bounded with the fossil and the dew reborn.

For the bird lay bedded
In a choir of wings, as though she slept or died,
And the wings glided wide and he was hymned and wedded,
And through the thighs of the engulfing bride,
The woman breasted and the heaven headed

Der Himmel, der Vogel, die Braut,
Die Wolke, die Not, die gepflanzten Sterne, die Freude über
Die Saatfelder hinaus und die Zeit mit rittlings sterbendem
Fleisch,
Die Himmel, der Himmel, das Grab, der brennende Taufstein.
In dem längst vergangenen Land glitt die Tür seines Todes weit auf.

Und der Vogel stieg herab.
Auf einem brotweißen Hügel über dem umwölbten Bauernhof
Und den Seen und den schwimmenden Feldern und den
flußdurchzogenen
Tälern wo er betete um zum letzten Schaden zu kommen
Und dem Heim von Gebeten und Feuern, endete das Märchen.

Das Tanzen verrauscht
Auf dem weißen, nicht länger wachsenden Grün und nach dem
Tod des Spielmanns
Bricht das Singen ab in den schneebeschuhten Dörfern von
Wünschen
Die einst die Figuren von Vögeln ins tiefe Brot schnitten
Und über die verglasten Seen die Formen von Fischen
schlittschuhten

Fliegend. Die Feier ist der Nachtigall beraubt
Und des zentaurtoten Pferdes. Die Frühlinge verdorren
Zurück. Alterslinien schlafen auf den Steinen bis zum
Trompetenstoß des Morgens.
Jubel liegt brach. Die Zeit begräbt das Frühlingswetter
Das läutete und hüpfte mit dem Fossil und dem neugeborenen
Tau.

Denn die Vogelin lag gebettet
In einem Chor von Schwingen, als schliefe oder stürbe sie,
Und die Schwingen glitten dahin und er wurde verherrlicht und
vermählt,
Und durch die Schenkel der umfangenden Braut,
Die brüstige Frau und den himmelköpfigen

Bird, he was brought low,
Burning in the bride bed of love, in the whirl-
Pool at the wanting centre, in the folds
Of paradise, in the spun bud of the world.
And she rose with him flowering in her melting snow.

Vogel, wurde er herabgebracht,
Brennend im bräutlichen Liebesbett, im Strudel
Der fehlenden Mitte, in den Gemeinden
Des Paradieses, in der Kreiselknospe der Welt.
Und sie stieg mit ihm blühend in ihrem schmelzenden
Schnee.

A refusal to mourn the death, by fire, of a child in London

Never until the mankind making
Bird beast and flower
Fathering and all humbling darkness
Tells with silence the last light breaking
And the still hour
Is come of the sea tumbling in harness

And I must enter again the round
Zion of the water bead
And the synagogue of the ear of corn
Shall I let pray the shadow of a sound
Or sow my salt seed
In the least valley of sackcloth to mourn

The majesty and burning of the child's death.
I shall not murder
The mankind of her going with a grave truth
Nor blaspheme down the stations of the breath
With any further
Elegy of innocence and youth.

Deep with the first dead lies London's daughter,
Robed in the long friends,
The grains beyond age, the dark veins of her mother,
Secret by the unmourning water
Of the riding Thames.
After the first death, there is no other.

Weigerung den Flammentod eines Kindes in London zu betrauern

Nie solang nicht die menschheitgebärende
Vieh Vogel Pflanze
Zeugende und alles beugende Dunkelheit
Mit Schweigen das letzte Licht verkündet das alles klärende
Und nicht die ganze
Stille des angeschirrt taumelnden Meeres schreit

Und ich wieder hinein muß in das runde
Zion des Wassertropfens gehen
Und in der Kornähre Synagogenmauern
Will ich den Schatten eines Tones beten lassen aus meinem Munde
Noch meinen Salzsamen säen
Ins kleinste Tal aus Sack und Asche um zu betrauern

Die Majestät und den Brand von dieses Kindes Tod.
Ich will nicht die Menschheit morden
Ihres Leidensweges mit einer grabschweren Wahrheit im Schoß
Noch lästern alle Stationen der Atemnot
Mit weiteren Worten
Der Klage um der Unschuld und Jugend Los.

Londons Tochter liegt tief bei den ersten Toten,
Umhegt von den langen Freunden, dem Korn das dauert
Jenseits der Zeit, ihrer Mutter schwarzen Adern von allen Seiten,
Heimlich an der fahrenden Themse mit ihren Booten
Deren Wasser nicht trauert.
Nach dem ersten Tod gibt es keinen zweiten.

This side of the truth
(for Llewelyn)

This side of the truth,
You may not see, my son,
King of your blue eyes
In the blinding country of youth,
That all is undone,
Under the unminding skies,
Of innocence and guilt
Before you move to make
One gesture of the heart or head,
Is gathered and spilt
Into the winding dark
Like the dust of the dead.

Good and bad, two ways
Of moving about your death
By the grinding sea,
King of your heart in the blind days,
Blow away like breath,
Go crying through you and me
And the souls of all men
Into the innocent
Dark, and the guilty dark, and good
Death, and bad death, and then
In the last element
Fly like the stars' blood,

Like the sun's tears,
Like the moon's seed, rubbish
And fire, the flying rant
Of the sky, king of your six years.
And the wicked wish,
Down the beginning of plants
And animals and birds,

Diese Seite der Wahrheit
(für Llewelyn)

Diese Seite der Wahrheit
Wirst du nicht sehen mein Sohn
König deiner blauen Augen
Im blendenden Lande der Jugend,
Daß alles gelöst ist
Unter den gleichgültigen Himmeln
An Unschuld und Schuld,
Bevor du dich regst eine
Geste des Hauptes oder Herzens zu machen,
Gespeichert ist und vergossen
Ins bergende Dunkel
Wie der Staub der Toten.

Gut und böse, zwei Wege
Auf deinen Tod zu
Am brandenden Meer,
König deines Herzens in den blinden Tagen,
Verwehen wie Atem,
Gehn weinend durch dich und mich
Und die Seelen aller Menschen
In unschuldiges
Dunkel und schuldiges Dunkel und guten
Tod und bösen Tod fliegen
Im letzten Element
Dann wie das Blut der Sterne

Wie die Tränen der Sonne
Wie des Mondes Same Schutt
Und Feuer der flatternde Schrei
Des Himmels, König deiner sechs Jahre.
Und der verworfene Wunsch
Seit dem Anfang der Pflanzen
Und Tiere und Vögel

Water and light, the earth and sky,
Is cast before you move,
And all your deeds and words,
Each truth, each lie,
Die in unjudging love.

The conversation of prayers

The conversation of prayers about to be said
By the child going to bed and the man on the stairs
Who climbs to his dying love in her high room,
The one not caring to whom in his sleep he move
And the other full of tears that she will be dead,

Turns in the dark on the sound they know will arise
Into the answering skies from the green ground,
From the man on the stairs and the child by his bed.
The sound about to be said in the two prayers
For the sleep in a safe land and the love who dies

Will be the same grief flying. Whom shall they calm?
Shall the child sleep unharmed or the man be crying?
The conversation of prayers about to be said
Turns on the quick and the dead, and the man on the stairs
Tonight shall find no dying but alive and warm

In the fire of his care his love in the high room.
And the child not caring to whom he climbs his prayer
Shall drown in a grief as deep as his true grave,
And mark the dark eyed wave, through the eyes of sleep,
Dragging him up the stairs to one who lies dead.

Des Wassers und Lichts der Erde und des Himmels
Ist besiegt, bevor du dich regst,
Und all deine Taten und Worte
Jede Wahrheit jede Lüge
Sterben in Liebe.

Zwiegespräch der Gebete

Das Zwiegespräch der Gebete vom Kinde spät
Geführt das schlafen geht und vom Mann auf der Treppe
Der hinaufsteigt zur Liebsten die stirbt im Dachraum,
Das eine bewußt kaum wen es anruft im Schlaf
Und der andere tränenvoll, daß sie sterben wird,

Wandelt im Dunkel sich zum Ton der sich erhebt
Und in antwortende Himmel schwebt vom grünen Grund
Vom Mann auf der Treppe und dem Kind an seinem Bett.
Der Ton der fleht in den zwei Gebeten
Um Schlaf in sichrem Gefild und die Geliebte die stirbt

Erhebt die gleiche Klage. Wem bringen sie Trost?
Sei das Kind vom Schlaf umkost oder weine der Mann?
Das Zwiegespräch der Gebete das flüsternd inwendige
Wandelt Tote und Lebendige, und der Mann auf der Treppe
Soll nicht sterbend finden die Geliebte heute nacht sondern

Von der Glut seiner Liebe in ihrem Dachraum warm und belebt.
Und das Kind das nicht weiß zu wem es hebt seine Hände im
Gebet
Soll in einem Weh wie in einem Grab tief untergehn
Und die schwarzäugige Woge sehn durch die Augen des Schlafs
Die es hochspült die Treppen zu einem der tot liegt.

Lie still, sleep becalmed

Lie still, sleep becalmed, sufferer with the wound
In the throat, burning and turning. All night afloat
On the silent sea we have heard the sound
That came from the wound wrapped in the salt sheet.

Under the mile off moon we trembled listening
To the sea sound flowing like blood from the loud wound
And when the salt sheet broke in a storm of singing
The voices of all the drowned swam on the wind.

Open a pathway through the slow sad sail,
Throw wide to the wind the gates of the wandering boat
For my voyage to begin to the end of my wound,
We heard the sea sound sing, we saw the salt sheet tell.
Lie still, sleep becalmed, hide the mouth in the throat,
Or we shall obey, and ride with you through the drowned.

Lieg still, schlaf beruhigt

Lieg still, schlaf' beruhigt, Leidender mit der Kehlen-
Wunde die wirbelt und brennt. Treibend nacht-
Lang auf schweigender See, wir hörten die Klänge
Entkommen der Wunde gewickelt ins Salztuch.

Unter der mondfernen Meile wir zitterten lauschend
Dem Seeklang der strömte wie Blut aus der lauten Wunde
Und als das Salztuch brach im Sturmgesang-Rauschen
Da schwammen die Stimmen aller Ertrunknen im Wind.

Durchgang eröffne durchs langsamleidende Segel,
Weit mach dem Wind die Tore des Bootes das wandert,
So beginnt meine Fahrt zum Schluß meiner Wunde,
Seeklang hörten wir singen, sahen des Salztuches Spruch.
Lieg still, Flaute durchschlaf, birg den Mund in der Kehle,
Oder, gehorchend, werden wir reiten mit dir durch die
Ertrunknen hindurch.

Fern Hill

Now as I was young and easy under the apple boughs
About the lilting house and happy as the grass was green,
The night above the dingle starry,
Time let me hail and climb
Golden in the heydays of his eyes,
And honoured among waggons I was prince of the apple
towns
And once below a time I lordly had the trees and leaves
Trail with daisies and barley
Down the rivers of the windfall light.

And as I was green and carefree, famous among the barns
About the happy yard and singing as the farm was home,
In the sun that is young once only,
Time let me play and be
Golden in the mercy of his means,
And green and golden I was huntsman and herdsman, the
calves
Sang to my horn, the foxes on the hills barked clear and cold,
And the sabbath rang slowly
In the pebbles of the holy streams.

All the sun long it was running, it was lovely, the hay
Fields high as the house, the tunes from the chimneys, it was
And playing, lovely and watery [air
And fire green as grass.
And nightly under the simple stars
As I rode to sleep the owls were bearing the farm away,
All the moon long I heard, blessed among stables, the
nightjars
Flying with the ricks, and the horses
Flashing into the dark.

Fern Hill

Als ich jung war und leicht unter den Apfelzweigen
Um das schwingende Haus und fröhlich grün wie das Gras,
Sternennacht über dem dunklen Grund,
Ließ rufend aufgehen mich die Zeit
Golden in brausenden Tagen ihrer Augen,
Und geehrt bei den Karren war Fürst ich der Apfelstädte
Und außerzeiten verfügte ich Gänseblümchen und Gerste
In die Schleppe von Bäumen und Blättern
Auf Strömen des windabgeworfenen Lichts.

Und als ich grün und sorgenlos war, berühmt bei den Scheunen
Auf dem frohen Hof und sang wie die Farm mir Zuhause war,
In der Sonne, die jung nur ein einziges Mal ist,
Ließ die Zeit mir Spiel und mein Sein,
Golden im Vermögen ihres Erbarmens
Und grün und golden war ich Jäger und Hirte, die Kälber
Sangen zu meinem Horn, auf den Hügeln kläfften die
Füchse klar und kalt,
Und verhalten erklang der Sabbat
In den Kieseln der heiligen Flüsse.

Die ganze Sonne lang war's Laufen, war's lieblich, die Heu-
Felder hoch wie das Haus, die Weisen aus den Kaminen, es
Und Spielen, lieblich und feucht [war Luft
Und Feuer so grün wie Gras.
Und nächtens unter den simplen Sternen,
Da ich zu Schlafe ritt, trugen die Eulen die Farm davon,
Den ganzen Mond lang hörte ich, gesegnet unter den Ställen,
die Schwalben
Mit den Heuschobern fliegen, und die Pferde
Ins Dunkel blitzen.

And then to awake, and the farm, like a wanderer white
With the dew, come back, the cock on his shoulder: it was all
Shining, it was Adam and maiden,
The sky-gathered again
And the sun grew round that very day.
So it must have been after the birth of the simple light
In the first, spinning place, the spellbound horses walking
Out of the whinnying green stable [warm
On to the fields of praise.

And honoured among foxes and pheasants by the gay house
Under the new made clouds and happy as the heart was
In the sun born over and over, [long,
I ran my heedless ways,
My wishes raced through the house high hay
And nothing I cared, at my sky blue trades, that time allows
In all his tuneful turning so few and such morning songs
Before the children green and golden
Follow him out of grace,

Nothing I cared, in the lamb white days, that time would take me
Up to the swallow thronged loft by the shadow of my hand,
In the moon that is always rising,
Nor that riding to sleep
I should hear him fly with the high fields
And wake to the farm forever fled from the childless land.
Oh as I was young and easy in the mercy of his means,
Time held me green and dying
Though I sang in my chains like the sea.

Und dann zu erwachen, und die Farm, wie ein Wanderer weiß
Vor Tau, wieder zurück, den Hahn auf der Schulter: es war alles
Glanz, war Adam und Magd,
Der Himmel fand wieder zusammen,
Und der Sonne erwuchs ihr Rund an jenem Tag.
So wohl muß es gewesen sein nach der Geburt der schlichten
Helle
Am ersten wirbel-webenden Ort, der Auslaß
zauberbefangener Pferde
Aus dem Wiehern des grünen Stalls
Auf die lobpreisenden Weiden.

Und unter Fasanen und Füchsen geehrt beim glänzenden Haus
Unter den frisch gemachten Wolken und herzensfroh wie der
lange Tag,
In der neu und immer neu geborenen Sonne
Lief ich meine Wege geratewohl,
Meine Wünsche rannten durchs haushohe Heu
Und es scherte mich nicht beim himmelblauen Windgeschäft,
daß die Zeit
In ihrem Stimmungswandel so wenig solcher Morgenlieder gibt,
Bevor in Grün und Gold die Kinder
Mit ihr aus der Gnade gehen.

Nicht scherte es mich in den lammweißen Tagen, daß einmal
die Zeit
Hoch mich hinauf am Handschatten nähme zum
schwalbenflatternden Erker,
Im immer aufgehenden Mond,
Noch daß ich im Schlafensritt
Sie hören sollte im Fluge mit hohen Feldern
Und erwachen müßte zur Farm, dem kindlosen Land auf immer
entflohen.
O da ich jung war und leicht im Vermögen ihrer Gnade,
Hielt mich die Zeit grün und sterbend,
Ob ich doch sang wie das Meer in meinen Ketten.

In my craft or sullen art

In my craft or sullen art
Exercised in the still night
When only the moon rages
And the lovers lie abed
With all their griefs in their arms,
I labour by singing light
Not for ambition or bread
Or the strut and trade of charms
On the ivory stages
But for the common wages
Of their most secret heart.

Not for the proud man apart
From the raging moon I write
On these spindrift pages
Nor for the towering dead
With their nightingales and psalms
But for the lovers, their arms
Round the griefs of the ages,
Who pay no praise or wages
Nor heed my craft or art.

Mein Handwerk meine trotzige Kunst

Mein Handwerk meine trotzige Kunst
Ist in der stillen Nacht mein Treiben,
Bei Mondestoben und einsamem Streiten
Da Verliebte, die Arme voll Not,
Voller Betrübnis im Bett sich halten,
Schuft ich bei lichtem Gesang
Nicht für Ehrgeiz noch Brot
Oder käuflich stolzierenden Zauber
Auf den Elfenbeinbühnen,
Nur für das gewöhnliche Rühmen
Ihres allerinnersten Herzens.

Nicht dem Mann fern der Gunst
Des tobenden Monds gilt mein Schreiben
Auf diesen Schaumtaumelseiten
Noch denen die ragen im Tod
Mit Nachtigallen und Psalmen,
Doch für der Liebenden Arme,
Sie halten die Trauer der Jahre,
Geben keinen Preis für die Ware,
Vernehmen kein Geschick keine Kunst.

In country sleep

I

Never and never, my girl riding far and near
In the land of the hearthstone tales, and spelled asleep,
Fear or believe that the wolf in a sheepwhite hood
Loping and bleating roughly and blithely shall leap,
                                                  My dear, my dear,
Out of a lair in the flocked leaves in the dew dipped year
To eat your heart in the house in the rosy wood.

Sleep, good, for ever, slow and deep, spelled rare and wise,
My girl ranging the night in the rose and shire
Of the hobnail tales: no gooseherd or swine will turn
Into a homestall king or hamlet of fire
                                                  And prince of ice
To court the honeyed heart from your side before sunrise
In a spinney of ringed boys and ganders, spike and burn,

Nor the innocent lie in the rooting dingle wooed
And staved, and riven among plumes my rider weep.
From the broomed witch's spume you are shielded by fern
And flower of country sleep and the greenwood keep.
                                                  Lie fast and soothed,
Safe be and smooth from the bellows of the rushy brood.
Never, my girl, until tolled to sleep by the stern

Bell believe or fear that the rustic shade or spell
Shall harrow and snow the blood while you ride wide and
      near,
For who unmanningly haunts the mountain ravened eaves

Im Schlaf des Landes

I

Nie und nie mein Mädchen, die Du fern und nah reitest
Im Land der Kaminfeuermärchen und gesprochen in Schlaf,
Fürchte noch glaube, daß der Wolf in schafweißer Haube
Tänzelnd und blökend rauh und froh springen wird,
Mein Lieb, mein Lieb,
Aus einem Bau in den wolligen Blättern im Tautropfjahr,
Um Dein Herz zu essen im Haus des rosigen Waldes.

Schlaf, gut, für immer, langsam und tief, rar und weise
gesprochen,
Mein Mädchen, ziehend durch Nacht, in der Rose, dem Land
Der Nagelschuhmärchen; kein Gänsehirt oder Schwein wird sich
In einen Heimstallkönig und Weiler aus Feuer verwandeln
Und Prinz aus Eis,
Das Honigherz zu werben von Deiner Seite vor Sonnenaufgang
In einem Gestrüpp beringter Buben und Ganter, spitz und
brennend,

Noch die Unschuldigen im wurzelnden Waldtal liegen
umworben,
Gepfählt, noch meine Reiterin weinen, zerfetzt unter Flaum.
Vor der Besenhexe Geifer schützt Dich der Farn
Und Blume des Schlafes des Landes und Jungwaldumzäunung.
Fest lieg beruhigt,
Sanft sei und sicher, vor dem Bellen der Hetzbrut.
Nie mein Mädchen, bis in Schlaf die strenge

Glocke Dich läutet, glaube noch fürchte, daß Bauernschatten
und Zauberwort
Das Blut verschneit und reißt, während Du reitest weit und nah,
Denn wer geht verweichlichend um in den bergverschlungenen
Traufen,

Or skulks in the dell moon but moonshine echoing clear
From the starred well?
A hill touches an angel. Out of a saint's cell
The nightbird lauds through nunneries and domes of leaves

Her robin breasted tree, three Marys in the rays.
Sanctum sanctorum the animal eye of the wood
In the rain telling its beads, and the gravest ghost
The owl at its knelling. Fox and holt kneel before blood.
Now the tales praise
The star rise at pasture and nightlong the fables graze
On the lord's-table of the bowing grass. Fear most

For ever of all not the wolf in his baaing hood
Nor the tusked prince, in the ruttish farm, at the rind
And mire of love, but the Thief as meek as the dew.
The country is holy: O bide in that country kind,
Know the green good,
Under the prayer wheeling moon in the rosy wood
Be shielded by chant and flower and gay may you

Lie in grace. Sleep spelled at rest in the lowly house
In the squirrel nimble grove, under linen and thatch
And star: held and blessed, though you scour the high four
Winds, from the dousing shade and the roarer at the latch,
Cool in your vows.
Yet out of the beaked, web dark and the pouncing boughs
Be you sure the Thief will seek a way sly and sure

And sly as snow and meek as dew blown to the thorn,
This night and each vast night until the stern bell talks
In the tower and tolls to sleep over the stalls

Oder schleicht im Schluchtmond als Mondschein klar
widerhallend
Vom Sternbrunn?
Ein Hügel rührt an einen Engel. Aus eines Heiligen Zelle
Lobt der Nachtvogel durch Nonnenkloster und Blätterkuppeln

Ihren Rotkehlbrust-Baum, drei Marien in den Strahlen.
Sanktum Sanktorum das Tierauge des Waldes,
Im Regen Andachtsperlen zählend, und der ernsteste Geist
Der Eule bei ihrem Totenklang. Fuchs und Hain knien vor Blut.
Nun preisen die Märchen
Den Sternaufgang zur Weide und nachtlang grasen die Fabeln
Auf dem Tisch des Herrn des sich neigenden Grases. Besonders
fürchte

Für immer vor allen nicht den Wolf in blökender Haube,
Noch den Hauerprinzen in brünftiger Farm, an der Rinde,
Dem Schlamm der Liebe, sondern den Dieb so sanft wie der Tau.
Das Land ist heilig: O weile in dieser Art des Landes,
Wisse ums grüne Gut,
Unterm Gebetsmühlen-Mond im rosigen Wald,
Geschützt sei durch Sang und Blume und froh magst Du

Liegen in Gnade. Schlaf, gesprochen zur Ruh im niedrigen Haus
Im eichhornflinken Gehölz, unter Leinen und Reet
Und Stern: Gehaltengesegnet, wenn Du auch streifst durch
die hohen vier
Winde, vor dem löschenden Schatten und dem Brüller am Riegel,
Kühl in Deinen Eiden.
Doch aus dem schnäbligen Schwimmhaut-Dunkel und
packenden Ästen
Wird (sei sicher!) der Dieb einen Weg heimlich finden und sicher

Und heimlich wie Schnee und sanft wie Tau auf Dorn geweht,
Diese Nacht und jede Riesennacht, bis die strenge Glocke
im Turm
Spricht und über den Ställen der Kaminfeuermärchen in Schlaf

Of the hearthstone tales my own, lost love; and the soul
walks
The waters shorn.
This night and each night since the falling star you were born,
Ever and ever he finds a way, as the snow falls,

As the rain falls, hail on the fleece, as the vale mist rides
Through the haygold stalls, as the dew falls on the wind-
Milled dust of the apple tree and the pounded islands
Of the morning leaves, as the star falls, as the winged
Apple seed glides,
And falls, and flowers in the yawning wound at our sides,
As the world falls, silent as the cyclone of silence.

II

Night and the reindeer on the clouds above the haycocks
And the wings of the great roc ribboned for the fair!
The leaping saga of prayer! And high, there, on the hare-
Heeled winds the rooks
Cawing from their black bethels soaring, the holy books
Of birds! Among the cocks like fire the red fox

Burning! Night and the vein of birds in the winged, sloe
wrist
Of the wood! Pastoral beat of blood through the laced
leaves!
The stream from the priest black wristed spinney and sleeves
Of thistling frost
Of the nightingale's din and tale! The upgiven ghost
Of the dingle torn to singing and the surpliced

Hill of cypresses! The din and tale in the skimmed
Yard of the buttermilk rain on the pail! The sermon
Of blood! The bird loud vein! The saga from mermen
To seraphim

Läutet meine eigene verlorene Liebe; und die Seele schreitet
Über die Wasser beraubt.
Diese und jede Nacht seit der Sternschnuppe, seit Du geboren,
Immer und immer findet er einen Weg, wie der Schnee fällt,

Der Regen, Hagel aufs Vlies, wie der Taldunst reitet
Durch die Heugoldställe, wie der Tau fällt auf den wind-
Gemahlnen Staub des Apfelbaums und die geschlagnen Inseln
Der Morgenblätter, wie der Stern fällt, wie der geflügelte
Apfelsamen gleitet
Und fällt und blüht in der gähnenden Wunde an unserer Seite,
Wie die Welt fällt, still wie der Zyklon der Stille.

II

Nacht und das Rentier auf den Wolken über den Schobern
Und die Schwingen des großen Roc bebändert fürs Fest!
Die springende Saga des Gebets! Und hoch, dort, auf den hasen-
Fersigen Winden die Krähen
Krächzen, aus ihren schwarzen Bethäusern steigend, die
heiligen Bücher
Der Vögel! Zwischen den Schobern wie Feuer der rote Fuchs

Brennt! Nacht und die Vogelader im geflügelten Schlehengelenk
Des Waldes! Schäferlich pulst das Blut durch Blätterborten!
Der Strom (vom priesterlich schwarzknöcheligen Gestrüpp
und Ärmeln
Aus distligem Frost)
Des Nachtigallen-Lärms und -Märchens! Der aufgegebne
Geist
Des Waldtals zum Singen gerissen und der Zypressen-

Hügel im Chorhemd! Lärm und Märchen im abgeschöpften
Hof des Buttermilchregens auf den Kübel! Die Predigt
Des Blutes! Die vogellaute Ader! Die Saga von Triton
Zu Seraphim

Leaping! The gospel rooks! All tell, this night, of him
Who comes as red as the fox and sly as the heeled wind.

Illumination of music! The lulled black-backed
Gull, on the wave with sand in its eyes! And the foal moves
Through the shaken greensward lake, silent, on moonshod
hooves,
In the wind's wakes.
Music of elements, that a miracle makes!
Earth, air, water, fire, singing into the white act,

The haygold haired, my love asleep, and the rift blue
Eyed, in the haloed house, in her rareness and hilly
High riding, held and blessed and true, and so stilly
Lying the sky
Might cross its planets, the bell weep, night gather her eyes,
The Thief fall on the dead like the willy nilly dew,

Only for the turning of the earth in her holy
Heart! Slyly, slowly, hearing the wound in her side go
Round the sun, he comes to my love like the designed snow,
And truly he
Flows to the strand of flowers like the dew's ruly sea,
And surely he sails like the ship shape clouds. Oh he

Comes designed to my love to steal not her tide raking
Wound, nor her riding high, nor her eyes, nor kindled hair,
But her faith that each vast night and the saga of prayer
He comes to take
Her faith that this last night for his unsacred sake
He comes to leave her in the lawless sun awaking

Springend! Die Wortgotteskrähen! Alle erzählen heut nacht
von ihm,
Der kommt rot wie der Fuchs und geheim wie der fersige Wind.

Beleuchtung der Musik! Die eingelullte Schwarzrücken-
Möwe, auf der Welle Sand in den Augen! Und das Fohlen zieht
Durch den geschüttelten Rasensee, still, auf Mondeisen-Hufen,
Im Kielwasser der Winde.
Musik der Elemente, die ein Wunder macht!
Erde, Luft, Wasser, Feuer, singend ins weiße Tun,

Die Heugoldhaarige, mein Lieb im Schlaf, und der Spalt blau-
Äugig, im Heiligenschein-Haus, in ihrem Einzigsein und hügel-
Hohen Reiten, gehaltengesegnet und treu, und so still
Liegend der Himmel
Könnte seine Planeten durchkreuzen, die Glocken weinen,
Nacht ihre Augen sammeln,
Der Dieb auf die Toten fallen wie wohloderübler Tau,

Nur um das Drehen der Erde in ihrem heiligen
Herzen! Heimlich, langsam, hörend wie ihre Seitenwunde geht
Um die Sonne, kommt er zu meinem Lieb wie der bestimmte
Schnee,
Und wahrlich er
Fließt zum Strand der Blumen wie des Taus gehorsame See,
Und sicherlich segelt er wie schiffgeformtes Gewölk, O, er

Kommt bestimmt meinem Lieb nicht um ihre gezeitenharkende
Wunde zu stehlen, noch ihr Hoch-reiten, ihre Augen, ihr
Flammenhaar,
Sondern ihren Glauben, daß jede Riesennacht und Saga des
Gebets
Er kommt und nimmt
Ihren Glauben, daß diese letzte Nacht um seines Unheiligen
willen
Er kommt und sie verläßt in gesetzloser Sonne erwachend

Naked and forsaken to grieve he will not come.
Ever and ever by all your vows believe and fear
My dear this night he comes and night without end my dear
Since you were born:
And you shall wake, from country sleep, this dawn and each first dawn,
Your faith as deathless as the outcry of the ruled sun.

Nackt und verlassen und trauernd, daß er nicht kommt.
Immer und immer, bei all Deinen Eiden, glaube und fürchte,
Mein Lieb, diese Nacht kommt er und Nacht ohne Ende,
mein Lieb,

Seit Du geboren:
Und Du wirst erwachen, vom Schlaf des Landes, diesen
Morgen und jedes Frühmorgens,
Dein Glaube so todeslos wie der Aufschrei der beherrschten
Sonne.

Over Sir John's hill

Over Sir John's hill,
The hawk on fire hangs still;
In a hoisted cloud, at drop of dusk, he pulls to his claws
And gallows, up the rays of his eyes the small birds of the bay
And the shrill child's play
Wars
Of the sparrows and such who swansing, dusk, in wrangling
    hedges.
And blithely they squawk
To fiery tyburn over the wrestle of elms until
The flashed the noosed hawk
Crashes, and slowly the fishing holy stalking heron
In the river Towy below bows his tilted headstone.

Flash, and the plumes crack,
And a black cap of jack-
Daws Sir John's just hill dons, and again the gulled birds
    hare
To the hawk on fire, the halter height, over Towy's fins,
In a whack of wind.
There
Where the elegiac fisherbird stabs and paddles
In the pebbly dab-filled
Shallow and sedge, and 'dilly dilly', calls the loft hawk,
'Come and be killed',
I open the leaves of the water at a passage
Of psalms and shadows among the pincered sandcrabs
    prancing

And read, in a shell,
Death clear as a buoy's bell:
All praise of the hawk on fire in hawk-eyed dusk be sung,

Über Sir John's Berg

Über Sir John's Berg hängt
Noch der brennende Falke;
In Wolkengehiß und Dämmerfall zieht er, mit den Strahlen
der Augen,
Die kleinen Vögel der Bucht zum Klauengalgen hinauf
Und den schrillen Kinderspiel –
Krieg
Der Spatzen und solche von Schwanengesang, dunkel, in
zankichten Hecken.
Und froh kreischen sie auf
Zum Feuerhenker überm Ulmendicht
Bis der blitzende Schlingenfalk nieder –
Fährt, und langsam der fischende stelzende heilige Reiher
Im Fluß Towy dort unten neigt den kippenden Grabkopf.

Blitz und Daunenkrach,
Und schwarzen Dohlenhut
Legt Sir John's Richtberg an und wieder fliehen die irrenden
Vögel
Wie Hasen zum brennenden Falken, galgenhoch über Towy's
Im Windeshieb. [Flossen,
Dort,
Wo der elegische Fischervogel rudert und sticht
In kiesliger flundervoller
Seichte und Schilf, und »kommtkommt« ruft droben der
»Kommt und sterbt«, [Falke,
Öffne ich die Blätter des Wassers an einer Stelle
Von Psalmen und Schatten bei Sandkrabben-Scherentanz

Und lese in einer Muschel,
Tod klar wie Bojenglocke:
Preis sei gesungen dem brennenden Falken im falkenäugigen
Dämmer

When his viperish fuse hangs looped with flames under the
Wing, and blest shall [brand
Young
Green chickens of the bay and bushes cluck, 'dilly dilly,
Come let us die.'
We grieve as the blithe birds, never again, leave shingle and
The heron and I, [elm,
I young Aesop fabling to the near night by the dingle
Of eels, saint heron hymning in the shell-hung distant

Crystal harbour vale
Where the sea cobbles sail,
And wharves of water where the walls dance and the white
cranes stilt.
It is the heron and I, under judging Sir John's elmed
Hill, tell-tale the knelled
Guilt
Of the led-astray birds whom God, for their breast of
Have mercy on, [whistles
God in his whirlwind silence save, who marks the sparrows
For their souls' song. [hail,
Now the heron grieves in the weeded verge. Through
windows
Of dusk and water I see the tilting whispering

Heron, mirrored, go,
As the snapt feathers snow,
Fishing in the tear of the Towy. Only a hoot owl
Hollows, a grassblade blown in cupped hands, in the looted
And no green cocks or hens [elms
Shout
Now on Sir John's hill. The heron, ankling the scaly
Lowlands of the waves
Makes all the music; and I who hear the tune of the slow,
Wear-willow river, grave,
Before the lunge of the night, the notes on this time-shaken
Stone for the sake of the souls of the slain birds sailing.

Wenn otterngleich flammenumschlungen seine Fänge hängen
Schwinge und gesegnet sollen [unter glutiger
Jung-
Grüne Küken der Bucht und Büsche glucksen, »kommt, kommt,
Kommt in den Tod.«
Trauer tragen, wenn froh die Vögel wie nie nochmals lassen
Der Reiher und ich, [von Ulme und Strand,
Ich jung Äsop fable der nahen Nacht im aaligen
Waldtal, Hymnen sinkt Sankt Reiher im Muschelbehang,

Im fernen Kristallhafental
Wo Seekiesel segeln
Und Wasserwerften, wo Wälle tanzen und weiße Kraniche stelzen.
Der Reiher ist es und ich, unter Sir John's ulmigen Richter-
Berg, wir sprechen die schallende
Schuld
Der verführten Vögel: Gott möge für ihre Flötenbrust
Gnade haben,
Gott, sicher in seiner Wirbelsturmstille, der den Spatzenruf nimmt
Als Gesang ihrer Seelen.
Trauer trägt nun der Reiher im Unkraut-Ufersaum. Durch Fenster
Aus Dämmer und Wasser seh ich den kippendenflüsternden

Reiher gespiegelt gehn,
Wenn die gebrochenen Federn schnein,
Fischt er in den Tränen des Towy. Nur ein Waldkauz
Ruft höhlicht, Grashalm geblasen in hohler Hand in
geplünderten Ulmen
Und keine grünen Hähne und Hennen
Schrein
Über Sir John's Berg jetzt. Der Reiher, knöcheltief in der
Steppe der Wellen [schuppigen
Ist allein die Musik. Und ich, der höre das Lied des langsamen
Weidentragenden Flußes, grabe
Vor dem Anprall der Nacht, die Noten auf diesen
zeitgeschüttelten
Stein für die Seelen gemordeter Vögel, die segeln.

In the White Giant's thigh

Through throats where many rivers meet, the curlews cry,
Under the conceiving moon, on the high chalk hill,
And there this night I walk in the white giant's thigh
Where barren as boulders women lie longing still

To labour and love though they lay down long ago.

Through throats where many rivers meet, the women pray,
Pleading in the waded bay for the seed to flow
Though the names on their weed grown stones are rained
away,

And alone in the night's eternal, curving act
The yearn with tongues of curlews for the unconceived
And immemorial sons of the cudgelling, hacked

Hill. Who once in gooseskin winter loved all ice leaved
In the courters' lanes, or twined in the ox roasting sun
In the wains tonned so high that the wisps of the hay
Clung to the pitching clouds, or gay with any one
Young as they in the after milking moonlight lay

Under the lighted shapes of faith and their moonshade
Petticoats galed high, or shy with the rough riding boys,
Now clasp me to their grains in the gigantic glade,

Who once, green countries since, were a hedgerow of joys.

Time by, their dust was flesh the swineherd rooted sly,
Flared in the reek of the wiving sty with the rush
Light of his thighs, spreadeagle to the dunghill sky,

In der Lende des Weißen Hünen

Durch Kehlen, wo sich viele Flüsse treffen, rufen die Brachvögel
Unterm empfangenden Mond, auf hohem Kreidehügel,
Und dort geh ich heut nacht in der Lende des weißen Hünen
Wo Frauen unfruchtbar wie Fels schon lange liegen

Und dennoch sich nach Wehenmüh und Liebe sehnen.

Durch Kehlen, wo sich viele Flüsse treffen, beten die Frauen,
Flehen in der durchwateten Bucht, der Samen möge strömen,
Obwohl die Namen ausgeregnet sind auf ihren tangbewachsenen
Steinen,

Und sehnen, alleine in ewigen bahnenden Akten
Der Nacht, mit Brachenzungen nach den unempfangenen,
Unvergessenen Söhnen des knüppelnden, zerhackten

Hügels. Wer einst im Gänsehautwinter liebte alle Eise,
Die auf den Brautschauwegen blätterten, wer auf dem Wagen
Sich in der ochsenröstenden Sonne flocht, wo aufgetürmte
Heusträhnen die stampfenden Wolken umarmten, wer lustig war
Mit allen, die jung wie sie im Mondlicht nach dem Melken lagen,

Unter den treuen Lichtgestalten und unter hochgestürmten
Mondschirmunterröcken, schüchtern war mit Buben, die rauh
ritten,
Der drücke mich jetzt in der Riesenlichtung an sein Korn,

Wer, seither grüne Länder, einst eine Freudenhecke war.

Fleisch war ihr Staub vorzeiten, vom Schweinehirten schlau
erschnüffelt,
Im Stank des kuppelnden Stalls hell erwittert mit dem Ried-
Licht seiner Lenden, spreizbeinig unterm
Misthaufenhimmelreich,

Or with their orchard man in the core of the sun's bush
Rough as cows' tongues and thrashed with brambles their
buttermilk
Manes, under his quenchless summer barbed gold to the
bone,

Or rippling soft in the spinney moon as the silk
And ducked and draked white lake that harps to a hail stone.

Who once were a bloom of wayside brides in the hawed
house
And heard the lewd, wooed field flow to the coming frost,
The scurrying, furred small friars squeal, in the dowse
Of day, in the thistle aisles, till the white owl crossed

Their breast, the vaulting does roister, the horned bucks
climb
Quick in the wood at love, where a torch of foxes foams,
All birds and beasts of the linked night uproar and chime

And the mole snout blunt under his pilgrimage of domes,

Or, butter fat goosegirls, bounced in a gambo bed,
Their breasts full of honey, under their gander king
Trounced by his wings in the hissing shippen, long dead
And gone that barley dark where their clogs danced in the
spring,
And their firefly hairpins flew, and the ricks ran round –

(But nothing bore, no mouthing babe to the veined hives
Hugged, and barren and bare on Mother Goose's ground
They with the simple Jacks were a boulder of wives) –

Oder mit ihrem Gärtner im Kern des Sonnenbusches,
Rauh wie Kuhzungen, und ihre Buttermilchmähnen
    dornengeprügelt
Unter seinem unlöschbaren Sommer, bis auf die Knochen
    goldgestachelt,

Oder im Wäldchenmond sachte kräuselnd wie der seidige Teich,
Weiß von Erpel und Ente, der zu einem Hagelkorn Harfe spielt.

Wer einst eine Blüte war der Wegesrandbräute im Hägenhaus
Und hörte, wie's geile, begehrte Feld in den nahen Frost floß,
Wie die raschelnden kleinen Fellfratres quiekten
Beim Tageslöschen, in den Distelkirchgängen, bis die weiße Eule

Ihnen die Brust kreuzte, wie die springende Hirschkuh tollte,
Der geweihte Bock wach im Wald bei der Liebe stieg,
Wo eine Fuchsfackel schäumt, hörte wie's Nachtgetier Aufruhr
    läutet

Und die Maulwurfschnauze stumpf unter seinen Domen pilgert,

Wie butterdicke Gänsemägde, in einem Wagenbett besprungen,
Die Brüste voller Honig, unter den Flügeln ihres Erpelkönigs
Verdroschen werden im zischenden Kuhstall, wo's
    Gerstendunkel
Lange schon tot ist, wo frühlings ihre Holzpantinen tanzten,
Und die Leuchtkäferhaarnadeln flogen, und die Schober rasten –

(Doch nichts gebaren, an die geäderten Honigstöcke
Kein Säugekind drückten, im Ammenmärchenfeld den tumben
    Kerls
Leere, unfruchtbare Frauen waren, wie Felsenbrocken) –

Now curlew cry me down to kiss the mouths of their dust.

The dust of their kettles and clocks swings to and fro
Where the hay rides now or the bracken kitchens rust
As the arc of the billhooks that flashed the hedges low
And cut the birds' boughs that the minstrel sap ran red.
They from houses where the harvest kneels, hold me hard,
Who heard the tall bell sail down the Sundays of the dead
And the rain wring out its tongues on the faded yard,
Teach me the love that is evergreen after the fall leaved
Grave, after Beloved on the grass gulfed cross is scrubbed
Off by the sun and Daughters no longer grieved
Save by their long desirers in the fox cubbed
Streets or hungering in the crumbled wood: to these
Hale dead and deathless do the women of the hill
Love for ever meridian through the courters' trees

And the daughters of darkness flame like Fawkes fires still.

Nun Brache, ruf mich her, daß ich küsse den Mund ihres Staubes.

Der Staub ihrer Kessel und Uhren schaukelt hin und her,
Wo heute Heu reitet, wo Farnküchen rosten wie Bögen
Von Hippen, die flach durch die Hecken blitzten
Und die Vögelzweige schnitten, bis roter Sängersaft troff.
Die aus den Häusern, wo die Ernte kniet, halten mich fest,
Der die hohe Glocke die Sonntage der Toten hinabsegeln hörte
Und den Regen seine Zunge auswringen im verblaßten Hof,
Sie lehren mich die Liebe, die immergrün ist nach dem
herbstlauben
Grab, seit die Sonne vom grasgefluteten Kreuz
GELIEBTE gescheuert hat, und TÖCHTER unbetrauert bleiben,
Außer von ihren lange Begehrenden in den Straßen der Fuchs-
Welpen, oder im Moderwald Hungernden: diesen rüstigen
Toten
Und Unsterblichen bringen die Frauen vom Berg
Durch den Brautleutewald den Liebesmeridian ewig,

Und immer flammen die Töchter der Nacht wie Feuerwerk.

Lament

When I was a windy boy and a bit
And the black spit of the chapel fold,
(Sighed the old ram rod, dying of women),
I tiptoed shy in the gooseberry wood,
The rude owl-cried like a telltale tit,
I skipped in a blush as the big girls rolled
Ninepin down on the donkeys' common,
And on seesaw sunday nights I wooed
Whoever I would with my wicked eyes,
The whole of the moon I could love and leave
All the green leaved little weddings' wives
In the coal black bush and let them grieve.

When I was a gusty man and a half
And the black beast of the beetles' pews,
(Sighed the old ram rod, dying of bitches),
Not a boy and a bit in the wick-
Dipping moon and drunk as a new dropped calf,
I whistled all night in the twisted flues,
Midwives grew in the midnight ditches,
And the sizzling beds of the town cried, Quick! –
Whenever I dove in a breast high shoal,
Wherever I ramped in the clover quilts,
Whatsoever I did in the coal-
Black night, I left my quivering prints.

When I was a man you could call a man
And the black cross of the holy house,
(Sighed the old ram rod, dying of welcome),
Brandy and ripe in my bright, bass prime,
No springtailed tom in the red hot town
With every simmering woman his mouse
But a hillocky bull in the swelter
Of summer come in his great good time

Lamento

Als ich ein geriebenes Knäblein war und ein Krümel
Und das spuckschwarze Spießchen der Kirchengemeinde,
(Seufzte, an Frauen krepierend, der alte Bock),
Da zehenspitzte ich scheu in den Stachelbeerwald,
Der Schuhuh rief wie ein plapperndes Herrlein, ein Lümmel,
Ich leichtfußte rosig, da die rundlichen Mädchen Kegel
Schoben auf der gemeinen Esel Gemeindewiese,
Und an Wuppdich-Wochenenden da betörte ich bald,
Wen-auch-immer ich ansah mit bösewichtigen Augen,
Den vollen Mond konnte ich lieben und wieder lassen,
Die vielen grünblättrigen kleinen gehochzeiteten Frauen
Unterm kohlschwarzen Busch, ließ sie trauern und hassen.

Als ich ein durchschauerter Mann war und ein halber dazu
Und der schwarze Unhold im rammelnden Kirchengestühl,
(Seufzte, an Weibchen krepierend, der alte Bock),
Kein Knäblein mehr, kein Krümel im dochttunkenden Mond
Und trunktaumlig wie ein frisch auf die Beine gefallenes Kalb,
Die Nacht pfiff ich lang in den verschlängelten Windungen,
Hebammen wuchsen in mitternächtlichen Rinnen,
Und die hitzebrutzelnden Betten der Stadt riefen: Flink! –
Wann immer ich in brusthohe Untiefen tauchte,
Wo immer Klee-Kissen durchstampfend ich ging,
Was immer ich tat in der kohlschwarzen
Nacht, ich hinterließ meine nachbebende Spur.

Als ich ein Mann war, den man einen Mann nennen konnte,
Und das schwarze Kreuz auf dem Rücken vom heiligen Haus,
(Seufzte, an Willkomm krepierend, der alte Bock),
Scharfschnapsig reifplatzend in hell-baßtöniger Blüte,
Kein Frühlings-Ringelschwanzkater bei heißläufigen Häusern
Mit jedweder hitzeschimmernden Frau zur Maus,
Doch ein hoch und höckriger Bulle, der in der Glut
Des Sommers herrlich kommt nach eignem Maß

To the sultry, biding herds, I said,
Oh, time enough when the blood creeps cold,
And I lie down but to sleep in bed,
For my sulking, sulking, coal black soul!

When I was a half of the man I was
And serve me right as the preachers warn,
(Sighed the old ram rod, dying of downfall),
No flailing calf or cat in a flame
Or hickory bull in milky grass
But a black sheep with a crumpled horn,
At last the soul from its foul mousehole
Slunk pouting out when the limp time came;
And I gave my soul a blind, slashed eye,
Gristle and rind, and a roarer's life,
And I shoved it into the coal black sky
To find a woman's soul for a wife.

Now I am a man no more no more
And a black reward for a roaring life,
(Sighed the old ram rod, dying of strangers),
Tidy and cursed in my dove cooed room
I lie down thin and hear the good bells jaw –
For, oh, my soul found a sunday wife
In the coal black sky and she bore angels!
Harpies around me out of her womb!
Chastity prays for me, piety sings,
Innocence sweetens my last black breath,
Modesty hides my thighs in her wings,
And all the deadly virtues plague my death!

Zu den schwül verharrenden Herden, sagt ich,
Oh, Zeit bleibt genug, wenn gänsehäutig das Blut kriecht,
Und wenn ich mich bette, einzig um schlafend zu liegen,
Für meine schmollende, grollende kohlschwarze Seele!

Als ich nur halb noch war von dem Mann, der ich war,
Und es geschieht mir wohl recht, wie die Prediger sagen,
(Seufzte, am Sturz krepierend, der alte Bock),
Kein strampelndes Kalb, keine feuergefangene Katze
Oder haselnußstabiger Bulle im milchigen Gras,
Nur ein schwarzes Schaf mit einem Krumpelhorn,
Aus ihrem Mauseloch stahl sich die Seele dann doch
Mit dicker Lippe als die Baumelzeit kam.
Und ich gab ihr ein blindes Auge, 'nen Schlitz,
Knorpel und Pelle und eines Schreihalses dröhnendes Leben,
Und ich schob's schielend in den kohlschwarzen Himmel hinein,
Um eine Frau zu finden, ihrer Seele wegen.

Ein Mann werd ich nun nie und niemals mehr sein,
Und bin fürs lodernde Leben ein schwarzer Lohn,
(Seufzt, an Fremden krepierend, der alte Bock),
Im täubchengurrenden Zimmer, verdammt und rein,
Leg schmal ich mich nieder zum Tratschen ehrbarer Glocken –
Denn, oh, meine Seele nahm sich einen Sonntagsrock
Im kohlschwarzen Himmel, und Engel hat sie geboren!
Harpyen umschwirren mich aus ihrem Schoß!
Die Keuschheit betet für mich, die Frömmigkeit singt,
Die Unschuld versüßt meinen schwarzen Atem allein,
Die Sittsamkeit hält meine Schenkel mit Flügeln umringt,
Und die tödlichen Tugenden suchen im Tode mich heim!

Do not go gentle into that good night

Do not go gentle into that good night,
Old age should burn and rave at close of day;
Rage, rage against the dying of the light.

Though wise men at their end know dark is right,
Because their words had forked no lightning they
Do not go gentle into that good night.

Good men, the last wave by, crying how bright
Their frail deeds might have danced in a green bay,
Rage, rage against the dying of the light.

Wild men who caught and sang the sun in flight,
And learn, too late, they grieved it on its way,
Do not go gentle into that good night.

Grave men, near death, who see with blinding sight
Blind eyes could blaze like meteors and be gay,
Rage, rage against the dying of the light.

And you, my father, there on the sad height,
Curse, bless, me now with your fierce tears, I pray.
Do not go gentle into that good night.
Rage, rage against the dying of the light.

Geh nicht gelassen in die gute Nacht

Geh nicht gelassen in die gute Nacht,
Brenn, Alter, rase, wenn die Dämmerung lauert;
Im Sterbelicht sei doppelt zornentfacht.

Weil keinen Funken je ihr Wort erbracht,
Weise – gewiß, daß Dunkel rechtens dauert –,
Gehn nicht gelassen in die gute Nacht.

Wer seines schwachen Tuns rühmt künftige Pracht
Im Sinken, hätt nur grünes Blühn gedauert,
Im Sterbelicht ist doppelt zornentfacht.

Wer jagt und preist der fliehenden Sonne Macht
Und lernt zu spät, daß er sie nur betrauert,
Geht nicht gelassen in die gute Nacht.

Wer todesnah erkennt im blinden Schacht,
Daß Auge blind noch blitzt und froh erschauert,
Im Sterbelicht ist doppelt zornentfacht.

Und du mein Vater dort auf der Todeswacht,
Fluchsegne mich, von Tränenwut vermauert.
Geh nicht gelassen in die gute Nacht.
Im Sterbelicht sei doppelt zornentfacht.

Poem on his birthday

In the mustardseed sun,
By full tilt river and switchback sea
Where the cormorants scud,
In his house on stilts high among beaks
And palavers of birds
This sandgrain day in the bent bay's grave
He celebrates and spurns
His driftwood thirty-fifth wind turned age;
Herons spire and spear.

Under and round him go
Flounders, gulls, on their cold, dying trails,
Doing what they are told,
Curlews aloud in the congered waves
Work at their ways to death,
And the rhymer in the long tongued room,
Who tolls his birthday bell,
Toils towards the ambush of his wounds;
Herons, steeple stemmed, bless.

In the thistledown fall,
He sings towards anguish; finches fly
In the claw tracks of hawks
On a seizing sky; small fishes glide
Through wynds and shells of drowned
Ship towns to pastures of otters. He
In his slant, racking house
And the hewn coils of his trade perceives
Herons walk in their shroud,

The livelong river's robe
Of minnows wreathing around their prayer;
And far at sea he knows,
Who slaves to his crouched, eternal end

Gedicht auf seinen Geburtstag

In der Senfkornsonne
Bei Ansturm des Flusses und Serpentinen der See,
Wo Kormorane reiten,
In seinem Pfahlhaus hoch inmitten von Schnäbeln
Und Vogelverhandlung
Am Sandkorntag im Rundgrab der Bucht,
Begeht und verschmäht er
Sein Treibholz-windrundgewordenes fünfunddreißigstes Alter.
Reiher spitzen und speeren.

Unter und um ihn gehn
Flundern, Möwen auf kaltsterbenden Spuren,
Tun wie man sagt,
Brachvögel laut in aalwindenden Wellen,
Bemüht um Todeswege,
Und der Reimer im klanglangen Raum
Läutet seine Geburtstagsglocke,
Plagt sich zum Hinterhalt seiner Wunden.
Reiher, turmstielige, segnen.

Im Distelflaumfall
Singt er sich zur Qual; Finken fliegen
In die Krallenspuren von Falken
Am ergreifenden Himmel; kleine Fische gleiten
Durch Muscheln und Windungen ertrunkener
Schiffsstädte zu Weiden von Ottern. Er
Im sich neigenden, marternden Haus
Und im Steingeflecht seines Handwerks sieht
Reiher heroisch im Leichentuch gehen,

Des lebenslaufenden Flusses
Elritzenrobe umwindet ihr Gebet;
Und er weiß weit draußen auf See,
Wer ewigem Ende sklavisch zukriecht

Under a serpent cloud,
Dolphins dive in their turnturtle dust,
The rippled seals streak down
To kill and their own tide daubing blood
Slides good in the sleek mouth.

In a cavernous, swung
Wave's silence, wept white angelus knells.
Thirty-five bells sing struck
On skull and scar where his loves lie wrecked,
Steered by the falling stars.
And to-morrow weeps in a blind cage
Terror will rage apart
Before chains break to a hammer flame
And love unbolts the dark

And freely he goes lost
In the unknown, famous light of great
And fabulous, dear God.
Dark is a way and light is a place,
Heaven that never was
Nor will be ever is always true,
And, in that brambled void,
Plenty as blackberries in the woods
The dead grow for His joy.

There he might wander bare
With the spirits of the horseshoe bay
Or the stars' seashore dead,
Marrow of eagles, the roots of whales
And wishbones of wild geese,
With blessed, unborn God and His Ghost,
And every soul His priest,
Gulled and chanter in young Heaven's fold
Be at cloud quaking peace,

Unter einer Schlangenwolke,
Delphine tauchen bauchoben in Schildkrötenstaub,
Gekräuselte Robben schießen
Tief zu töten, und ihr Flut-tupfendes Blut
Schlüpft gut ins geschmierte Maul.

In ausgehöhlten Wellen
Schwungschweigen, weißgeweintes Angelus,
Fünfunddreißig Glocken singen im Anschlag
An Schädel und Narbe vom Untergang seiner Lieben
Im Segeln nach fallenden Sternen.
Und Morgen weint in einem blinden Käfig,
Den Furcht zerwüten wird
Bevor Ketten brechen zur Hammerflamme
Und Liebe das Dunkel entriegelt.

Und frei geht er verloren
Im unbekannten, berühmten Licht
Des hochgerühmten lieben Gottes.
Dunkel ist ein Weg und Licht ist ein Ort,
Himmel, der niemals war
Noch jemals sein wird, ist immer wahr.
Es wachsen in dorniger Leere,
Brombeeren gleich an Zahl in den Wäldern,
Die Toten Ihm zur Freude.

Dort könnte er wandern leer
Mit Geistern der Hufeisenbucht
Oder der Sterntoten am Strand
Mark von Adlern, Wurzeln der Wale
Und Wunschknochen wilder Gänse,
Gott und Geist, gesegnet, ungeboren,
Und jede Seele Sein Zeuge,
Möwenverführter Sänger in Junghimmelsgemeinde,
Sei in wolkenbebender Ruh,

But dark is a long way.
He, on the earth of the night, alone
With all the living, prays,
Who knows the rocketing wind will blow
The bones out of the hills,
And the scythed boulders bleed, and the last
Rage shattered waters kick
Masts and fishes to the still quick stars,
Faithlessly unto Him

Who is the light of old
And air shaped Heaven where souls grow wild
As horses in the foam:
Oh, let me midlife mourn by the shrined
And druid herons' vows
The voyage to ruin I must run,
Dawn ships clouted aground,
Yet, though I cry with tumbledown tongue,
Count my blessings aloud:

Four elements and five
Senses, and man a spirit in love
Tangling through this spun slime
To his nimbus bell cool kingdom come
And the lost, moonshine domes,
And the sea that hides his secret selves
Deep in its black, base bones,
Lulling of spheres in the seashell flesh,
And this last blessing most,

That the closer I move
To death, one man through his sundered hulks,
The louder the sun blooms
And the tusked, ramshackling sea exults;
And every wave of the way
And gale I tackle, the whole world then,
With more triumphant faith

Das Dunkel aber ist fern.
Er, auf der Erde der Nacht, allein
Mit allen Lebenden, betet,
Der weiß, der raketende Wind bläst einmal
Die Knochen aus den Hügeln,
Sensengeschnittene Steine bluten, und die letzten
Wuterschütterten Wasser treten
Masten und Fische zu den still-lebendigen Sternen,
Ungläubig wie Ihm gebührt,

Der das Licht ist des einst
Und luftigen Himmels wildwachsender Seelen,
Wie Rosse im Schaum:
O laß mich weinen um Lebensmitte beim Schrein
Der Schwüre von Reiherdruiden
Ich muß in den Ruin die Reise machen,
Morgenrotsboote auf Grund gerammt,
Und ob ich doch rufe mit zerfallender Zunge,
Zähl ich meine Gaben laut vor:

Vier Elemente und fünf
Sinne, und der Mensch ein Geist in Liebe
Wirrt sich durchs Schleimgespinst,
Glockenkühl gekrönt zur Hölle fahre
Und den verlorenen Mondscheindomen,
Die See birgt sein geheimes Ich in Vielfalt
Tief im schwarzen Knochengrund,
Summt von Sphären in Seemuschelfleisch,
Und diese Gabe vor allen,

Daß ich, je näher ich komme
Dem Tod, Einer bin durch alle geborstenen Rümpfe,
Je lauter die Sonne schönt,
Die widrig-tölplig fesselnde See jubiliert;
Und jede Welle des Weges
Und Sturms nehm ich an, die ganze Welt dann
Mit noch mehr triumphierendem Glauben

Than ever was since the world was said,
Spins its morning of praise,

I hear the bouncing hills
Grow larked and greener at berry brown
Fall and the dew larks sing
Taller this thunderclap spring, and how
More spanned with angels ride
The mansouled fiery islands! Oh,
Holier then their eyes,
And my shining men no more alone
As I sail out to die.

In country heaven

Always when He, in country heaven.
(Whom my heart hears).
Crosses the breast of the praising east and kneels,
Humble in all his planets,
And weeps on the abasing crest.

Then in the last ward and joy of beasts and birds
And the canonized valley
Where all sings, that was made and is dead,
And the angels whirr like pheasants
Through naves of leaves.

Light and His tears dewfall together
(O hand in hand)
Out of the pierced eyes and the cataract sky,
He cries his blood, and the suns
Dissolve and run down the raggèd

Gutters of his face: Heaven is blind and black.

Als jemals war, seit die Welt ward gesagt,
Kreist ihren Morgenpreis,

Ich höre die prallenden Hügel
Lerchenhaft werden und grüner im Beeren
Braunherbst, die Tau-Lerchen singen
Höher hinauf im Donnerschlag-Frühling, und wie
Engelbespannter noch ziehen
Die menschenbeseeligten feurigen Inseln! O
Heiliger dann ihre Augen,
Und meine glänzenden Männer nicht mehr allein,
Da ich zu sterben ausfahre.

Im Himmel des Landes

Wann immer Er, im Himmel des Landes,
(Den mein Herz hört),
Die Brust des preisenden Ostens kreuzt und kniet,
Mit Demut in allen Planeten,
Und auf der kasteienden Kuppe weint,

Dann, in letzter Flucht und Freude von Tieren und Vögeln
Und im kanonischen Tal,
Wo alles Erschaffne und Tote singt,
Und Engel wie Pfaue schwirren
Durch Blättergewölbe,

Licht und Seine Tränen fallen zusammen im Tau
(O Hand in Hand)
Aus den durchstochenen Augen und dem Katarakthimmel,
Weint er sein Blut, und die Sonnen
Schmelzen und fließen hinab die scharfen

Rinnen seines Gesichts: Der Himmel ist blind und schwarz.

Elegy

Too proud to die, broken and blind he died
The darkest way, and did not turn away,
A cold, kind man brave in his burning pride

On that darkest day. Oh, forever may
He live lightly, at last, on the last, crossed
Hill, and there grow young, under the grass, in love,

Among the long flocks, and never lie lost
Or still all the days of his death, though above
All he longed all dark for his mother's breast

Which was rest and dust, and in the kind ground
The darkest justice of death, blind and unblessed.
Let him find no rest but be fathered and found,

I prayed in the crouching room, by his blind bed,
In the muted house, one minute before
Noon, and night, and light. The rivers of the dead

Moved in his poor hand I held, and I saw
Through his faded eyes to the roots of the sea.
Go calm to your crucifixed hill, I told

The air that drew away from him.

Elegie

Zu stolz zu sterben, starb er gebrochen, blind,
Wie's dunkler nimmer geht, ohne Verdruß,
Ein kalter, milder Mann, hochmütig kühn

Am dunkelsten der Tage. Ach, soll er zum Schluß
Allezeit fröhlich leben, am letzten Hügel-
Kreuz, dort liebend jung werden unterm Grün,

Inmitten der langen Herden, nie verloren liegen,
All seine Todestage niemals stumm, ob gleich
Zur Brust der Mutter zog sein ganzes finstres Sehnen,

Die Rast und Staub war und im milden Grund
Finsterstes Todesrecht, ohne Segen, blind.
Nie soll er Ruhe finden, soll als Vater gefunden sein,

Betete ich im Kauerraum an seinem blinden Bett
Im gedämpften Haus, eine Minute vor Mitte
Des Tags, der Nacht, des Lichts. Ich hielt die Hand,

Durch welche Totenflüsse zogen, und ich sah
Durch sein verblichnes Auge bis zur Wurzel der Flut.
Geh ruhig hin zu deinem bekreuzten Hügel, sprach

Ich zur Luft, die von ihm zog.

Anmerkungen und Nachweise

Die englische Textgestalt und die folgenden Angaben beruhen im wesentlichen auf der Ausgabe: Dylan Thomas, *The Poems*, hrsg. Daniel Jones. London: Dent 1971, der auch die Chronologie zu verdanken ist. Das nach Jones ermittelte Entstehungsjahr jedes Gedichtes oder, falls unbekannt, das Jahr seiner ersten Veröffentlichung, wird im englischsprachigen Teil des Inhaltsverzeichnisses – dem jeweiligen Titel folgend – angegeben. Entsprechend beruht auch die chronologisch bestimmte Abfolge der Gedichte im Druck auf der Ausgabe von Jones, wobei allerdings die Auswahl aus den frühesten Gedichten Dylan Thomas', die Jones seinem Korpus *nachstellt* hier konsequenterweise ebenfalls chronologisch gegliedert und damit – dem Prologgedicht folgend – *vorangestellt* wird. Ein von Jones abweichender Ausgangstext wird jeweils angemerkt. Die Groß- und Kleinschreibung der englischen Gedichttitel ist bei Thomas bekanntermaßen sehr unterschiedlich (und kann in der Übersetzung guten Gewissens nicht nachgebildet werden). Thomas' Verfahren ist daher in den Gedichtüberschriften der Textteile dieser Ausgabe nicht ablesbar, kann aber in der Schreibweise der englischen Gedichttitel im Rahmen der *Anmerkungen und Nachweise* sowie des Inhaltsverzeichnisses überprüft werden.

Einige fragliche Textstellen der Jones-Ausgabe wurden im Abgleich mit der Ausgabe: Dylan Thomas, *Collected Poems 1934–1953*, hrsg. Walford Davies und Ralph Maud. London: Dent 1988, stillschweigend korrigiert. Die von Jones z. T. interpolierten Satzzeichen wurden zumeist gern, weil hilfreich, akzeptiert. Wenn – wie z. B. im Fall der Fragment gebliebenen Gedichte *In Country Heaven* und *Elegy* – von Jones abweichende Textvorlagen benutzt wurden, so wird dies jeweils angemerkt. Im weiteren wurden folgende Werke dankbar konsultiert: Dylan Thomas, *Letters to Vernon Watkins*, hrsg. Vernon Watkins. London: Dent 1957. – *Selected Letters of Dylan Thomas*, hrsg. Constantine Fitzgibbon. London: Dent 1966. – *Poet in the Making. The Notebooks of Dylan Thomas*, hrsg. Ralph Maud. London: Dent 1967. – William York Tindall, *A Reader's Guide to Dylan Thomas*. New York: Farrar, Straus and Cudahy 1962 sowie William T. Moynihan, *The Craft and Art of Dylan Thomas*. Ithaca-New York: Cornell University Press 1966.

Die Übersetzungen von Reinhard Paul Becker entstammen seinem Band *Tode und Tore*, Heidelberg: Kerle 1952. Erich Frieds

Übersetzungen sind dem Band Dylan Thomas, *Ausgewählte Gedichte*. München: Hanser 1967 entnommen. Alle weiteren Übersetzungen wurden für die vorliegende zweisprachige Ausgabe erarbeitet.

Prologue / Prolog. Anfänglich schrieb Thomas seinem Agenten, er könne »kein normales Prosa-Vorwort schreiben«, da er daran »überhaupt kein Interesse« habe. Statt dessen plane er aber einen Prolog in Versen, »(einigermaßen) gradlinig und umgangssprachlich«. »Voller Hinweise auf meine Arbeitsmethoden, meine Ziele und die Art Dichtung, die ich schreibe«, solle er sein (Brief an David Higham, 28. Juni 1952). Am 10. September 1952 berichtete er E. F. Bozman, seinem Lektor beim Verlag Dent, über das fertige Prologgedicht:

> »Wie Sie wissen, hatte ich vor, ein mehr oder weniger gradliniges und intimes Prosavorwort zu schreiben und schmiß es dann. Und dann begann ich, einen Prolog in Versen zu schreiben, den zu beenden mich *teuflisch* viel Zeit gekostet hat. Hier ist er also, nur einhundert & zwei Zeilen, und erbarmenswert wenig nach Umfang und Qualität, um die zwei Monate & mehr zu rechtfertigen, die ich dafür gebraucht habe. Zunächst hatte ich mir, dummerweise vielleicht, eine äußerst schwierige Aufgabe gestellt: Der Prolog besteht aus zwei Versen – in meinem Manuskript ein Vers pro Seite – von je 51 Zeilen. Und der zweite Vers reimt sich *rückwärts* mit dem ersten. Die erste & letzte Zeile des Gedichts reimen sich; die zweite und die vorletzte; usw. usw. usw. ... Ich hoffe, der Prolog liest sich *wirklich* wie ein Prolog & nicht bloß wie irgendein Gedicht. Ich glaube – obwohl ich zu nahe dran bin, um es beurteilen zu können –, daß er *wirklich* bewirkt, was er sollte: er wendet sich an die Leser, die ›Fremden‹, mit Trara, mit Fanfaren und verdeutlicht, versucht es wenigstens, die Position eines Autors in einer Welt, die mit sich ›in armseligem Frieden‹ lebt.«

Der Übersetzer hat hier und in anderen Gedichten, wo es um eines Offenhaltens willen angebracht schien, an Zeilenenden auf Trennungsstriche verzichtet.

bryns: (walis.) Hügel.

To a Slender Wind / Einem schlanken Wind. Jones (S. 279)

schreibt, der Text sei – wie die folgenden drei »Baumgedichte« – zu Musik gesetzt worden.

I know this vicious minute's hour / Ich weiß von dieser bösen Minute Stunde. Dies Gedicht eröffnet, nach dem Prologgedicht, die Ausgabe von Jones, gehört also nach seiner Auffassung nicht mehr zu den »Jugendgedichten«. Anderen mag sich die Trennung nicht so scharf darstellen.

The spire cranes / Die Turmkrane. Das in der Entstehung früheste Gedicht der *Collected Poems* (1952), wo es als Nr. 50 erscheint, wurde (auch schon »verspätet«) in Thomas' drittem Band *(The Map of Love* (1939) zuerst gesammelt. Das Gedicht lebt von dem Wortspiel: der Turm »dreht sich« (*cranes*) – »die Turmkraniche« (*cranes*). Die etymologisch analoge Bildung »Kran«-»Kranich« war Ausgangspunkt für die Übersetzung.

Conceive these images in air / In Luft empfange diese Bilder. Das Gedicht setzt über das Neben-, Mit- und Ineinander von Gegenständen und Bildern der Leichtigkeit und Aussagen zu handwerklicher, bildhauerischer Bemühung die in *The spire cranes* aufgenommene poetologisch-selbstbezügliche Thematik fort. Sie findet sich später u. a. in *In my craft or sullen art.*

The neophyte, baptized in smiles / Der Täufling, in Lächeln eingetaucht. Vgl. unten zum thematischen Umfeld das Gedicht *Then was my neophyte* und oben *Time enough to rot.*

Although through my bewildered way / Obwohl durch meine wirre Art. Der fehlende Punkt am Ende ist wohl beabsichtigt. Jones (S. 252; 279) meint einen Einfluß des in dieser Hinsicht eigenwilligen amerikanischen Dichters E(dward). E(stlin). Cummings (1894–1962) vermuten zu dürfen.

There's plenty in the world / Viel gibt's auf der Welt.

Up to the second of the dark coming: Thomas wortspielt in dieser Zeile mit dem Titel von William Butler Yeats' (1865–1939) Gedicht *The Second Coming* (1921), dessen Vision von einer zweiten, diesmal unheilbringenden Geburt zu Bethlehem auch im weiteren mitgedacht wird.

Youth Calls to Age / Jugend ruft das Alter. Thomas richtete dies Gedicht an James Chapman Woods, einen Dichter aus Swansea. Es ist in einem Artikel enthalten, den er über Chapman veröffentlichte.

Poet: 1935 / Poet: 1935. Thomas zitiert einen Auszug aus diesem Gedicht in dem ersten Stück (*Reminiscences of Childhood*) seiner Radiotexte in *Quite Early One Morning* (vgl. Bd. 5 dieser Ausgabe).

And death shall have no dominion / Und dem Tod soll kein Reich mehr bleiben. Der Titel paraphrasiert Römer 6, 9: »... und wissen, daß Christus, von den Toten erweckt, hinfort nicht stirbt; der Tod kann hinfort über ihn nicht herrschen.«

Out of the Pit / Aus der Grube. *a Sanger's show*: »Lord« George Sanger (1825–1911) war der größte Zirkusimpresario seiner Zeit; vgl. seine Autobiographie *Seventy Years a Showman* (1910).

We lying by seasand / Wir liegen bei Seesand. Der Strand von Rhossili, achtzehn Meilen nördlich von Swansea, der Stadt, in der Thomas seine Kindheit verbrachte, mag der geographische Hintergrund des Gedichts sein (vgl. Moynihan, S. 15).

Praise to the architects / Den Architekten Preis. Jones (S. 255) hat gewiß recht, wenn er in der an der Lautung orientierten Schreibweise *pome* für *poem* den Titel von James Joyces Gedichtsammlung *Pomes Pennyeach* (1927) anklingen hört. Aber die Lautlichkeit, das Lautrepertoire ist ja auch das Hauptmerkmal des Gedichts.

Keatings: Markenname für ein Puder. – *Auden:* Wystan Hugh Auden (1907–1973), engl. Lyriker und Dramatiker. Mit Christopher Isherwood (1904–1986) und Stephen Spender (1909–1985) in den 1930er Jahren zentrale Figur eines seinerzeit einflußreichen Kreises englischer Autoren. Seit 1939 in den USA, ab 1946 amerik. Bürger, zuletzt in Österreich.

All that I owe the fellows of the grave / Alles, was ich schulde den Grabesgefährten. Ralph Maud wies zuerst darauf hin, daß Z. 9 dieses Gedichts als Z. 9 von *I dreamed my genesis* (vgl. unten) erneut verwendet wird.

A Letter to my Aunt Discussing the Correct Approach to Modern Poetry / Ein Brief an meine Tante über den rechten Zugang zu moderner Lyrik. Der Text war einem Brief (undatiert, Ende 1933) an Thomas' Freundin, die Erzählerin und Lyrikerin Pamela Hansford

Johnson, beigeschlossen. Das Gedicht bezieht sich, wie Jones (S. 258–259) schreibt, auf ein Treffen von Jones, Johnson, dem Verleger der *Sunday Referee Poets Series*, Victor Neuberg, und der Autorin Runia Tharp. Johnsons Gedichtband sollte als erster der Serie erscheinen. Sie las laut daraus vor, und Tharp äußerte sich zum Verhältnis von Lyrik und Musik. Jones berichtete Thomas recht abschätzig, wie er sagt, von diesem Treffen. Thomas' erster Band *18 Poems* erschien, trotz der Künstlichkeit des Kreises um Neuberg, im nächsten Jahr. Thomas' Satire hebt aber nicht nur auf diesen Kreis, sondern auch auf seine eigene Vorliebe für Morbides, seine keineswegs orthodoxen Reimgewohnheiten u. a. ab.

T.S.E.: Thomas Stearns Eliot (1888–1965), amerik. Lyriker, Kritiker und Dramatiker. In einem Brief an Geoffrey Grigson (s. u.) vom Oktober 1934 deutet Thomas an, daß »Papst Eliot« – damals Direktor und verantwortlich für das Lyrikprogramm beim Verlag Faber & Faber – die Veröffentlichung seines Manuskripts von (später) *18 Poems* in Erwägung gezogen haben könnte. – *Ezra Pound:* amerik. Lyriker (1885–1972) und einer der großen Literaturvermittler des Modernismus. – *Erse:* Sprache des schottischen Hochlands. – *Cummings:* E(dward). E(stlin). Cummings (vgl. oben *Although through my bewildered way*), amerik. avantgardistischer Lyriker. – *young Auden's:* W.H. Auden (vgl. oben *Praise to the architects*) – *David G.:* David Gascoyne, engl. Lyriker, Herausgeber, Übersetzer (1916–). G. war zwischen den Weltkriegen als Surrealist einflußreich. Seine überraschenden Juxtapositionen dichterischer Bilder hat er mit Thomas gemeinsam. – *Geoffrey Grigson:* engl. Lyriker, Essayist, Kunstkritiker (1905–). In den 1930er Jahren Herausgeber der – auch für Thomas wichtigen – Zeitschrift *New Verse*.

I see the boys of summer / Ich sehe die Jungen des Sommers. Das erste Gedicht der ersten Gedichtsammlung, *18 Poems* (1934).

Davy's lamp: Bergmannslampe, nach dem Erfinder, Sir Humphrey Davy benannt. Davies / Maud (S. 178) verweisen auf den Kontext – das Meer – hin und sind der Auffassung, daß »Davy Jones«, ein böser Meeresgeist, gemeint sein könnte.

If I were tickled by the rub of love / Wenn mich der Liebe Reibung kitzelte. Thomas schreibt an Pamela Hansford-Johnson (2. Juli 1934):

»Mein neues Gedicht lege ich bei. Ich hoffe, Du magst es. Diesen Monat kommt's in *New Verse*. Ich hab lange Zeit dafür gebraucht und, jedenfalls im Augenblick, freu ich mich ein bißchen drüber. Nicht sehr – nur ein kleines bißchen.«

When once the twilight locks / Wenn einst das Zwielicht. Dies ist, gegenüber Jones, die um die sechste Strophe längere Version aus Davies / Maud, die auf der Veröffentlichung in *18 Poems* beruht.

Christ-cross-row: In alten Fibeln wurde ein Kreuz dem Alphabet vorangestellt (Davies / Maud, S. 180). – *pickthank:* (veraltet) Schmeichler.

Especially when the October wind / Besonders dann, wenn der Oktoberwind. Dies ist das erste der vier Gedichte von Thomas, die seinen Geburtstag (27. 10. 1914) betreffen. Es ist zugleich ein Gedicht, das die Identität Thomas' als Dichter nachdrücklich hervorhebt, ein Gedicht nicht allein über Dichtung, sondern über den Dichter, der sie »wörtlich« verkörpert. Der »Wörterturm« mag u. a. auf den Turm – *Thoor Ballylee* – anspielen, den William Butler Yeats, einer der für Thomas vorbildlichen Dichter, 1915 erwarb und in dem er ab 1922 lebte und die Gedichte schrieb, die er 1928 in der entsprechend betitelten Sammlung, *The Tower*, veröffentlichte. Von Yeats ist gesagt worden, daß er nicht allein Dichter war, sondern den Dichter symbolisierte. Thomas' Selbststilisierungen in seinen Gedichten streben in die gleiche Richtung.

When, like a running grave / Wenn, nässend wie ein Grab.

Cadaver: Personifizierung des kadaverhaft ausgezehrten und zugleich bemitleidenswerten und lächerlichen kleinen Edelmanns, etwa des span. *hidalgo*, vom Stamme Don Quixotes. Diese personifizierte Abgelebtheit, stolz und hinfällig zugleich, findet sich – wenn auch nicht in ganz so gekonnt abstoßendem Kontext – 1928 in William Butler Yeats' Gedicht *Sailing to Byzantium* (*»An aged man is but a paltry thing, / A tattered coat upon a stick«*)oder 1935 in Wallace Stevens' Gedicht *The Man with the Blue Guitar* (*»... the old fantoche / Hanging his shawl upon the wind«*).

I dreamed my genesis / Ich träumte meine Genesis. Z. 9 dieses Gedichts erscheint als Z. 9 von *All that I owe the fellows of the grave* (vgl. oben). Thomas schreibt in einem Brief an Pamela Hansford-Johnson (11. Mai 1934) anläßlich einer von Victor Neuberg verfaßten Rezension, in der er als »Experimentalist« bezeichnet worden war:

»Sag ihm, ich schreibe von Würmern und Verwesung, weil ich Würmer und Verwesung mag. Sag ihm, ich glaube an die grundlegende Bösartigkeit und Wertlosigkeit des Menschen & die Fäulnis des Lebens. Sag ihm, ich liebe Krebse. Und sag ihm auch, daß ich Lyrik verabscheue. Ich würde es immer vorziehen, der Anatom des Leichenschauhauswärters zu sein. Sag ihm, ich lebe ausschließlich von Zehnägeln und Tumoren In einem Sarg schlaf ich auch, und ein durchwurmtes Leichentuch ist mein Sommeranzug.

I dreamed my genesis of mildew John
Who struggled from his spiders in the grave,
(Ich träumte meine Genesis von Johannes modrig,
Der seinen Spinnen sich im Grab entwand,)

ist der Auftakt meines neuen Gedichts.«

All all and all the dry worlds lever / All, all und alles hebeln die trocknen Welten aus. Moynihan (S. 15) ist der Auffassung, daß die Kräne und Ladebäume der Hafenstadt Swansea, wo Thomas aufwuchs, eine Quelle für die metaphorischen »Hebel« im vorliegenden Gedicht gewesen sein könnten.

I, in my intricate image / Ich, bildverwickelt. Dylan Thomas, dem nicht nachgesagt werden kann, daß er seine formalen Ziele nicht hochgesteckt hätte, setzt in diesem Gedicht, in dem es u. a. um seine dichterischen Methoden und Vorstellungen geht, gewissermaßen zur »Illustration« seines Könnens zweiundsiebzig kontextuelle Variationen im Gebrauch des Buchstabens »L« für die Zeilenenden ein. Das Gedicht eröffnet Thomas' zweite Sammlung seiner Gedichte, *Twenty-five Poems* (1936).

Aran: Die Aran Insel(n) vor der Westküste Irlands.

Altarwise by owl-light / Wie ein Altar im Zwielicht. Von den zehn Sonetten des Gedichts wurden die ersten sieben 1935, die restlichen drei im folgenden Jahr erstmals veröffentlicht. Zusammen erschienen sie zum ersten Mal in Thomas' Band *Twenty-five Poems*. Ursprünglich scheint ein noch längeres Gedicht beabsichtigt gewesen zu sein. Edith Sitwell, die *Twenty-five Poems* sehr positiv rezensierte, löste unbeabsichtigt eine lang andauernde Kontroverse um dies Gedicht aus, weil sie es »schwierig« nannte. In der Folge mangelt es nicht an höchst kontroversen Interpretationen, auf die Jones (S. 262–263) hinweist. Tindalls (S. 136–143) Funde bieten, soweit das angesichts der großen Hermetik und Komplexität des Textes überhaupt möglich ist, einen stellenweise nützlichen Leitfaden durch das Gedicht. Dennoch überwiegen die Dunkelheiten. Jones ist hilfreich, wenn er mit Recht meint, diese Dichtung sei ein

> »Bild- und Wortmuster, das nicht durch gewöhnliche Logik zusammengehalten wird, sondern durch die Logik einer Verwandtschaft zwischen all diesen Bildern und Wörtern und gewissen damit verbundenen Themen: Sex, Religion, Tod, christliche und heidnische Religionen und Rituale. Im Gedicht wird, trotz seiner Länge, eine einzige Metapher durchgehalten, und man würde vergeblich in ihm nach Logik, einem Erzählten, einer Botschaft suchen, obgleich sie metaphorisch alle da sind. Verständnis ist hier irrelevant, und wenn man versuchte, das Dichterische in andere Wörter zu ›übersetzen‹, es interpretierend in andere Gedanken zu fassen, dann wäre das so, als ob man die Umrisse einer Zeichnung begradigen und ihre Bedeutsamkeit durch das Ausmessen des Ergebnisses in Zoll vorführen würde.«

Man muß Jones ebenfalls zustimmen, wenn er darauf hinweist, daß sich Thomas vor diesem Gedicht auf eine immer ausgefallener werdende Bildlichkeit zubewegte. Nach der »fast klaustrophobischen Dichte« von *Altarwise by owl-light* wird er sparsamer in seinen Mitteln. Insofern ist dieses Gedicht ein Dreh- und Angelpunkt in der dichterischen Entwicklung von Dylan Thomas.

Abaddon: vgl. Offenbarung 9, 11: »... und hatten über sich einen König, den Engel des Abgrunds, des Name heißt auf hebräisch Abaddon, und auf griechisch hat er den Namen Apollyon.«

Ishmael ... Jonah's Moby: Die biblischen Ishmael (Genesis 16) und Jona (Jona, 1, 17) werden über den amerikanischen Roman Herman Melvilles, *Moby-Dick* (1851), mit seinem Ich-Erzähler (*Call me Ishmael*), dem (weißen) Wal sowie der Rettungstat (Kapitel 78) des kannibalischen Harpuniers Queequeg, der Tashtego am Haar hielt, damit er nicht im Kopf eines Wales verschwand, zusammengeschrieben. – *the white bear quoted Virgil:* In Anatole Frances Roman *Die Insel der Pinguine* (1908) rezitiert ein weißer Bär Vergils 4. Ekloge, in der eine Jungfrauengeburt prophezeit wird (Davies / Maud, S. 214).

Hold hard, these ancient minutes in the cuckoo's month / Halt fest diese alten Minuten im Kuckucksmonat. Der erhabene Ton des Gedichts weist wohl auf die späten Gedichte des unvollendeten Zyklus *In Country Heaven* voraus (vgl. unten).

cuckoo's month: Der Monat des Kuckucks, schreiben Davies / Maud (S. 200) aufgrund eines walisischen Kinderliedes, ist der April. Tindall (S. 98), vor ihnen, war sich nicht so sicher. Das Gedicht schließt den Mai nicht aus (vgl. Z. 9, *this fifth month*). – *Glamorgan:* wohl Glamorganshire, eine walisische Industrielandschaft. »Glamorgan« ist hier, als Ort des Textes, ein wandelbarer, wohlklingender poetischer Bereich.

Foster the light / Pflege das Licht. Das Gedicht berührt sich, bei reduzierter Dichte, auf der Bildebene mit *Altarwise by owl-light*. Der Text folgt Davies / Maud.

Today, this insect / Heute, dieses Insekt. Die Bildlichkeit von Insekt und Krokodil verweist zurück auf *I, in my intricate image*.

An air-drawn windmill ... Greek in the Irish sea: Es handelt sich wohl, in dieser Reihenfolge, um die Windmühlen Don Quixotes, das hölzerne Griechenpferd vor Troja, Johannes' Adler. Die Mixtur aus griechischen Elementen und irischen Gewässern ist James Joyces Spezialität.

It is the sinner's dust-tongued bell / Der Sünder staubzüngige Glocke.

hyleg image: Horoskop. Tindall (S. 156) verweist aufs deutsche »heilig« und sieht das Wort auf das Gedicht bezogen. Die Anbetung eines Heiligenbildes ist wohl gemeint.

I make this in a warring absence / Ich schreibe dies im Streite, einsam. Thomas hat sich ausführlich zu diesem Gedicht geäußert. In einem Brief vom 1. Februar 1938 nennt er es »ein Dokument oder eine Erzählung aller Gefühlsereignisse zwischen dem Kommen und Gehen, dem Entstehen und dem Verströmen, der Eifersucht, Eifersucht aus Stolz geboren und durch Stolz getötet, zwischen der Abwesenheit und der Wiederkehr der zentralen Person (oder Heldin) der Erzählung, zwischen dem Krieg ihrer Abwesenheit und dem Waffenstillstand ihrer Anwesenheit.« ›Erzählung‹ (*narrative*) meint hier, wie so oft bei Thomas, kein lineares Erzählen, sondern eine Gruppe von Bildern oder Motiven, die aus einem tief gefühlten zentralen (Ursprungs-)Bild oder Motiv hervorgehen oder daraus entwickelt werden (vgl. *Altarwise by owl-light*).

I make a weapon...: Bezug auf Samson (o. Simson), vgl. Richter 15, 15: »Und er fand einen frischen Eselskinnbacken. Da streckte er seine Hand aus und nahm ihn und erschlug damit tausend Mann.«

Not from this anger / Nicht aus dieser Wut. Wie vermutlich auch das vorangehende *O make me a mask* nimmt dies Gedicht das Thema des »Ehekriegs« aus *I make this in a warring absence* auf.

How shall my animal / Wie soll mein Animal. Erstveröffentlichung in T.S. Eliots Zeitschrift *The Criterion* (Oktober 1938), in der u.a. auch Thomas' frühe Erzählung *The Visitor* und *The Orchards* erschienen waren (vgl. *Die Befragung des Echos*, Bd. 3 dieser Ausgabe).

Fishermen of mermen...: diese 3. Strophe im Kontext eines weiteren deutlich poetologischen Gedichts mag als Auseinandersetzung mit anderen »Fischern von Gedichten«, so auch mit Eliot, gelesen werden (vgl. Tindall, S. 165). Thomas entwickelt diese Bildlichkeit in *Ballad of the Long-legged Bait* (vgl. unten) weiter. – *Curl-locked:* lockenköpfig (wie Thomas). – *Sigh long...:* das Gedicht enthält rhythmische Besonderheiten, die dem Vorbild Gerard Manly Hopkins' zu verdanken sind, so auch die Zeile *Lie dry, rest robbed, my beast* (vgl. Tindall, S. 164). Weitere Beispiele für Thomas' Gebrauch von Hopkins' *»sprung rhythm«* finden sich in anderen Gedichten dieser Phase (vgl. z.B. *The tombstone told when she died*).

After the funeral (In memory of Ann Jones) / Nach dem Begräbnis (Zum Andenken an Ann Jones).

Ann Jones: Thomas' Tante, Gastgeberin des Jungen auf der Fern Hill Farm (vgl. unten *Fern Hill*). – *sculptured Ann:* das Gedicht ist das Monument des Wortbildhauers Thomas (vgl. *The spire cranes* sowie mein »Nachwort«).

Twenty-four years / Vierundzwanzig Jahre. Anlaß des Gedichts, des zweiten der vier »Geburtstagsgedichte«, ist Thomas' 24. Geburtstag.

Because the pleasure-bird whistles / Weil der Käfigvogel flötet. Das Gedicht eröffnet Thomas' Mischsammlung aus Lyrik und Prosa, den Band *The Map of Love* (1939). Thomas schreibt an Watkins (Februar 1939) zu diesem »puritanischen« (Tindall, S. 145) »Neujahrsgedicht« (Davies / Maud, S. 214):

> Hier ein neues Gedicht. Sag mir: ist es zu kurz? Hör ich auf, bevor ich's auf den Punkt bringe? Braucht's mehr Platz, um sich auf eine Bedeutung hin vorarbeiten zu können, irgendeine Erweiterung? Ich hab eine längere und anspruchsvollere Sache daraus machen wollen, aber hörte plötzlich auf, weil ich dachte, es sei vollständig.

'If my head hurt a hair's foot' / »Krümmt mein Kopf einem Haar nur den Fuß«. Thomas an Watkins (3. März 1939):

> Ich muß einfach diese Woche die Korrekturen zu meinem neuen Gedichtbuch machen, & ich denke daran, dies gerade beendete Gedicht hinzuzufügen. Kann ich bitte eine schnelle Kritik bekommen. Es ist tiefgefühlt, aber vielleicht umständlich gesagt. Vor allem – ist die letzte Zeile zu schlecht, zu komisch oder geht sie *gerade* so? Hast Du Alternativen für die *Adjektive* dieser letzten Zeile? – Du begreifst natürlich, was ich *meine*.

Die letzte Zeile lautete: *»And the endless, tremendous beginning suffers open.«*

Paper and sticks / Papier und Scheite. Thomas wollte dies Gedicht nicht in die *Collected Poems* aufnehmen, weil er es inzwischen für »schrecklich« hielt. *Paper and sticks* hat jedoch seinen chronologisch wichtigen Platz in dem Band *Deaths and Entrances*, so daß es – auch als eines der ersten ins Deutsche übersetzten Gedichte Thomas' – hier seinen Ort findet.

Once below a time / Es war unter einer Zeit einmal. Die überraschende Veränderung des traditionellen Märchenanfangs *Once upon a time* ist ein spektakuläres Beispiel für Thomas' Vorliebe, verschiedenartige Dinge aus verschiedenen (Bild-)Bereichen zusammenzuspannen oder zu vermischen, hier Raum und Zeit. Zugleich liegt ein Beispiel für sein Verfahren vor, formelhaft – also unbewußt – gewordene Wendungen beim Wort zu nehmen und, wie hier, durch Benennung einer Opposition scharf aufleuchten zu lassen und erneut aussagekräftig zu machen. Vgl. unten *Fern Hill.*

Into her lying down head / In ihr liegendes Haupt. Kann – zusammen mit *I make this in a warring absence, Love in the Asylum,* wohl auch *On a Wedding Anniversary* – u.a. als Teil einer Gruppe von Gedichten um Dylan Thomas' ehelich-stürmisches Weh und Wohlergehen mit seiner Frau Caitlin gesehen werden.

Ballad of the Long-Legged Bait / Ballade vom langbeinigen Köder. Zusammen mit *A Winter's Tale* das einzige im wörtlichen Sinn erzählende Gedicht von Thomas. Zur Bildlichkeit vgl. *How shall my animal.*

The hunchback in the park / Der Bucklige im Park. Jones (S. 271) erinnert sich an gemeinsam verbrachte Jugendjahre und ist sich sicher, daß es sich um Cwmdonkin Park in Swansea handelt, nahe dem Haus der Familie Thomas, und daß der Bucklige sich tagsüber darin aufhielt.

Ceremony after a Fire Raid / Messe nach einem Feuersturm. »Eines von Thomas' großen Gedichten und eines der großen Gedichte unserer Zeit (Tindall, S. 224). Thomas an Watkins (27. Juli 1944) über dies Gedicht: »Es ist wirklich eine Messe, und der dritte Teil des Gedichts ist die Musik am Schluß. Würde man die ein Präludium [*voluntary*] nennen oder ist das nur die Musik am Anfang?« Davies/Maud geben als zehnte (zusätzliche) Zeile des dritten Teils: *Into the cauldrons of the statuary* – (In die Schmelzkessel der Statuen).

Poem in October / Gedicht im Oktober. Das dritte der »Geburtstagsgedichte«. An Watkins (30. August 1944): »Hier ist ein neues Gedicht. Es kommt einen Monat & ein bißchen zu früh. Ich hoffe sehr, daß Du es magst, & ich würde es Dir sehr gern laut vorlesen. Wirst Du es auch laut lesen? Es hat, glaube ich, ein schönes langsames lyrisches satzartiges Schreiten.« Der englische Text folgt Davies / Maud.

Vision and Prayer / Gesicht und Gebet. Dies Figurengedicht – ein deutlicher Beleg für Thomas' gelegentliche Rückgriffe auf die barocken Formen und Traditionen der englischen *metaphysical poets*, aber auch auf die rhythmische und formale Eigenart Hopkins' – besteht aus zwölf Teilen, wobei die letzten sechs die ersten sechs um eine Mittelachse gespiegelt wiedergeben. Der Dichter schreibt an Watkins (15. November 1944):

Ich bin wirklich froh, daß Du das ›*Vision & Prayer*‹-Gedicht magst; und daß die Rautenform des ersten Teils Dir nicht länger mehr verkrampft und künstlich vorkommt. Ich stimme zu, daß der zweite Teil formal weniger unvermeidlich ist, aber ich kann ihn nicht ändern, außer vielleicht in Details. Ich werde die allerletzte Zeile noch einmal lesen & sehen, ob, falls überhaupt, etwas mit den Betonungen gemacht werden kann. Ich hab grad keine Kopie des Gedichts bei mir, aber ich erinnere mich, daß ich die letzte Zeile *wegen* der ungeschickten Betonung mochte, wegen des Abbremsens, wegen des Verlangsamens der letzten zwei gleich-vokaligen Wörter (ich schrieb *birds* statt *words*). Aber ich werde das ganze Gedicht noch einmal lesen, sehr sorgfältig. Ja, der *Hound of Heaven* bellt da im letzten Vers, aber im Augenblick – und erneut aus dem Gedächtnis – erinnere ich mich nicht, Hopkins nach der Fertigstellung des Gedichts gelesen zu haben.

The Hound of Heaven (1883) ist ein vielgelesenes religiöses Gedicht von Francis Thompson (1859–1907), dem der »Augustinische Gedanke der von Gott verfolgten Seele zum dichterischen Sinnbild der geistigen Ruhelosigkeit« (W. Schirmer) des 19. Jhs. zentral ist.

This side of the truth / Diese Seite der Wahrheit. Das Gedicht ist Caitlin und Dylan Thomas' Sohn Llewellyn, dem 1939 geborenen ältesten Kind, gewidmet. Davies / Maud (S. 246) sehen *Vision and Prayer* (vgl. oben) als eine nachträglich geschriebene Feier dieser Geburt.

The Conversation of Prayers / Zwiegespräch der Gebete. Der Herausgeber folgt Davies / Maud, die den (logischen) Plural der ersten Zeile wieder in den Titel einsetzen.

Fern Hill / Fern Hill. »Jeder versteht dies Gedicht«, schreibt Fowler, »falsch«. Richtig ist, daß es sich um eine der großen Oden in englischer Sprache handelt. Zum Gedicht bleibt empfehlenswert: Alastair Fowler, »Adder's Tongue on Maiden Hair: Early Stages in Reading ›Fern Hill‹.« In: Walford Davies, Hrsg., *Dylan Thomas: New Critical Essays*, S. 228–261. London: Dent 1972.

Fern Hill: Name einer Farm in Carmarthenshire, zeitweise im Besitz von Thomas' Tante Annie (vgl. oben *After the Funeral*, Thomas Gedicht für Ann Jones), wo Thomas mehrfach Ferien verbrachte. Das Gedicht wurde im Sommer 1945 bei Besuchen in einem kleinen Haus in der Nähe, in das Thomas' Eltern sich von Swansea zurückgezogen hatten, komponiert.

In my craft or sullen art / Mein Handwerk meine trotzige Kunst. »Daß Yeats ein geistiger Vater dieser stolzen Verse ist, scheint sich durch viele Echos zu bestätigen. Abgesehen von den weiblichen Endungen ... sind die dreitaktigen Zeilen jene von *The Fisherman*. Thomas hat etwas von Yeats' Gefühl kühler Leidenschaft und etwas von seinem Ton, edel und nüchtern, eingefangen« (Tindall, S. 221). Das Gedicht nimmt Thomas' Thema von der Dichtertätigkeit zwischen Handwerk und Kunst auf, das zuerst in *The spire cranes* zu Wort kam. Die Kürze der Zeilen und das enge Reimschema sorgen, will man sie bewahren, für größte Übersetzungsschwierigkeiten. Es gibt mehrere deutsche Übersetzungen dieses Gedichts; zu den veröffentlichten zählen jene von Becker und von Fried. Letztere ist die am häufigsten anthologisierte. Die von Becker sollte nicht in Vergessenheit geraten.

craft or sullen art: Handwerk und Geschick(lichkeit) gehen mit der Kunst(-übung) Hand in Hand. Allerdings wird der geschickte Künstler weder trüb noch moros sein; gewiß aber ist er in diesem Gedicht einsam, allein, nicht sonderlich sozial gesinnt. Und weil das alles so erfreulich nicht ist, gibt es Trotz und Beharrlichkeit.

In Country Sleep / Im Schlaf des Landes. Thomas schreibt am 11. Juni 1947 von einem längeren Aufenthalt bei Florenz an John Arlott: »Ja, natürlich hätte ich sehr gern ein paar Dollar, habe aber bis jetzt noch kein Gedicht. Es wäre zwecklos, wenn ich Dir einen Brocken von dem langen geben würde, an dem ich grad knete und zerre [*the long one I'm twisting and gnarling*].« *In country sleep, Over Sir John's Hill* und *In the white giant's thigh* waren als Teile eines langen Gedichtes aus vier Einzelgedichten gedacht, das den Titel *In Country Heaven* tragen sollte. Ein unvollendetes Gedicht in mehreren Fassungen, von denen für die vorliegende Sammlung eine der kurzen Fassungen ausgewählt wurde, trägt den Titel *In Country Heaven* (vgl. unten). Thomas hat sich ausführlich zu seinem Gesamtplan in dem Radiotext *Three Poems* geäußert, der in seiner Sammlung *Quite Early One Morning* enthalten ist (vgl. Bd. 5 dieser Werkausgabe). Der Übersetzer schreibt zu diesem und dem folgenden Gedicht dieses Komplexes, er habe für sie »eine Technik erfunden, die sich auf andere Dylan Thomas-Texte nur begrenzt übertragen läßt«. Der englische Text enthält bildliche, lautliche, im wesentlichen aber rhythmische Echos von Gedichten Hopkins'. So sind *The Windhover* und *The Wreck of the Deutschland*, wie Tindall erkennt, in der ersten (*High, there, on the hare- / Heeled winds*) und der zweiten Strophe (*sloe*) des zweiten Teils nachweisbar.

Over Sir John's hill / Über Sir John's Berg. Teil des geplanten Großgedichts *In Country Heaven* (vgl. unten). Der Hügel – eigentlich eine hügelige und bewaldete Landzunge an der Bucht von Laugharne – liegt Dylan Thomas' Atelier im Bootshaus direkt gegenüber.

Towy: der Towy ist einer von zwei Flüssen, die bei Laugharne ins Meer fließen.

In the White Giant's Thigh / In der Lende des weißen Hünen. Ebenfalls als Teil von *In Country Heaven* (s. unten) geplant.

The White Giant: Vermutlich die weiß hervorgehobenen Umrißlinien einer gigantischen männlichen Figur mit erigiertem Penis und einer Keule in der erhobenen rechten Hand. Sie befindet sich – genannt *Mighty Giant of Cerne Abbas* – in Dorset, nicht fern von Blashford, wo die Familie Thomas oft bei Caitlins Mutter wohnte (Davies / Maud, S.257–258). – *gambo:* Thomas schreibt am 28. Mai 1951 an Oscar Williams: »GAMBO heißt Bauernkarren.« Er fügt hinzu: »Es ist ein konventionell romantisches Gedicht, und vielleicht wirst Du es überhaupt nicht mögen. Aber könntest Du es für mich für VIEL Geld verkaufen? Ich brauche es dringend ... Ich Armer. Mach was mit diesem üppigen [*lush*] Gedicht.«

Lament / Lamento. Eine erotische Passion durch die Stationen der Lebensalter in fünf haarsträubend humorvollen, lustvoll hüpfend-rhythmischen Strophen voller (Selbst-)Ironie, Situations- und Wortwitz, die andere Seite der düster-grotesken oder eher elegisch-biographisch strukturierten Gedichte und Erzählungen. Davies / Maud weisen anläßlich einer Anzahl von Wörtern und Ausdrücken aus dem Kohlebergbau – *black spit, ram rod, wick* darauf hin, daß ein Entwurf des Gedichts den Titel *The Miner's Lament* (Die Klage des Bergmanns) trug. Wichtiger erscheint jedoch die Entwicklung von der faktischen Kohlenschwärze zur »kohlschwarzen Seele«, vom Arbeits- und Arbeiterlied im Stile von *16 tons* – falls je wirklich intendiert! – zur gloriosen Feier von Liebesmessen, wo letztlich »todesschwarz« nur das Ende in forcierter Keuschheit ist.

Do not go gentle into that good night / Geh nicht gelassen in die gute Nacht. Thomas schreibt am 28. Mai 1951 im Postskript eines Briefes an die Prinzessin Marguerite Caetani, der für ihn finanziell wichtigen Herausgeberin der einflußreichen italienischen Zeitschrift *Botteghe Oscure*, der auch das Gedicht enthielt: »Der einzige Mensch, dem ich das kleine beigefügte Gedicht nicht zeigen kann, ist gewiß mein Vater, der nicht weiß, daß er stirbt« (vgl. unten *Elegy* / Elegie). Das Gedicht des Sohnes ist auch von der Gefährdung durch dieses Wissen mitbestimmt. Die Wahl der Villanellenform für das Gedicht mag eine strenge Selbstdisziplinierung sein (vgl. Jones, 275), erleichtert aber nicht die Arbeit des Übersetzers, der notiert: »Ich habe versucht, eine ... Fassung zu schaffen, die über eine Interlinearversion und Lesehilfe hinaus eine vom Urtext unabhängige Nach- oder Umdichtung (von insgesamt 134 Wörtern gegen 168 des Originals) sein will... Diese Version mag vorläufig statt einer gültigeren stehen, die es noch nicht gibt.«

Poem on his Birthday / Gedicht auf seinen Geburtstag. Dies ist das letzte von vier »Geburtstagsgedichten« (vgl. oben: *Especially when the October wind, Twenty-four years, Poem im October*). Thomas' 35. Geburtstag am 27.10.1949, in dieser Feier in Z. 8 genannt, wurde nicht etwa mit der Niederschrift des Gedichts verbracht, das zwei Jahre später in Laugharne entstand. Laugharne aber, diesem Ort, dieser Landschaft, dieser Oktoberstimmung um Thomas' Haus am Rande des Meeres, den er in einem Brief an Pamela Hansford Johnson zum ersten Mal beschrieb (11. Mai 1934), verdankt der Text die sinnlichen Koordinaten. Der spezifische Geburtstag mag Anlaß gewesen sein. Im Rückblick wird er zu *dem* Geburtstag, der Feier seines In-die-Welt-tretens und der Feier des Jahrestages als Ablauf eines ewigen Tages. Das Gedichtende ruft die letzte Ausfahrt einer Odysseus-Figur auf, die – neben anderen literarischen Ausformungen des Motivs – in der englischen Tradition an Alfred Lord Tennysons Gedicht *Ulysses* erinnern mag, indem das intellektuell-imaginative Wagnis im Bild des Abenteurers mitgesprochen wird. Dante mit *seinem* Odysseus (*Inferno*, XXVI) ist, wie ich meine, ebenfalls zu vernehmen, aber es wehen, neben vielen anderen und eigenen, auch Stimmen von Arthur Rimbauds *Le Bateau ivre* und Paul Valérys *Cimitière marin* unterscheidbar herüber.

In Country Heaven / Im Himmel des Landes. Es handelt sich bei diesem Fragment um einen Teil des geplanten großen Langgedichts, dem auch *In Country Sleep, Over Sir John's hill* und *In the White Giant's Thigh* angehören sollten (vgl. oben). Der Übersetzer hat sich für das kürzere Fragment nach Davies / Maud als Vorlage entschieden und dabei auf den Zusammenschnitt aus mehreren Mss. nach Jones (S. 277) verzichtet.

Elegy / Elegie. War der trotzige Aufruf: *Do not go gentle into that good night* (vgl. oben) aus der Herzensangst um den bevorstehenden Tod von D.J. Thomas entstanden, so blieb die *Elegy* auf den am 15. Dezember 1952 verstorbenen Vater deshalb unvollendet, weil der Sohn am 9. November 1953 starb. Der englische Text und damit die Übersetzung folgt, wie schon *In Country Heaven* (s. oben) nicht der Ausgabe von Daniel Jones, der für die *Elegy* die von Vernon Watkins zusammengestellte und 1956 zuerst gedruckte Variante übernimmt. Vielmehr folgen Herausgeber und Übersetzer auch hier der knapperen und nicht durch Konjekturen verlängerten Version des Fragments von Davies / Maud.

Nachwort

Dylan Marlais Thomas (1914–1953), geboren in der walisischen Hafenstadt Swansea, schrieb, wie sein Freund, der Komponist und Literat Dr. Daniel Jones bezeugt, bereits mit elf Jahren Gedichte. Das will nicht viel besagen. Viele schreiben früh frühreife Gedichte. Wer, der dann noch Dichter ist, schreibt mit sechzehn ein Gedicht wie *The spire cranes*, veröffentlicht mit knapp zwanzig einen ersten aufsehenerregenden Gedichtband (*18 Poems*, 1934), gefolgt von einem zweiten, zwei Jahre später (*Twenty-five Poems*, 1936), dann einem dritten, ein Band mit Gedichten und Prosa (*The Map of Love*, 1939), und sieht sich mit fünfundzwanzig als hochberühmter und hochumstrittener Dichter. Ein Dichter, mehr noch, dem es dann »nach langem Schweigen« mit zweiunddreißig gelingt, seinen eindrucksvollsten Band (*Deaths and Entrances*, 1946) zu veröffentlichen. Und darin *Fern Hill*, ein Gedicht vom Kaliber Wordsworths in der Beschwörung früher Jugend auf dem Lande, von Natur und Natürlichkeit. Thomas plaziert es als einen Höhepunkt ans Ende des Bandes. Danach folgen wenige Gedichte, zumeist Pläne, Entwürfe und Fragmente (*In Country Heaven*). Schließlich kommt mit den sehr frühen – mit achtunddreißig gesammelten – *Collected Poems 1934–1952* (1952) die Auswahl aus dem Erreichten, ein vorläufig gedachtes Ende, das paradox mit dem *Prologue* geheißenen Gedicht besiegelt wird. Ein Jahr später kommt der Abriß des Lebens.

Das so kurz Skizzierte birgt ein Muster, läßt an andere Wortmächtige denken. Von John Keats (1795–1821) etwa ließe sich ähnliches sagen, auch von Arthur Rimbaud (1854–1891) – mit dem Dylan Thomas sich früh identifizierte, als er sich den »Rimbaud von Cwmdonkin Drive« nannte –, aber nicht von sehr vielen. Vielleicht noch von Thomas Chatterton (1752–1770), dem jungen Poeten als Schlingel und Selbstmörder, vielbewundert von Dichtern der englischen Romantik. Dylan Thomas widmet ihm 1941 ein Gedicht: »O Chatterton und andere unterm Dach, / Durchs Rohr verbunden, gasentfacht«, ironisiert die rituellen Selbstzerstörungshandlungen des Genies, stilisiert zugleich die Persona eines *poète maudit* (im Gedicht mit einem überraschenden Seitenblick auf Milton), einschließlich Puff und Suff: »Er dient auch, / Der seinen Lohn vertrinkt ... 3 kleine Lüste sollen dir Mitgift sein, / Dein Heim der Zentaurenstall.« Thomas ist das nicht, aber er kennt sich und kennt sich aus, sieht sich als gefährdet, gefährdet sich fortwährend. Dylan Thomas gibt nicht vor, wie Chatterton, Gedichte eines fiktiven anderen, früheren (»Rowley«), verfaßt zu haben; aber er arbeitet früh mit Jones zusammen und mit seiner Freundin Pamela Hansford Johnson (du eine Zeile, ich eine Zeile; Projekte die ihre Schatten voraus werfen, etwa auf das Kompositionsmuster des Prologgedichts). Auch bei Arbeiten an Radio- und Filmprojekten kollaboriert er mit anderen, leiht seine Stimme, nimmt eine andere an. Diese Fähigkeiten zeichnen den Profi aus (kein langes Liegen auf der Couch im Warten auf den Eingebungsblitz).

Thomas schrieb das programmatische Prologgedicht, das den Band dieser zweisprachigen Ausgabe seiner Gedichte einleitet, speziell für die erste Ausgabe der nicht chronologisch zusammengestellten Auswahl seiner *Collected Poems*. Es dokumentiert, daß sein Schreiben »In der Richtung zum Anfang hin«, wie es im Titel einer seiner Erzählungen heißt, ein Projekt der Rückgewinnung des Anfangs als der Jugend und (zunehmend mit der Entfernung von ihr) der – nicht nur geographisch zu bestimmenden – Jugendheimat ist. Zugleich aber – und das Paradox ist Thomas angemessen – ist es vom Anfang her ein Schreiben nach vorn, ein Schreiben, anfangs wie auch immer posierend, das im Umkreisen seiner gleichbleibenden Themen doch auch sein Ende bereits in sich beschlossen hält. Auffälliger als der bestrickende Einfall, die erste mit der letzten, die zweite mit der vorletzten Zeile usw. in auseinandergesperrten und zur Mitte hin doch zusammenkommenden Couplets zu reimen, ist die große Frische und verbal-mutwillige Lebendigkeit dieses Auftaktgedichts gegen Ende von Leben und Werk. Die Reime, die seine zwei Teile weit schweifend chiastisch zusammenschließen, binden auch große Teile des Thomasschen thematischen und sprachlichen Repertoires in den folgenden Gedichten zusammen: von ersten, vignettenhaften und noch konventionellen Kulissen der eigenen erstaunlichen Existenz, wie in den »Baumgedichten« (musikalische »Kinderscenen«), bis zum frühen Aufblitzen ungewöhnlicher Wortwendigkeit, etwa in *It's light that makes the intervals*, sowie den vielen Beispielen spielerischer Experimentierfreudigkeit und der Abfragung des verfügbaren Repertoires. Hier geht es über verrätselnde Schreibformeln barocker Herkunft über den Klassizismus in die romantisch gestellten Posen schauriger Postmortems (*Written for a Personal Epitaph, Too long, skeleton*), über den Weltschmerz und die an Oscar Wilde geübte Weltmüdigkeit der Jahrhundertwende, die umhegten Feuchtbiotope autoerotischer Erhitzungen (*My hero bares his nerves*), die Reinterpretation Poes in der Dekadenz, die Erotik des Grabes in die, allerdings niemals ganz mitvollzogene, Gedankenkühle und Kopfkultur des Modernismus. Vorherrschend aber und unter Einschluß dieser und anderer Elemente – sowie unter Verarbeitung vielfältiger Echos aus Gedichten von George Herbert, Gerard Manly Hopkins, D. H. Lawrence, Walter de la Mare, William Butler Yeats – entwickelt Thomas schon früh die Mythologie seines Selbst, seiner Familie sowie der Landschaft, deren Märchen und Mythen er sich als Hintergrund und Kontext anverwandelt. In diesem Umfeld agiert er in den verschiedensten Rollen, Vorspiele zu seinen späteren glanzvollen Lesungen. Zugleich gelingt es ihm, die brutale und kriegerische Gegenwart der 1930er und 1940er Jahre zu Teilen der persönlichen Welt zu machen. Die bedrohlich faktische Außenwelt kann in den Thomasschen Mythos aufgenommen werden, da ihre bedrängende Brutalität keineswegs im Gegensatz zu jenen ausgegrenzten Scheußlichkeiten steht, die ihm und uns als Teil von Märchen und Mythos und Traum angehören. Innen und Außen kommen in seinen Gedichten und (besonders den frühen) Erzählungen, die hier oftmals interagieren, zusammen.

Die Welt des Dylan Thomas ist im Wortsinn egozentrisch. Durch ihn lebt sie und kreist um ihn, der unruhig in ihrer Mitte steht. Und in erstaunlicher Weise weiß er, in der Rekombination ihrer Bestandteile, als Baumeister von Komposita, Paradoxa und Oxymora sie zunehmend unverwechselbar und wiedererkennbar in seinen Gedichten aufzurufen, sich eine Welt inkantatorisch vorzusagen, die für ihre Zaubersprüche weniger der erwartungsgemäßen Semantik als der Feinstimmung ihrer Rhythmen und ihrer Lautlichkeit bedarf. Er beginnt in Lyrik- und Prosatexten seiner Schulzeit narrative Fragmente dieser Mythologie zu erarbeiten, die er graduell zu Bündeln oder Sequenzen sortiert oder in getrennten Gedichten, Wiederaufnahmen, Weiterschreibungen, weiteren Drehungen der Schraube aus alten Träumen und Obsessionen in Extreme treibt. Ob es für die Auffälligkeit und die Intensität des Inkantatorischen bei Thomas eine Rolle spielt, daß sein Großvater walisischer Prediger war – und damit »ein eloquenter Mann, erfüllt vom Wortzauber« –, wie Cecil Price schreibt, sei dahingestellt. Das darin ebenfalls unvermeidlich mitgeteilte puritanische Element mag den jungen Thomas allerdings in der Tat zum Aufstand dagegen bewegt, ihn in Vers und Prosa zu seinen gänzlich schamlosen Wortspielereien, seinen ungestümen Verballhornungen, Umkehrungen und

Parodien des Repertoires christlicher Glaubenspflichten aufgerufen haben. Das lange Gedicht *Altarwise by owl-light* mag in der dichtestmöglichen Durchmischung von kenntnisreicher Blasphemie und der Belesenheit im Werk Freuds als ein Höhe- und Wendepunkt dieser lang anhaltenden Phase der fruchtbaren Rebellion gelesen werden.

Doch geht es in der vorliegenden Sammlung nicht allein um die kanonischen »großen« Gedichte, sondern auch um die frühen und die parallel entstandenen, mit denen Thomas sich offenbar, wenn wir chronologisch lesen, zu anderen hin und von jenen Höhepunkten wieder fortschrieb. Keineswegs sind es immer »kleine« Gedichte, jene zwischen den Großgedichten, zwischen den sorgfältig begriffenen, gewogenen, abgelagerten Gedichten in entstehungsferner Ordnung. Vielmehr helfen sie – diese Gedichte mit leichten (An-)Stoßstellen und Dellen und Reibereien, diese unrunden, halb- oder überreifen Gedichte und jene zu perfekten Perfektionen, die die Auswahl entstellt hätten –, das kanonische Bild des Dichters als Monument seiner selbst zu relativieren. Sie sind erfrischend und erfrischen unser Gedächtnis, erinnern daran, daß es bei ihm ja weit mehr als den einen, den reinen, oft gepriesenen »Dylan-Thomas-Ton« gibt. In *Fern Hill*, gewiß, und in manchen Ausnahmegedichten mehr. Aber anderswo bei Thomas, da kichert und meckert es, wird frech parodiert, werden alle Stimm- und Stimmungsregister gezogen, wird gegröhlt und auf Fingern gepfiffen. Zum Glück sind die Juvenilia bewahrt. Preis auch den sprachlich und thematisch einander nahen Gedichtbündeln, aus denen nur eines oder zwei für die kanonische Sammlung gepflückt wurden. Wir betrachten sie mit, weil sie die Familienähnlichkeit verdeutlichen, die Herkunft des Einzigartigen aus dem Ähnlichen verstehbar machen. Denn Thomas' Themen, Obsessionen, Vorlieben werden in der Anreicherung durch die Varianten ihrer kanonischen Exemplare verstehbar, doch werden sie nicht, wie einmal befürchtet werden konnte, dadurch abgewertet. Der Erkenntnisschock, der einmal in der Entdeckung des Singulären lag, weicht, aber er weicht der Einsicht in den Prozeß, bringt Verständnis und Vertrauen in die Solidität des Fundes.

Dylan Thomas war, bei aller Formbesessenheit und so altertümlich es unseren (post-)modernistischen Ohren klingt, auch *Rhapsode*. Rhapsode ist ja der, der dramatisch intonierend über eingeführte Themen, hier seine eigenen, zu improvisieren *scheint*, im Sprechen, Schreiben seine eigene Musik macht, sorgfältig planend,

Laut an Laut intonierend. In dieser Lautlichkeit, diesem Pathos, dieser Musikalität, die keineswegs nur harmonisch »singt«, sondern vieltönig schnattert, klappert, hackt, aber auch geschmeidig läuft, seidig seufzen kann, schamlos stab(s)mäßig alliteriert, ersterbend jauchzt, himmelhoch klagt, ist der Rhapsode. Damit gemeint ist nicht der mehrfach zu bittende Vortragskünstler. Nein, der mit dem so-und-so-vielten Bier, der Mann, mit fluchend-flüsterndem Sentiment, zuverlässig nur in seinen Liedern, Reden, Versen, der nicht zu bremsende Erzähler in den ausgebeulten Tweedhosen von gestern abend, der deiner Freundin etwas zuraunt, der auch sagt »Den Würmern geht's heut wieder prima. Sonntag in Wales.«

Da ist viel Drama im Vortrag, viel Komödiantisches, auch die herbe, derbe, appellhafte Kunst der *Music Hall*, schnoddrig, rotzig, frech. Und wie vorher, im 19. Jahrhundert, nur die großen Autoren als Vortragskünstler – man denkt an Charles Dickens, an Mark Twain – und nachher im 20. Jahrhundert Rock Stars (unter ihnen Bob Dylan, der sich nicht zufällig Thomas' Vor- als Künstler(nach) namen gab) geradezu magische Anziehungskraft auf ihr Publikum ausübten, es durch die Belebung und Verkörperung von Musik und Text verzauberten, so wirkte Dylan Thomas, der Poet, hinreißend bei seinen Lesungen, Zauberer und Prediger zugleich:

> Die Tonlagen seiner Stimme sind so sorgfältig auf die Vorstellungsbereiche eingestellt, die er suggeriert, daß sein Publikum aus sich herausgehoben, gefangen wird, und doch zugleich mit seinem ästhetischen Sinn die Schönheit der Vorstellung erfaßt. Es gibt ein unübersetzbares walisisches Wort, *hwyl*, das den eigenartigen Singsang im Vortrag eines Predigers beschreibt. Dylans Tonlagen beim Vortrag seiner Verse waren häufig die des *hwyl*, jedoch ohne die dazugehörige Monotonie. Er schlug eine wilde Erregung an, ein Gesangartiges, und erzielte eine von Phrase zu Phrase wechselnde Wirkung. Es war ganz offenbar, daß er mit geradezu religiöser Intensität seinen Worten Sorge trug. Als er dann das letzte von ihm ausgewählte Gedicht las, lag über dem Publikum eine seltsam knisternde Atmosphäre, die man in Wales nur durch Kirchenmusik und Worte erzeugen kann (Cecil Price).

Mangelte es einmal beim Vortrag seines vielstimmigen Stückes *Under Milkwood* an Schauspielern, so war er imstande, nicht nur Erzähler zu sein, sondern aus einer Rolle in die andere zu fallen (oder zu gleiten), wie es die Szene erforderte. Es waren ja alles seine. Rollenvielfalt ist auch in den Gedichten zu entdecken: Der Neuling als Täufling übt, mit Lächeln überschüttet, Unschuldslamm zu sein. Der unschickliche Bock schickt im Alter sich nicht in sein Schicksal. Er nimmt sich auf in die Gemeinschaft der Ungläubigen im zutiefst erinnerten Glauben. Was ich nicht mehr sein kann, definiert mich. Und die Land- und Seeluft, der Geruch von Heu und Seestroh, die Reiher und Hähne, die Geräusche von Kies und Glokken und der nahen Orte sind besonders auch in den späteren Gedichten atmosphärisch und lautlich präzise in Sprache aufgenommen, seit Thomas im Frühling 1949 seiner Gönnerin Margaret Taylor aus dem von ihr für ihn gemieteten Bootshaus in Laugharne melden konnte, er schriebe nun aus seinem »Wasser- und Baumzimmer auf der Klippe«. Mit diesem Haus hatte er sich in die walisische Landschaft hineinbegeben, die er – obzwar kein walisisch schreibender Dichter-Sänger – als die seine (nach jeder Rückkehr aus London) *literarisch* gepachtet hatte. Als Kind der englisch-walisischen Hafenstadt Swansea war er diesseits der durch den Ort verlaufenden Sprachgrenze aufgewachsen, war sein Ehrgeiz kaum aufs industriell ausgebeutete Hügelland, die gepockten armseligen Häuser und Straßen der Arbeitervororte gerichtet, sondern, kein Zweifel, zentral, gen London ausgerichtet gewesen, so wie es ihn später von London mit Macht mehrfach nach Amerika zog. Dylan Thomas ist kein Land- und Landschaftsdichter, kein nostalgisch verklärender Sänger verlorener Heimat, sondern er dichtete sich zuerst eine Heimat, in der er dann siedelte, zuerst in den Texten seiner Gedichte. Und dort spricht man nicht walisisch, sondern Thomas.

Was war sein »Rezept«, gab es eine Theorie, ein dichtungsstiftendes Konzept? »Ein gutes Gedicht«, schreibt er in *Quite Early One Morning* (1954), »ist ein Beitrag zur Wirklichkeit. Die Welt wird nie mehr sein, was sie war, nachdem sie um ein gutes Gedicht vermehrt worden ist. Ein gutes Gedicht trägt dazu bei, Form und Bedeutung des Universums zu verändern, und es hilft jedem, seine Kenntnis von sich und der umgebenden Welt zu erweitern.« Solche Äußerungen von Dichtern über Dichtung sind, in neuerer Zeit, etwa seit Shelley, nicht selten. Weniger häufig nennen Dichter ihre Kunst ein Handwerk, ihr Worthandwerk. Thomas tut dies in seinen Gedichten *On no work of words* und *In my craft or sullen art*. Da ist die Rede von Arbeit und Mühsal und dem Widerstand des Materials sowie von Zeit und Unzeit der Bemühung. Mehrfach wird die Analogie zum Bildhauer hergestellt, der in Stein arbeitet. Dies geschieht bereits in *The spire cranes*. Zeitgleich mit den frühen Gedichten wird das Wortgeschäft, wird die kreative Arbeit zum Thema in der Prosa, so in den frühen Erzählungen *The Orchards, The Visitor* und *The Mouse and the Woman* (vgl. *Die Befragung des Echos*, Bd. 3 dieser Ausgabe), später am deutlichsten und witzigsten vielleicht in *Portrait of the Artist as a Young Dog* (1940). Nach seiner Dichtungstheorie befragt, antwortet er in einem Brief an Charles Fisher vom Februar 1935:

> Ich hab wirklich keine. Ich mag Sachen, die schwierig zu schreiben und schwer zu verstehen sind. Ich mag es, mit geheimen Bildern ›Gegensätze zu erlösen‹; ich mag meinen Bildern widersprechen, zwei Sachen auf einmal in einem Wort zu sagen, vier in zweien und eine in sechs. Aber eine Theorie mag ich eigentlich nicht, selbst wenn ich meine persönlichen Vorlieben durch Dogmatisches im Lot halte. Lyrik – von starkem Verpackungsgewicht, aber flink – sollte so orgiastisch und organisch wie's Kopulieren sein, trennend und vereinigend, persönlich, aber nicht privat, sollte den Einzelnen in der Masse, die Masse im Einzelnen fortpflanzen. Ich denke, sie sollte sich ausgehend von den Wörtern voranarbeiten, von der Substanz der Wörter und dem Rhythmus der nebeneinandergesetzten Wörter, aber nicht auf die Wörter zu. Lyrik ist ein Medium, nicht Wundmale auf Papier. Männer sollten mit zwei Werkzeugen ausgestattet sein, und des Poeten drittes Bein ist sein Bleistift. Sollte sein phallischer Bleistift zu einem elektrischen Bohrhammer werden, der den Teer und den Beton der Sprache aufbricht, den die Dreiradreifen der Naturdichter und die schweren sechs Räder der akademischen Herrschaften dünngefahren haben, um so besser; und es ist die Arbeit, auf die's ankommt, liebe Dame, Genie ist häufig nur die Fähigkeit, bohrende Schmerzen auszuhalten.

Das Aufbrechen verkrusteter Denk- und Seh- und Sprechweisen macht Thomas zu einem der Träger des modernistischen Projekts der Renovierung von Sprache und Weltsicht. Das extrem harte Zusammenprallen der Bestandteile seiner Wortfügungen und ihre größtmögliche Sinnaufladung durch Kompression und Kondensation der Syntax und der Zeile, ihre Sinnlichkeit, die man im Unterbauch fühlt, und die – über seine Prosa hinausgehend – sorgfältigst gearbeitete Form, sie kennzeichnen keine Dichtungstheorie, aber sie hinterlassen in den Gedichten sein Steinmetzzeichen.

Wie ist zu übersetzen? Auch hierüber sprach Thomas handwerkerisch, bildhauerisch. So jedenfalls erinnert sich Reinhard Paul Becker:

> Der einzige Weg, ein Gedicht von einer Sprache in die andere zu locken, ohne es seiner Magie zu berauben, hieße zu verstehen, daß die Wörter des Gedichts das Material sind, dem Stein gleich, bevor er zur Skulptur gemacht wird. Wenn ein Gedicht in Englisch geschrieben wird, dann ist es wie ein Marmortorso. Es nun aus dem Englischen in eine andere Sprache zu übersetzen wäre, wie wenn man eine Kopie des Marmortorsos aus rotem Sandstein machen würde (zit. nach Moynihan, S. 133).

Daraus ließe sich die Auffassung erschließen, daß laut Thomas die Übersetzung des Gedichts seine Rückführung in das ursprüngliche Material, die Wörter, erforderte. Dann könnte eine Gedichtgestalt erarbeitet werden, die mehr als eine vergängliche Sandsteinkopie eines dauernden Edlen darstellen würde. Dem entspricht eine Äußerung von Kurt Rüdiger: »Die Fiktion des Übersetzers, daß er sein Werk so einrichte, als ob es ein Original wäre, kann nur glükken, wenn er auf die Täuschung durch äußere Ähnlichkeiten verzichtet und, der Grenzen seiner Möglichkeiten eingedenk, zu jener künstlerischen Freiheit vordringt, die unerläßlich ist, um Stil zu finden oder zu schaffen« (*Akzente* 2: 1958, S. 188).

Die zwölf Übersetzer der in dieser Ausgabe gesammelten Gedichte Dylan Thomas' fühlen sich keineswegs alle diesen oder anderen Vorgaben verpflichtet. Die Praxis ist kompliziert und aufwendig. Nachdem man einmal »seine« Gedichte, der naiven und unabdinglichen Freude am Text erneut erliegend, ausgemacht hat, scheint manchmal der spontane sprachgeberische »Wurf« zu gelingen. Wie gewöhnlich folgt danach, anhand prosaischer Handbücher und Notizen, aufgrund besseren Wissens die Mühsal der minutiösen Überprüfung all dessen, was noch gestern für selbstverständlich und offenbar gehalten werden durfte, um jenes vorübergehende Glücksgefühl (*Heureka!*) zu genießen. Und natürlich ist das Ergebnis ein Kompromiß, das pragmatische Abbrechen, nach vielen Wiederaufnahmen, eines Arbeitsprozesses, das Ende jeder wiedergewonnenen Unschuld. Im letzten Schritt wird dann (Marmor? Sandstein?) poliert, der Schweiß, mit dem naß geschliffen wurde, getrocknet.

Bei den vorliegenden Übersetzungen kam es darauf an, die gestalterische Freiheit, die das Fremde am fremden Text in der Ziel-

Inhalt